FRANZISKA BLUM, geboren 1978, lebt am schönen Chiemsee im Süden Bayerns. Dort betreut sie zwei Kinder, zwei Katzen und ein gering motorisiertes Auto namens Wanderdüne, das zwar alt ist, aber dafür eine Sonne auf der Motorhaube trägt. Nach einigen sehr erfolgreichen Küstenromanen, die sie unter dem Pseudonym Lotte Römer veröffentlichte, wollte sie sich als Autorin nun endlich einmal ihrer Heimatregion zuwenden – denn ihre Liebe gilt seit Langem schon der herrlichen Landschaft rund um den Chiemsee, in dem sich die Berge spiegeln. *Chiemseeträume* ist der zweite Band der beliebten Chiemsee-Reihe.

Außerdem von Franziska Blum lieferbar:

Chiemseesommer

FRANZISKA BLUM

CHIEMSEE-
TRÄUME

ROMAN

PENGUIN VERLAG

Penguin Random House Verlagsgruppe FSC® N001967

2. Auflage
Copyright © 2023 der Originalausgabe by Franziska Blum
Copyright © 2023 by Penguin Verlag
in der Penguin Random House Verlagsgruppe GmbH,
Neumarkter Straße 28, 81673 München
Dieses Werk wurde vermittelt durch die
Literarische Agentur Michael Gaeb
Redaktion: Susann Rehlein
Umschlaggestaltung: www.buerosued.de
Umschlagabbildungen: LOURDEL Lionel / hemis / laif,
www.buerosued.de
Gesamtherstellung: GGP Media GmbH, Pößneck
Printed in Germany
ISBN 978-3-328-10749-1
www.penguin-verlag.de

1. KAPITEL

Pasta mit Basilikumpesto, ein gegrillter Fisch mit Kartoffelsalat oder vielleicht einfach nur eine Bratwurstsemmel, dachte Christina, das wäre jetzt was.

Sie wischte den Tresen sauber und schaute sich im Laden um. Jedes Bonbonglas stand auf seinem Platz, die Lakritzlutscher, die sich als Verkaufsschlager erwiesen und seit einem halben Jahr ein eigenes Regal neben dem Likör hatten, waren in Reih und Glied angeordnet. Christina wusste, dass kein Staubkorn sich in den Regalen befand – dafür hatte sie eigenhändig gesorgt. Der Raum duftete wie immer nach Lakritze, Gewürzen und einem Hauch Erdbeeraroma von den Gummibärchen. Wenn der Tresen gewischt war, wäre Christina fertig für heute, wie sie erleichtert feststellte. Die Kunden hatten sich, wie so oft am Samstag, die Klinke in die Hand gegeben, und erst jetzt, als draußen die heiße Mittagssonne die Straßen aufheizte, riss der Strom der Süßigkeitenfans langsam ab.

Nelly war hinter Christina aufgetaucht, und die Schwestern tauschten einen wohlwollenden Blick.

»Was fehlt uns denn noch für Montag?« Nelly trug wie üblich ihre Küchenschürze und hatte die langen, dunklen Haare zu einem Dutt gebunden, aus dem sich schon wieder erste Strähnen lösten. »Brauchen wir noch was? Dann leg ich eine Sonderschicht ein.« Nelly strahlte. Die Vorstellung, länger arbeiten zu müssen, schien für sie eher eine Belohnung als eine Strafe zu sein, während Christina heute mal wieder nur darauf wartete, aus der lakritzgeschwängerten Luft der Manufaktur hinaus in den warmen Junitag zu entkommen. Mühsam drängte sie das schlechte Gewissen, das sie bei der sichtlichen Freude Nellys überfiel, beiseite.

Sie wollte, sie hätte auch nur die Hälfte des Engagements für das Geschäft und ein Viertel der Leidenschaft für Lakritze, die ihre Schwester Nelly empfand. Aber für sie selbst, das musste sie zugeben, war die Tätigkeit im Lakritzgeschäft ihre Arbeit, nicht mehr und nicht weniger, auch wenn sie das gegenüber ihrem Vater nie zugegeben hätte. Schließlich hatte er den Laden aufgebaut und Jahre seines Lebens in das Geschäft investiert. Wie sollte sie ihm da sagen, dass sie mehr aus familiärer Verpflichtung denn aus Freude bei ihm arbeitete? Für sie war der Job im Laden tatsächlich nur ein Job, der sie und ihren Sohn ernährte.

Nelly schaute sie noch immer erwartungsvoll an.

»Ich glaube, du kannst guten Gewissens Feier-

abend machen. Hast du nicht eh schon Chilli-
bömbchen, Lavendelleckerli und diese neuen Lakritzen mit dem flüssigen Kern gezaubert?«, erwiderte
Christina und wischte ein letztes Mal über den Tresen. »Ich mach noch Kasse.«

»Na gut. Aber ich glaube, ich probiere rasch ein
neues Rezept aus. Ich hab da eine Idee für Kardamomlakritze, mit so einer weihnachtlichen Note,
weißt du. Die könnten wir in Gläsern mit weihnachtlichen Chiemsee-Motiven verkaufen. Schnee,
der zugefrorene See, vielleicht ein glitzernder Eis-
kristall auf dem Deckel – das könnte ein regelrech-
ter Verkaufsschlager werden.« Nelly stand ihre Leidenschaft für den Beruf ins Gesicht geschrieben.
Von ihren vor Begeisterung glühenden Wangen
lenkten allerdings der Haarreifen mit den Hasen-
ohren und das T-Shirt mit der rausgestreckten
Zunge ab, das sie heute trug. Nelly hatte sich schon
immer, seit Christina sie kannte, extravagant gekleidet, und daran änderte sich auch nichts, obwohl sie mittlerweile Bayerin mit Leib und Seele
war. Seit sie vor zwei Jahren angefangen hatte, in
der *Süßen Liebe* zu arbeiten, war sie ein unverzicht-
barer Bestandteil des Ladens, ja sogar eine der Säulen, auf der die Manufaktur ruhte. Anton Rieger,
Nellys und Christinas Vater, kam nämlich langsam
in die Jahre und gehörte – wie er nicht müde wurde
zu betonen – zum alten Eisen. Umso erleichterter

war er, dass Nelly mit in den Produktionsprozess eingestiegen war. Das Tempo, mit dem Nelly sich in ihrem Beruf etabliert hatte, war wirklich erstaunlich. Sie war in null Komma nichts zu einer hervorragenden Bonbonherstellerin geworden, und das, obwohl sie keine Vorerfahrung in dem Beruf gehabt hatte.

Christina musste über den Feuereifer ihrer Schwester lachen. »Tu, was du nicht lassen kannst. Aber du könntest natürlich auch Zeit mit Quirin verbringen, bei dem schönen Wetter.«

»Der gibt einen Segelkurs. Außerdem bin ich nachher mit meinem Lieblingsneffen verabredet. Hast du etwa vergessen, dass Michael heute bei mir schläft?«

»Oh, nein, Michael hat schon dafür gesorgt, dass ich das nicht vergesse.« Christina lachte. »Die ganze Fahrt von Rosenheim nach Prien über hat er erzählt, was er alles vorhat: Hühner füttern, die Alpakas streicheln und mit Quirin in die Werkstatt gehen.« Bei Nelly zu übernachten war für Michael immer ein echtes Highlight, und wenn es nach ihm gegangen wäre, hätte er noch viel häufiger Zeit mit seiner Tante und deren Lebenspartner verbracht.

»Papa hat angerufen und gesagt, der Kleine ist so aufgeregt, dass er seit Stunden ständig auf die Uhr schaut, wann du endlich kommst. Und das, obwohl er heute mit seinem Opa Schach spielen durfte.« Christina hatte angefangen, nebenbei das Geld aus der Kasse zu zählen.

»Oh. Dann sollte ich vielleicht wirklich die Kardamomlakritze ein andermal machen.« Nelly griff entschlossen nach dem Band ihrer Schürze und zog die Schleife auf, um herauszuschlüpfen. Dann ging sie zu den Lollis und zog einen großen, sternförmigen Lutscher aus der Halterung. »Den bring ich Michael mit.«

Christina lächelte. »Da wird er sich freuen. Aktuell interessieren ihn Planeten und Gravitation. Gestern haben wir in der Bücherei einen ganzen Stapel Bücher dazu ausgeliehen.«

»Klingt super. Wir können uns auf unser Bett legen, wenn es dunkel wird. Da ist doch die große Dachluke direkt oben drüber, und er kann mir die Sternbilder erklären.« Nelly war wohl die Einzige, die immer ein offenes Ohr für Michaels jeweiligen Spleen hatte. Sie hörte ihm zu, wenn er von Arachniden sprach, war bereit, sich von seiner Begeisterung über Velociraptoren anstecken zu lassen, und fand es sogar am Esstisch noch klasse, wenn Michael die komplexen Funktionen des Verdauungssystems erörterte, während jedes andere Mitglied der Familie schon leicht angeekelt die Augen verdrehte. Kurz gesagt: Nelly war gut für Michael und genau die Tante, die er brauchte.

Ärgerlich stellte Christina fest, dass sie beim Geldzählen rausgekommen war. Sie fluchte leise. »Ich bin sicher, Supertante, dein Neffe wird sich freuen«, sagte sie in Nellys Richtung, bevor sie damit begann, erneut zu zählen.

»Dann geh ich mal, ja?«, vergewisserte sich Nelly, und Christina nickte, ohne aufzublicken. Ein drittes Mal würde sie nicht anfangen, Kasse zu machen, sie musste sich jetzt konzentrieren.

Als Christina später die Ladentür schloss, piepte ihr Handy. Nelly hatte ein Selfie geschickt, das einen strahlenden sommersprossigen Michael neben ihr zeigte, und beide streckten sie die Zunge heraus. Kein Wunder, dass Michael so begeistert von Nelly war. Sie hatte genau die Lässigkeit, die ihm selbst, obwohl er das Kind war, manchmal fehlte. Zack, da war sie wieder: die mütterliche Sorge, die Christina immer wieder mal befiel, wenn sie über ihren besonderen Sohn nachdachte, der vermutlich das schlaueste Mitglied der eher alltagspraktisch veranlagten Familie Rieger war und der auch in seiner Klasse immer wieder Probleme wegen seiner altklugen Sprüche und seiner eher ungewöhnlichen Interessen hatte. Christina machte drei Kreuze, wenn das Schuljahr vorbei war und er endlich die weiterführende Schule besuchen konnte. Vielleicht fand sich dort eher ein Kind, das zu ihm passte.

Als Christina den Schlüssel in der Handtasche verstaut hatte und in Richtung ihres Autos ging, wuchs in ihr die Vorfreude auf den Nachmittag. Gleich würde sie an dem Ort auf der Welt sein, wo sie am glücklichsten war. Und sie hatte ein wenig Zeit nur für sich.

୬୦ ୶ର

Allein der Geruch! Christina nahm einen tiefen Atemzug. Hätte sie sich im Spiegel gesehen, wäre ihr überrascht aufgefallen, dass sie lächelte. Es war ein Lächeln, das ihr ganzes Gesicht einnahm. Eilig hängte sie ihre Handtasche an die Türklinke und schlüpfte aus ihrer Jeansjacke, wollte nur noch zum Tisch, der den Raum dominierte und Christina jetzt magisch anzog. Da war ihre Töpferscheibe, das Regal, in dem die Zuckerdöschen mit den herzförmigen Griffen trockneten, die sie zuletzt gehenkelt hatte. Da waren die Blumen, die noch auf ihre Glasur warteten. Das Muster auf den Blütenblättern würde die Herausforderung sein, dachte Christina zum wiederholten Male. Aber sie wusste, es würde ihr gelingen. Ihr Blick fiel auf die Katze, die sie engobiert hatte, eine Technik, bei der man mit sehr dünnflüssigem Ton die Oberfläche des Keramikprodukts gestaltete. Sie war im Moment ihr Lieblingsstück, war es ihr doch tatsächlich gelungen, der Skulptur eine katzenhafte Eleganz zu verleihen. So wirkte sie beinahe lebendig.

Es duftete nach Ton, dem Holz, aus dem der Schuppen gebaut war, und der Glasur, die sie zuletzt verwendet hatte.

Sie setzte sich auf den Hocker an der Drehscheibe neben dem Tisch und genoss für einen Moment die Stille. Es war warm hier drin, fast stickig. Gleich würde sie das große Fenster öffnen, das Quirin, Nellys Freund, auf einer Seite der Gartenhütte eingepasst hatte, um das Raumklima zu verbessern und für mehr natürliches Licht zu sorgen. Er und Nelly hatten Christina das Fenster im letzten Jahr zu Weihnachten geschenkt, und sie hatte vor Freude geweint. Noch immer empfand sie es als wahres Wunder, wenn warme Sonnenstrahlen den Raum ausleuchteten. Außerdem war der Blick in den Garten ihrer Eltern einfach wunderschön. Die Hütte, die sie zu einer kleinen Töpferei umfunktioniert hatte, war ein Kleinod.

Als Christina das Fenster geöffnet hatte, hörte sie von draußen das Summen der Bienen, die sich in den Rosenstöcken ihrer Mutter tummelten. Rosen waren Gittis Leidenschaft, sodass der Garten im Sommer ein Blütenmeer war. Der Duft der Blumen vermischte sich mit dem des Raumes, und Christina nahm erneut einen tiefen Atemzug, bevor sie sich zurück an die Töpferscheibe setzte. Herrlich!

Es reichte schon, hier zu sitzen, und sofort war sie entspannt. Sie musste gar nicht den Ton zwischen den Fingern spüren. Eifer, Vorfreude, Liebe zu dem, was gleich kommen würde, eine Art prickelnder Erwartung – all das reichte ihr, um glücklich zu sein, wie sie auch heute wieder mit einer Mischung aus Erstaunen und Begeisterung feststellte. Vorsichtig bediente sie das Pedal ihrer Töpferscheibe und ließ sie langsam kreisen. Das war ihre Meditation.

Ein leises Klopfen riss sie aus ihren Gedanken, und ihre Mutter streckte den Kopf zur Tür herein.

»Dachte ich mir doch, dass ich dich durch den Garten huschen gesehen habe«, sagte sie fröhlich.

Schlagartig überfiel Christina ein schlechtes Gewissen. Wenigstens für ein Hallo hätte es reichen können, bevor sie in ihre eigene Welt abtauchte. »Oh, Mama, tut mir leid, ich …«

Aber Gitti schüttelte den Kopf. »Ist schon gut, Christl, ich kenn dich ja.« Das Lächeln wurde zu einem breiten Grinsen. »Ich wollte nur dafür sorgen, dass du eine Kleinigkeit isst.«

Die Mutter streckte ihrer Tochter ein Tablett entgegen. Die Kleinigkeit entpuppte sich als ein riesiges Stück Rhabarberkuchen mit Schlagsahne. Daneben stieg Dampf aus einer Tasse, die Christina vor Jahren, im frühen Teenie-Alter, zum Muttertag für Gitti getöpfert hatte. Sie war ein wenig schief, aber noch heute behauptete Brigitte Rieger, dass diese Tasse ihre schönste sei. Erst jetzt, beim Anblick der Köstlichkeiten, erinnerte Christina sich daran, dass sie ja schon im Laden Hunger gehabt hatte. Für Rhabarberkuchen hatte sie etwas übrig. Die Säure des Rhabarbers, dazu die Streusel, die immer so herrlich knusprig einen Kontrast zu Sahne und Kuchenboden bildeten ... Ihr Magen knurrte so laut, dass Gitti laut auflachte.

»Danke, Mama, du bist die Beste!«

Gitti Rieger trat ein und stellte das Tablett auf den Arbeitstisch. »Ich weiß«, sagte sie und zwinkerte ihrer Tochter zu. »Später gibt es dann noch Pasta. Ich hab so tolles Basilikum hinten im Garten – da mach ich uns ein schönes Pesto.«

»Mmmh. Du kannst Gedanken lesen, Mama. Ich hab vorhin im Laden erst an Spaghetti gedacht.« Christina griff nach der Kuchengabel.

»Ich bin schließlich deine Mutter.« Gitti kam um den Tisch herum, legte kurz den Arm um Christinas Schulter und drückte sie an sich. »Ich genieß das immer sehr, wenn du hier übernachtest.«

»Ich freu mich auch«, sagte Christina und meinte es so.

Gitti war mit Leib und Seele Mutter, und dass ihre beiden Töchter, Kati und Christina, jetzt erwachsen waren, machte sie zuweilen ein wenig wehmütig. Schließlich war Kati als Bergführerin quasi ständig unterwegs, und Christina, die wegen

Michael nach Rosenheim gezogen war, kam auch nicht mehr jeden Tag vorbei. Kurz dachte Christina an Nelly, ihre Halbschwester. Sie war Anton Riegers Tochter und erst vor zwei Jahren ganz überraschend in ihrer aller Leben getreten, nachdem ihre Mutter gestorben war und ihr die Kontaktdaten des Vaters quasi vererbt hatte. Für Gitti war Nelly inzwischen das dritte Kind, das sie sich immer gewünscht hatte, und auch Nelly fand in Gitti eine mütterliche Bezugsperson.

»Fährst du jetzt eigentlich morgen auf die Fraueninsel?«, fragte Gitti.

»Ja, drum bleibe ich ja gleich hier. Es macht keinen Sinn, nur zum Schlafen in die Stadt zu fahren.«

Gitti nickte energisch. »Finde ich auch. Und ich soll dir von Nelly ausrichten, dass sie Michael gern den ganzen Tag behält. Sie will mit ihm auf den Spielplatz nach Frasdorf fahren und anschließend am Samerberg beim Maurerwirt zum Essen gehen.«

Der Spielplatz in Frasdorf war mit Niederseilgarten, großem Wasserspielplatz und diversen Geschicklichkeitsspielen eine Institution in der Gegend. Michael konnte stundenlang an der Wasserpumpe stehen, ohne dass ihm langweilig wurde.

»Wegen mir gerne. Ich ruf Nelly nachher eh noch an und sag Michael Gute Nacht.«

»Wunderbar. Dann hole ich dich später zum Essen rüber.« Bevor Christina etwas antworten konnte, machte Gitti schon eine beschwichtigende Geste. »Du hast natürlich den ganzen Nachmittag deine Ruhe. Sollte Papa meinen, zu dir rüberkommen zu wollen, werde ich ihn zu Küchensklavendiensten verdonnern. Aber im Moment liest er sehr friedlich seine Zeitung.«

Christina lachte. »Du kennst mich *wirklich* zu gut.«

Gitti war schon an der Tür, als sie sich erneut umdrehte. »Ach ja, da fällt mir ein: Kati kommt morgen Abend aus der Monte-Rosa-Gruppe zurück. Wir wollten grillen. Seid ihr da auch noch da, Michael und du? Nelly und Quirin können nicht, die wollten eine Sonnenuntergangswanderung auf den Riesenberg machen.« Dank Katis Arbeit als Bergführerin wusste jeder in der Familie, dass es sich bei der Monte-Rosa-Gruppe um ein Gebirgsmassiv an der Grenze von Italien und Schweiz handelte. Kati hatte schon einige Male Kunden auf die Viertausender dort geführt.

»Kati, hm? So hoher Besuch.« Christina konnte sich einen leicht schneidenden Tonfall nicht verkneifen. Als Bergführerin reiste ihre Schwester ständig herum – auf Christinas Kosten. Die war nämlich die ältere Tochter, was in Bayern hieß, dass man den elterlichen Betrieb übernahm. So kam es, dass sie, obwohl sie eine Ausbildung zur Keramikerin und mehrere Kurse in der Salzburger Sommerakademie absolviert hatte, am Ende im elterlichen Betrieb gelandet war.

Seitdem beneidete sie ihre Schwester insgeheim darum, dass die ihren Traumberuf leben durfte, während sie den ganzen Tag Salmiak und Zuckerzeug verkaufte und dazu tapfer lächelte.

»Nun sei doch nicht so. Sie ist deine Schwester. Wir sehen sie halt nicht so oft und ...«

Christina wusste ganz genau, dass ihre Mutter nichts dafür konnte. Wenn, dann war es an Christina selbst, ihrer Schwester zu sagen, wie sehr es sie wurmte, dass Kati ohne Rücksicht auf Verluste ihren Weg gegangen war. Warum nur brachte sie das Thema nie zur Sprache?

»Ich weiß schon, Mama. Alles okay«, besänftigte sie ihre Mutter deshalb. »Ich hole Michael am späten Nachmittag bei Nelly ab, und dann kommen wir her.«

»Gut. Aber streite nicht mit Kati, okay?« Gittis Gesichtsausdruck verriet Besorgnis.

»Nein. Das verspreche ich dir.« Schon hatte Christina ein schlechtes Gewissen, weil sie viel zu oft Streit anzettelte und stichelte. »Allerdings kann ich keinen Salat beisteuern«, sagte sie mit ironischem Unterton.

Gittis Besorgnis wich, sie lachte, und auch Christina grinste breit. Es war allgemein bekannt in der Familie, dass an Christina keine Köchin verloren gegangen war. Niemand riss sich darum, dass sie etwas kochte.

»Schön. Dann kann Michael morgen noch mit dem Opa Monopoly spielen, das hat Anton ihm nämlich versprochen. Heute ist der ganze Vormittag fürs Schachspiel draufgegangen. Es ist erstaunlich, wie klug unser Enkel ist. Wirklich erstaunlich!« Der Großmutterstolz in ihrer Stimme war unüberhörbar.

Ohne eine Antwort abzuwarten, war Gitti aus der Tür geschlüpft und schloss sie jetzt leise hinter sich, um ihrer Tochter die Ruhe zu geben, die sie zum Töpfern brauchte.

2. Kapitel

Christina schaute zurück in Richtung Prien. Der Dampfer hatte eben abgelegt, und sie hatte sich einen Platz auf dem Außendeck gesichert. Von hier aus sah sie das große Riesenrad, das am Chiemseeufer aufgebaut worden war, sie sah die Bergsilhouette, die Kampenwand und das Königsschloss auf der Herreninsel, eingebettet in die Eichenwälder, die auf der Herreninsel dominierten. Das Schiff würde links um Herrenchiemsee herumfahren, und dann würde man bald schon die Fraueninsel mit dem Benediktinerinnenkloster sehen, dessen Kirchturm weithin als Wahrzeichen der Insel zu sehen war.

Kurz schloss Christina die Augen und genoss die warmen Sonnenstrahlen auf der Haut. Sie war relativ früh aufgebrochen. Das Frühstück würde sie auf der Insel einnehmen. Einzig einen Kaffeebecher hielt sie in der Hand. Ohne Kaffee kam sie nicht in die Gänge.

Als sie die Augen wieder öffnete, hatte der Dampfer namens Edeltraut sich schon ein gutes Stück

vom Festland entfernt. Man konnte die ganze Ufer-
linie sehen, die Stege mit den Booten, die kleinen
Badestrände, die Dampferanlegestelle, das Prienavera, ein Erlebnisbad, dessen markanter Glasbau
und das dampfende Außenbecken schon von Weitem zu sehen waren.

Es waren noch nicht viele Segelschiffe unterwegs,
und auch das Außendeck war höchstens zur Hälfte
besetzt. Christina beglückwünschte sich zu ihrer
Entscheidung, bereits den Morgen auf der Insel zu
verbringen. Sie würde alle Inseltöpfereien besuchen
und sich dort Anregungen für ihre eigenen Arbeiten
holen, würde sich im Klosterladen Kaffeemarzipan
kaufen, Michael auch eine kleine Marzipanköst-
lichkeit mitbringen, und dann würde sie sich als
spätes Frühstück einen Räucherfisch mit Kartoffelsalat gönnen. Der Motor des Schiffs sorgte für ein
gleichmäßiges Brummen, das Christina entspannte,
während sie weiter übers Wasser schaute. Tatsächlich war ein Stück weiter ein einzelner Mann auf
einem Stand-up-Board in Richtung Herreninsel
unterwegs. Vielleicht sollte sie das auch mal ausprobieren, schien es doch eine Sportart zu sein, bei
der man sich nicht anstrengen musste. Immer wenn
sie jemanden mit einem solchen Brett und einem
Paddel sah, bekam sie Lust darauf – und das, obwohl sie komplett unsportlich war, ganz im Gegensatz zu Kati. Und auch Nelly, ihre Halbschwester

aus Berlin, ging mittlerweile so oft wandern, dass Christina angesichts ihres Couchkartoffel-Daseins manchmal ein schlechtes Gewissen bekam.

Sie schaute hinüber zu dem Mann in T-Shirt und Shorts, wie er versuchte, die Wellen auszugleichen, die der Dampfer ihm vor den Bug seines Boards geworfen hatte. Es gelang ihm – aber viel hätte nicht gefehlt, und er wäre ins Wasser gefallen. Vielleicht wollte sie das doch nicht ausprobieren. Sie nahm einen Schluck Kaffee. Dann stellte sie den Becher neben sich, wühlte in ihrer Handtasche und holte ein Buch heraus.

»Der neue Jan Beck, den habe ich auch schon gelesen.«

Christina blickte auf. Neben ihr hatte ein Paar Platz genommen, die junge Frau deutete mit dem Kinn auf den Buchrücken. »Ist superspannend, oder?«

»Das kann man wohl sagen.« Eigentlich wollte Christina nicht gestört werden, aber der offene Blick der Frau machte sie sympathisch. Die Frau nickte und lächelte.

»Eigentlich bin ich ja mehr der Typ für Liebesromane.« Sie kicherte und legte ihre Hand ganz selbstverständlich auf den Oberschenkel des Mannes neben sich. Sofort legte der Mann seine Hand auf die ihre. Die beiden waren ein eingespieltes Team, das sah man sofort.

»Na ja. Um ehrlich zu sein, sind Liebesromane nicht so mein Geschmack.« Christina lächelte entschuldigend. »Ich brauch Spannung.«

»Nein? Ach, ich liebe es!« Die Frau verdrehte die Augen gen Himmel. »Man vergisst den Alltag und kann so richtig mitträumen. Außerdem erinnert es mich daran, was ich an meiner eigenen Beziehung habe.« Sie tauschte einen kurzen Blick mit ihrem Partner aus, der ihre Hand sanft drückte.

Christina schüttelte den Kopf. »Oh, ich glaube, ich bin einfach nicht besonders romantisch. Ich mag Mord und Totschlag.« Laut ausgesprochen, kamen ihre Worte ihr ziemlich makaber vor, aber die Frau lachte.

»Na, jeder, wie es ihm gefällt. Oh, schau mal, Ralf, da drüben, wie schön!« Tatsächlich waren im Schlosspark auf der Herreninsel gerade die Springbrunnen eingeschaltet worden, das Sonnenlicht ließ die Wassertropfen wie Tausende Diamanten funkeln.

Christina wandte sich wieder ihrem Buch zu, während das junge Paar sich von Schloss Herrenchiemsee verzaubern ließ. Aber die Buchstaben schienen vor ihren Augen zu tanzen, und sie konnte sich nicht mehr recht auf den Inhalt konzentrieren. Sie versuchte, sich zu erinnern, wann sie den letzten Liebesroman gelesen hatte, aber es wollte ihr nicht einfallen. Sieben, acht Jahre war es bestimmt her.

Und hier auf dem Sonnendeck des Chiemseeschiffs begriff sie auf einmal, warum sie die romantische Lektüre aufgegeben hatte: weil sie nicht mehr an Happy Ends glaubte. Damals, Michael war gerade mal zwei, drei Jahre alt gewesen, hatte sich abgezeichnet, dass Andreas Berndt nicht ihr Traummann war und schon gar nicht der Vater, den sie sich für ihren Sohn wünschte. Damals bei der Trennung hatte sie das Gefühl gehabt, dass ihr ganzes Leben zerbrach.

Andreas war Auszubildender bei ihrem Vater gewesen. Er wollte Zuckerbäcker werden, Lakritzen kreieren, das Handwerk erlernen. Er und Christina hatten immer ihre Schwierigkeiten. Und nach ein paar Jahren erzählte er Christina, dass er ein eigenes Geschäft in Rosenheim eröffnen würde, statt im Familienbetrieb ihres Vaters weiter mitzuarbeiten.

Also gründete er *Bonbon Berndt*, seinen ersten eigenen Laden, in der Rosenheimer Innenstadt, und Christina saß mit dem neugeborenen Baby daheim. Natürlich blieb in dieser Zeit wenig Platz für die junge Familie, das ging automatisch mit der beruflichen Weiterentwicklung, wie Andreas das nannte, einher. Nach der Eröffnung, sagte er, würde alles wieder anders werden.

Doch dann kam der große Tag, und Christina war geschockt, als sie – den kleinen Michael auf der Hüfte – mit ihrem Vater durch den Laden ging.

Noch heute erinnerte sie sich an dessen Gesicht, als er seine selbst kreierten Rezepte in Berndts Geschäft entdeckte. Nie zuvor hatte sie ihn so aufgewühlt gesehen wie in diesem Moment. Schließlich hatte er sich geräuspert, sich ein weiteres Mal umgesehen und war dann einfach aus dem Laden geeilt, ohne Christina auch nur eines Blickes zu würdigen, während Christina noch versuchte, gedanklich zu verorten, was sie da gerade sah. Sie war am Entstehungsprozess des Geschäfts nicht beteiligt gewesen. Ihre Aufgabe war es gewesen, sich um den kleinen Michael zu kümmern, und in dieser Aufgabe war sie voll und ganz aufgegangen. Somit traf der Betrug sie genauso unvorbereitet wie ihren Vater. Der Laden zeigte Andreas Berndt, den Vater ihres Sohnes, in einem neuen Licht. Und was Christina da sah, gefiel ihr ganz und gar nicht. Hatte sie bis dahin gedacht, dass er das Familienunternehmen im Stich ließ, wurde ihr jetzt klar, dass er nicht nur mit wehenden Fahnen sein Geschäft eröffnet hatte, sondern dass es ihm – im Gegensatz zu Anton Rieger – nahezu gänzlich an eigenen Ideen mangelte, was ihn veranlasst hatte, eine billige Kopie zu kreieren.

Sie setzte also ihren Sohn auf die andere Hüfte, hielt kurz nach Andreas Berndt Ausschau, der gerade mit dem Besitzer des Schuhladens, der sich neben seinem Geschäft befand, anstieß, und tat es ihrem Vater nach. Sie verließ das Geschäft ohne einen Blick zurück, mit zerrissenem Herzen.

Seither hatte sich ihr Leben sehr gewandelt. Als alleinerziehende Mutter zurechtzukommen, war nicht leicht. Natürlich hatte sie Andreas Berndt immer wieder an seine Vaterpflichten erinnert, hatte Michael nicht den Papa genommen, im Gegenteil. Oft war sie es gewesen, die ihn an seine Vaterrolle erinnert hatte. Aber sie war die hauptverantwortliche Erziehende. Und das im Alter von gerade mal zwanzig Jahren. Und statt zurück zu ihren Eltern zu ziehen – was sie nur zu gerne getan hätte, denn die Verantwortung erdrückte sie zuweilen –, entschied sie sich, ihr Leben selbst auf die Reihe zu kriegen. Niemand sollte ihr nachsagen können, sie wäre nicht in der Lage, sich gut um Michael zu kümmern. Christina investierte all ihre Energie in ihren Sohn. Sobald er in den Kindergarten ging, begann sie, wieder im Laden ihres Vaters zu arbeiten. Das Rheuma ihrer Mutter Gitti wurde schlimmer, sodass dringend eine weitere Mitarbeiterin gebraucht wurde, und Kati hatte schnell klargemacht, dass ihr Interesse nicht der Lakritze galt. So vergingen die Jahre, Christina wurde immer mehr ins Geschäft eingebunden, bis ihr Leben schließlich aus dem Laden und ihrem Sohn bestand. Da war keine Zeit mehr für romantische Gefühle oder Sehnsüchte. Kein Wunder, dass sie von derartigen

Fantasien auch in Büchern nichts mehr wissen wollte.

Christina legte den Krimi weg. Sie hatte keine einzige Zeile gelesen. Das junge Paar war an die Reling gegangen und schaute zu, wie der Dampfer an der Herreninsel vorbeifuhr, die Krautinsel passierte und weiter Kurs in Richtung Fraueninsel nahm. Der Mann hatte seinen Arm locker um die Taille der Frau gelegt, die Christina vorhin auf ihr Buch angesprochen hatte. Na, hoffentlich würde sie keine böse Überraschung mit ihm erleben, dachte Christina und konnte die Bitterkeit, die sie bei ihrem Gedanken empfand, fast schon schmecken. Nein, es war schon sehr richtig, sich mit einem ordentlichen Psychothriller zu beschäftigen statt mit emotionalem Quatsch!

❦

Nachdem das Schiff an der Fraueninsel angelegt hatte, blieb Christina noch kurz auf dem Außendeck sitzen. Für sie war die Insel ein Ort der Einkehr. Dazu wollte das Gedränge beim Aussteigen nicht recht passen. Erst als schon ein ganzer Strom Menschen sich auf die Insel ergossen hatten, ging auch sie gemächlichen Schrittes von Bord. Die Fraueninsel war nicht groß, man konnte sie in zwanzig Minuten umrunden, jedenfalls wenn man ein Ignorant war, der keinen Blick für Details hatte. So viele Kleinigkeiten gab es hier zu entdecken, und Christina hatte sogar Badesachen in ihren kleinen Rucksack gepackt. Sie hatte sich viel vorgenommen: Sie wollte zum steinernen Mann, zu ihrer Lieblingstöpferei und in den Klosterladen. Michael liebte das Marzipan, das dort hergestellt wurde. Außerdem wollte sie einen Kaffee beim Inselwirt trinken. Auch den herrlichen blumengeschmückten Häusern, der Kirche und der Fischräucherei wollte sie einen Besuch abstatten – insgesamt hatte sie so viel vor, dass sie für Tage auf der Insel hätte bleiben können, ohne sich zu langweilen.

Christina nahm sich vor, zunächst einmal gemütlich um die Insel zu schlendern. Jetzt am frühen Morgen waren noch nicht so viele Menschen hier. Sie nahm den kleinen Weg am Wasser entlang. Schnell war sie auf Höhe des Benediktinerinnenklosters. Von hier aus hatte man einen fantastischen Blick auf die Berge. Ein älterer Herr war gerade aus dem Wasser gekommen und wickelte sich in sein Handtuch. Als er Christina bemerkte, winkte er fröhlich herüber, und sie erwiderte die Geste. Das schien auch so eine Wirkung der Insel zu sein: Man wurde ganz automatisch ein kleines bisschen offener und freundlicher.

»Ist es kalt?«, fragte sie zu ihm hinüber, und er schüttelte den Kopf.

»Es ist genau richtig. So frisch, dass man wach wird.« Er lachte und begann, seinen Kopf mit dem Handtuch trocken zu rubbeln.

»Na dann – schönen Tag noch.« Christina winkte ein weiteres Mal und ging langsam weiter. Jetzt sah man hinüber zur Herren- und Krautinsel, die auch noch morgendlich still dalagen. Sie nahm einen tiefen Atemzug. Es musste hier die gleiche Luft wie in Prien sein, trotzdem hatte Christina das Gefühl, freier atmen zu können.

Wie schon so oft dachte sie darüber nach, dass sie sich irgendwann ein Boot mieten und die Krautinsel besuchen wollte. Noch war die kleine, unbewohnte Insel ein weißer Fleck auf ihrer persönlichen Landkarte. Christina wusste, dass hier nur ein paar Schafe weideten. Im Herbst wurden die Tiere per Schiff wieder zurück zum Festland gebracht. Auf der Herreninsel gegenüber sah man das Männerkloster, ein ehemaliges Augustiner-Chorherren-Stift, das das älteste bayerische Kloster gewesen war und der Namensgeber der Insel. Heute wurde es als altes Schloss bezeichnet.

Christina schlenderte weiter, hing ihren Gedanken nach und fühlte, wie sie immer mehr zur Ruhe kam. Sie ging an einer Fischräucherei und am Inselwirt vorbei, erreichte die Nordseite der Insel, schaute in üppig bepflanzte Gärten, hörte dem Plätschern des Wassers zu und beobachtete eine Stockente beim Tauchen. Ein Pfauenauge flog vorbei und fand einen Platz in einem Schmetterlingsbusch. Es waren all diese Kleinigkeiten, die die Fraueninsel für Christina ausmachten – und die Töpferei natürlich. Ihr Herz schlug höher, nur ein klein wenig, so wenig, dass sie selbst es gar nicht bemerkte, wenn sie das Gebäude schon von Weitem sah. Es war ein ehemaliges Fischerhaus, grau getüncht, weiß abgesetzt, nur von dem kleinen Weg, der die Insel umrahmte, vom Wasser getrennt.

Gleich wäre sie da, Christinas Schritt beschleunigte sich, und sie konnte das ehemalige Bootshaus schon sehen. Gleich würde sie die Keramikfiguren vor dem großen Tor erblicken, dessen Flügel würden weit offen stehen und den Blick auf den weiten Raum dahinter freigeben, und sie würde …

Christina blieb unvermittelt stehen. Das Tor war zu. Das Bootshaus verrammelt. Das kleine Schild war weg, nur noch dessen Umrisse waren als dunkler Schatten zu sehen. Fassungslos starrte sie auf das Gebäude, das ganz und gar verlassen wirkte. Nicht so, als hätte man einen Ruhetag oder Ferien. Es sah leer und verlassen aus, gerade als wäre es gestorben. Ein Kloß bildete sich in Christinas Hals. Sie trat auf das Tor zu und drückte die kalte Klinke nach unten. Natürlich war abgeschlossen. Trotzdem war es ein Schock. Sie ging seitlich um das Gebäude herum und warf einen Blick durch ein

Fenster. Die Regale in dem großen Raum waren gähnend leer, trostlose weiße Gerippe vor grauem Grund.

Christina ging zurück zum Haupteingang, lehnte sich gegen das Tor und rutschte nach unten, bis sie auf dem Boden saß. Da hatte sie sich tagelang auf ihren Besuch hier gefreut, die Töpferin war fast so etwas wie eine Freundin, und jetzt das.

Ihre gemeinsame Leidenschaft hatte oft zu schönen Gesprächen über Technik, Material und kreative Impulse geführt. Jetzt zu sehen, dass es die Werkstatt nicht mehr gab, traf Christina hart. Es war, als wäre ein Stück Heimat verloren gegangen. Christina zog die Knie an ihren Körper, bettete ihre Arme und dann ihren Kopf darauf und seufzte schwer. Wie schade, dachte sie nur, wie schade. Es war ein Jammer.

Plötzlich spürte Christina, dass ein Schatten auf sie fiel, und hob den Kopf.

»Geht es Ihnen nicht gut?«

Im ersten Moment konnte Christina nicht verorten, wer da im Gegenlicht vor ihr stand. Erst dann sah sie, dass die dunkle, raue Stimme zu einer Nonne gehörte. Eine zarte, eher kleine Frau, in den typischen Habit der Ordensgemeinschaft gekleidet.

Christina rappelte sich auf. Als sie der Frau gegenüberstand, war sie einen Kopf größer als die alte Dame, deren Gesicht von Falten durchzogen war.

»Äh, doch, alles gut. Vielen Dank.« Christina lächelte und strich sich die Haare aus dem Gesicht.

»Hm. Ich bin mir da nicht so sicher, junge Frau.«

»Doch, doch, Schwester, entschuldigen Sie. Es ist nur so schade wegen der Töpferei.« Christina warf einen Blick zurück auf das verschlossene Tor.

»Das habe ich auch gesagt. Was will eine Töpferin auf einer Weltreise? Aber Elsa war einfach nicht davon abzubringen. Sie meinte, die Insel würde ihr zu klein! Ha! Als ob sie schon alles hier gesehen hätte.« Die Nonne winkte ab und kicherte.

Christina wusste nicht genau, was die alte Frau damit sagen wollte. Schließlich war die Fraueninsel tatsächlich nicht besonders groß.

»Ich bin seit vierzig Jahren auf der Insel, und selbst ich habe noch nicht alles gesehen!« Die Nonne zwinkerte Christina verschwörerisch zu.

Meinte die Frau das ernst? Christina wusste nicht recht, was sie antworten sollte, aber anscheinend schien die Nonne keine Antwort zu erwarten. Sie streckte Christina stattdessen die Hand hin. »Ich bin Frau Maria, nicht Schwester. Bei uns in der Abtei Frauenwörth wird man mit Frau angesprochen.«

»Guten Morgen, Frau Maria. Ich heiße Christina.« Der Händedruck der Nonne war weich, aber nicht labbrig.

»Und du magst wohl Ton.« Schwester Maria deutete auf das Gebäude in Christinas Rücken.

Christina lachte. »Kann man so sagen, ja. Ich töpfere für mein Leben gern. Und wann immer ich Zeit habe, komme ich hierher und halte einen Plausch mit der Töpferin. Aber das kann ich mir wohl künftig sparen.« Sofort wurde es Christina wieder schwer ums Herz. »Ich hab die besonderen Werke hier immer sehr gerne angeschaut, und manchmal ist es mir auch gelungen, zu Hause etwas Ähnliches zu machen.«

Das stimmte. Doch besonders seit dem letzten Jahr hatte Christina sich künstlerisch weiterentwickelt und ihren ganz eigenen Stil gefunden.

»So, wie deine Augen glitzern, sprechen wir hier von echter Leidenschaft.« Das hatte die Nonne gut erkannt. Genau genommen hatte Christina sogar das Gymnasium abgebrochen, als sie eine Ausbildungsstelle als Töpferin bekommen hatte. Vielleicht wäre ihr Leben anders verlaufen, wenn sie damals übernommen worden wäre. Doch es war ein zu kleiner Betrieb, um sich eine Angestellte leisten zu können. Schon dass er ihr die Ausbildung möglich gemacht hatte, hatte an ihrem besonderen Talent gelegen, jedenfalls hatte ihr das der Lehrherr, wie man in Bayern sagte, glaubhaft versichert.

»Das ist wahr. Ich bin wirklich eine leidenschaftliche Keramikerin. Die Arbeit mit Ton macht mich einfach glücklich.«

Die Ordensschwester nickte. »So geht es mir mit Marzipan und meinem Kräutergarten. Und neuerdings auch mit meinen wunderbaren Apfelbäumen.«

Dieses Mal verstand Christina. Sie wusste, dass im Kloster Marzipan nach altem Geheimrezept hergestellt, bis zum heutigen Tag von Hand gemacht und mit unterschiedlichen Holzmodellen in Form gebracht wurde. Michael hatte versucht, das Geheimnis des Marzipans zu lüften, und sich einige Wochen fast ausschließlich mit Marzipanherstellung beschäftigt – eine Phase, die Christina nur zu gerne hingenommen hatte, zumal er dafür seine Kreuzspinnenzucht, die davor sein Interessenschwerpunkt gewesen war, aufgegeben hatte.

»Mein Sohn liebt das Inselmarzipan. Er würde sterben, um das Rezept zu erfahren«, sagte Christina deshalb.

»Ha!« Frau Maria klatschte in die Hände. »Das Rezept hätten viele gerne, ich weiß. Aber ... nein, da schweigen wir Schwestern still.«

Die alte Dame war sicher über siebzig Jahre alt, wenn nicht noch älter, überlegte Christina, aber sie wirkte wie ein junges Mädchen.

»Ich werde es meinem Michael ausrichten.«

»Mach das. Und wenn du mit in den Klosterladen kommst, suche ich dir ein Mitbringsel für deinen Sohn aus. Wie wäre das? Das vertreibt auch gleich deine trüben Gedanken.«

Christina gab sich einen Ruck. »Danke schön.«

Gemächlich gingen sie nebeneinanderher. Nun war zu merken, dass die Klosterschwester schon älter war. Ein leichtes Hinken begleitete ihre Schritte. Aber falls ihr das Gehen Schmerzen bereitete, ließ sie es sich nicht anmerken. Schweigend brachten sie fast den halben Weg hinter sich. Dann erst ergriff die Benediktinerin wieder das Wort. »Sag mal ... du kennst nicht zufällig jemanden, der Interesse daran hätte, die Werkstatt zu übernehmen?«

»Was?« Christina war wie vom Blitz getroffen.

»Nun ja. Einer der Fischer möchte das Bootshaus mieten. Aber das ist doch viel zu schade, habe ich zur Gretl gesagt. Ihr gehört das alte Fischerhaus, musst du wissen. Sie hat gemeint, dass es ihr egal ist. Egal! So was!« Das Hinken der Nonne verstärkte sich, als sie sich über die Bootshausbesitzerin echauffierte. »Die Töpfereien auf der Fraueninsel sind ein Stück Kultur, habe ich zu ihr gesagt. Man kann doch nicht den Loisl seine alten Ruderboote zwischen die weißen Regale stellen lassen.« Frau Maria war stehen geblieben und schöpfte Atem. Das letzte Stück zum Klosterladen ging es leicht bergauf. Dazu die Aufregung – sie blieb stehen, schien eine Pause zu brauchen. »Also habe ich zu Gretl gesagt, sie soll eine Töpferin finden oder einen Maler, von mir aus jemanden, der Papier schöpft. Aber wenn du Gretl kennen würdest, wüsstest du, dass ihr nur wichtig ist, dass die Miete rechtzeitig reinkommt. Und Loisl hat Interesse, also ...« Die Klosterschwester zuckte mit den Schultern. Dann ging sie langsam weiter. »Wenn man natürlich jemanden wüsste, der sich für den Schuppen interessiert, wäre alles anders.«

Christina sah den Seitenblick der Nonne nicht, weil sie einer Frau mit Kinderwagen auswich. Sonst hätte sie mit Sicherheit das Blitzen in den Augen der Gottesdienerin gesehen. Aber auch wenn sie Frau Marias Gesichtsausdruck nicht sah, rührten die Worte der Nonne etwas in ihr an. Sie selbst wollte den Töpferschuppen mieten! Sie wollte ihrer Leidenschaft folgen! Sie wollte, dass ihr Herz täglich höherschlug, wenn sie das Bootshaus sah! Sie wollte! Der Gedanke war so aufregend, dass sie für einen Moment das Atmen vergaß und stehen blieb.

»Ist alles in Ordnung?« Frau Maria drehte sich um.

»Ich weiß es nicht genau«, antwortete Christina wahrheitsgemäß. Sie war von der Wucht ihrer eigenen Emotion so getroffen, dass sie gar nicht wusste, was sie tun sollte. Plötzlich hatte sie angefangen zu schwitzen. »Aber ich glaube, ich brauche jetzt erst mal eine Abkühlung. Könnte ich Sie später im Laden besuchen, Schwester ... äh ... Frau Maria?«

Die Nonne lachte. »Natürlich, gerne. Ich werde auf dich warten. Ich muss eh noch ein paar Marzipansorten in die Regale nachfüllen.«

Ohne einen Blick zurück ging die Ordensschwester weiter. Christina kam nicht umhin, die alte Dame zu bewundern. Ihre ausgeglichene Art, die Ruhe, die sie ausstrahlte, all das stand in perfektem Kontrast zu dem Wirbelwind, der Christina gerade bis in die Fingerspitzen durchfuhr.

Eine Abkühlung. Das war genau, was sie jetzt brauchte!

Wie automatisch ging Christina zu dem kleinen Badestrand, wo sie vorhin den alten Mann getroffen hatte. Ein ganzes Leben schien zwischen der Begegnung und dem Jetzt zu liegen, umso überraschter war sie, ihn noch auf einer Bank in der Sonne vorzufinden, von wo aus er ihr zuwinkte.

Schnell war Christina in ihren Badeanzug geschlüpft. Normalerweise ging sie sehr langsam ins Wasser, Frostbeule, die sie war. Aber heute rannte sie regelrecht ins Wasser, spürte die Steine unter ihren Füßen gar nicht. Schon als das Wasser ihr bis zur Hälfte des Oberschenkels reichte, ließ sie sich einfach nach vorne fallen, und das kühle Nass umfing sie. Ohne nachzudenken, tauchte sie ganz in das Wasser ein und machte ein paar Schwimmzüge. Die Kälte tat wahnsinnig gut. Aber die Hitze, die der Gedanke an die Übernahme der Töpferei in Christina entfachte, glühte in ihrem Herzen weiter.

Christina hatte die starke Vermutung, dass es nur einen einzigen Weg gab, um das Feuer in ihr unter Kontrolle zu kriegen. Mit einem Schlag war sie wild entschlossen und schwamm zurück zum Ufer.

❧

Nachdem sie blitzschnell zurück in ihre Kleidung geschlüpft war – das T-Shirt klebte ihr am Rücken, weil sie sich so schlampig abgetrocknet hatte –, eilte sie im Laufschritt zum Klosterladen. Ihr Atem ging entsprechend schwer, als sie in das kleine Geschäft stürmte und dabei den Postkartenständer links vor dem Eingang bedrohlich streifte. Sie war so aufgeregt, dass sie gar keinen Blick für das Sortiment des Geschäfts hatte. Nur am Rande nahm sie wahr, dass hier nicht nur Marzipan und Kräuterlikör, sondern auch Karten, Kerzen und andere Kleinigkeiten verkauft wurden. Sie hielt nur Ausschau nach Frau Maria. Tatsächlich sortierte die Nonne im hinteren Bereich des Ladens Waren in ein Regal.

Als sie Christina erblickte, richtete sie sich lächelnd auf.

»Ich sehe, du bist so weit?«, fragte die Klosterschwester, als wüsste sie schon, was Christina ihr zu sagen hatte. Die stand vor der Ordensfrau und konnte, noch immer nach Luft ringend, nur nicken.

»Na gut. Dann bring ich dich jetzt zu Gretl.« Die Nonne sah sehr zufrieden aus, als sie den Karton mit Marzipantalern, auf deren Verpackung eine Ente aufgedruckt war, auf dem Boden absetzte. Sie hakte sich bei Christina unter wie bei einer alten Vertrauten, und sie verließen den Laden und traten hinaus ins Sonnenlicht.

»Ich wusste sofort, dass du die Richtige für das Bootshaus bist.« Die Nonne drückte fest Christinas Unterarm und strahlte sie an. Christina fühlte sich von der ganzen Situation so überfordert, dass sie Maria nur zu gerne die Führung überließ, als die mit ihr in Richtung Inselmitte ging, wo sich die großen Linden befanden, die sogar eigene Namen hatten – Tassilolinde und Marienlinde. Schon oft hatte Christina die jahrhundertealten Bäume bewundert. Besonders die Tassilolinde, die noch vital war, während die Marienlinde nur noch als Naturdenkmal erhalten geblieben war, hatte es Christina angetan. Heute jedoch ließ sie sich wie in Trance von der Klosterschwester daran vorbeiführen.

Schließlich standen sie in einem herrlich mit Dahlien bepflanzten Garten. Um sie herum leuchtete es in Pink, Gelb und Weiß. Die Blumen schienen sich gegenseitig mit ihrer Pracht ausstechen zu wollen, und Christina fühlte sich an ihre Mutter und deren Rosengarten erinnert. Diese Gretl war eine begeisterte Gärtnerin, das sah man auf den ersten Blick.

»Gretl?« Die Nonne machte sich nicht die Mühe, zur Haustür zu gehen, um zu klingeln. Sie rief einfach laut den Namen der Hausbewohnerin, deren Gesicht sich auch prompt im offenen Türspalt zeigte.

»Frau Maria, grüß Gott!« Wenn Gretl überrascht war, zeigte sie es nicht, als sie über die Türschwelle trat. Sie war eine Frau mittleren Alters, kurze, dunkle Haare, Dauerwelle. Sie trug Jeans und ein geblümtes T-Shirt, wie so viele Damen ihres Alters, die sich praktisch und alltagstauglich kleideten. In Gretls Leben, das sah man ihr an, war kein Platz für Schnickschnack. Alles an ihr war praktisch.

»Kann ich etwas für Sie tun?« Sie begrüßte Christina mit einem Kopfnicken, als sie herangetreten war.

»Du sollst dieser Frau den Bootsschuppen vermieten.« Die Klosterschwester ließ Gretl ohne Umwege wissen, was sie wollte. »Wir verlieren hier sonst ein Stück Kultur. Und Christina töpfert leidenschaftlich.«

Maria klang, als würde sie Christina seit Jahren kennen und nicht erst seit dem heutigen Morgen. Die Überzeugung in ihrer Stimme ließ keinen Zweifel daran, dass sie fest an das glaubte, was sie sagte.

»So, so.« Gretl musterte Christina von oben bis unten, dann streckte sie ihr die Hand hin. »Ich bin die Gretl, und du?«

»Oh, Entschuldigung. Christina Rieger.« Sie schüttelten einander die Hand. Dann wandte Gretl sich wieder an die Nonne.

»Du weißt aber schon, dass Loisl das Bootshaus auch gerne mieten möchte, oder?«

Frau Maria nickte. »Ja. Aber er würde einfach nur seine Fischerboote darin abstellen.«

»Hm.« Gretl verschränkte die Arme.

»Du weißt, dass die Insel den Tourismus braucht – und die Touristen kommen, um was zu sehen. Mit alten Booten vermietest du deine Pensionszimmer nicht. Christina hier zum Beispiel ist heute auch nur wegen der Töpferei auf der Insel. Stimmt's?« Die Nonne schaute Christina an, und die nickte. Sie wusste noch immer nicht recht, wie ihr geschah. Versuchte sie wirklich gerade, ihre eigene Töpferei zu mieten? Sie konnte kaum klar denken.

»Das stimmt.«

»Hast du Loisl schon fest zugesagt?«, wollte die Klosterschwester jetzt wissen.

Gretl schüttelte den Kopf. Sie verschränkte die Arme vor der Brust.

»Warum nicht?«, fragte die Nonne weiter.

Ein Schulterzucken war die Antwort. Gretl runzelte die Stirn. Lange Augenblicke vergingen. Man sah, dass sie nicht genau wusste, was sie sagen sollte.

»Ein Gefühl«, sagte sie schließlich.

»Siehst du.« Mehr sagte Frau Maria nicht. Ihr *Siehst du* hatte nach einem starken Argument geklungen, einem Argument, diesem Loisl das Bootshaus nicht zu vermieten.

Gretl war sichtlich keine Frau großer Worte. Stattdessen hatte sie sich jetzt Christina zugewandt und schaute sie an, ja, musterte sie von Kopf bis Fuß. Ihr Blick war jetzt ein anderer als beim ersten Händeschütteln, er schien tiefer zu gehen, und es kostete Christina ordentlich Willen, ihn zu erwidern und nicht wegzuschauen.

So vieles fiel ihr ein, was sie vielleicht sagen sollte, doch einer Eingebung folgend tat sie etwas ganz anderes. Sie erinnerte sich an ein Projekt vom letzten Jahr und holte ihr Handy hervor. Schnell öffnete sie den Fotoordner. Da waren sie, unter Favoriten. Christina hielt Gretl ihr Handy mit einem bestimmten Bild hin. Auf dem Foto waren Keramikblumen in allen Farben zu sehen. Schüsseln, aber auch Gartendeko, eine Glaskugel mit Blumenverzierung, eine bunte Mischung aus fröhlichen Farben und Formen.

Gretls Gesicht bekam eine ganz neue Weichheit, als sie die Blumen aus Ton betrachtete. »Bärig«, urteilte sie schließlich, als sie das Handy zurückgab. Sie war sichtlich kein emotionaler Typ, aber ihr Lächeln verriet, dass ihr die Stücke wirklich gut gefielen.

»Also?«, fragte die Nonne.

»Also gut.« Gretl wandte sich an Christina. »Hand drauf? Über die Miete reden wir noch. In Ordnung?«

Christina konnte nur nicken, sie und Gretl schüttelten sich erneut die Hände, während das Feuer in Christina so hohe Flammen entwickelte, dass sie die Schweißtropfen spürte, die ihren Rücken hinunterliefen. Aber sie hatte es getan, sie hatte Gretl die Hand gereicht. Und wer in Bayern lebte, der wusste, dass ein mündlicher Vertrag hier einem schriftlichen gleichkam.

»Gelobt sei der Herr!«, rief da Frau Maria aus und klatschte in die Hände. »Wunderbar, zwei Frauen, die wissen, was sie wollen.«

Nun, diesbezüglich war sich Christina gerade überhaupt nicht mehr sicher. Schließlich war sie zum ersten Mal in ihrem Leben einfach nur ihrem Instinkt gefolgt, und jetzt, wo der Handschlag alles besiegelt hatte, realisierte sie erst, dass sie ihren

Verstand völlig beiseitegeschoben und ganz mit dem Herzen entschieden hatte.

Verrückt, dachte sie bei sich, völlig verrückt. Und sie erkannte sich für einen Augenblick selbst nicht mehr.

3. Kapitel

Christina saß im Auto, das sich langsam aufheizte, und konnte sich nicht überwinden auszusteigen. Sie musste Michael abholen, bestimmt wartete Nelly schon auf sie, aber sie saß auf dem Fahrersitz wie festgetackert. Was hatte sie nur getan? Sie konnte niemals zwei Berufe gleichzeitig ausüben! Eine Töpferei zu betreiben und einen guten Job im Lakritzladen zu machen – das war eine Utopie. Das konnte niemals klappen. Da war ein Scheitern doch vorprogrammiert. Dabei wünschte sie sich nichts sehnlicher, als ihre ganze Aufmerksamkeit der Töpferei zu widmen! Wäre der Job im Laden irgendein Job und nicht das Lebenswerk ihres Vaters – sie hätte gar nicht überlegen müssen. Aber so? Wie sollte sie ihm sagen, dass sie hinschmeißen wollte, weil Bärendreck sie rein gar nicht interessierte?

Ihr Vater war in ihrem Leben immer der Leuchtturm gewesen, dessen Licht ihr den Weg wies. Wie sollte sie ihn so derbe enttäuschen? Schließlich war es ihr Vater gewesen, der ihr aus der Patsche geholfen hatte, als sie in der fünften Klasse immerzu gehänselt worden war. Er war es gewesen, der bei der Geburt von Michael dabei gewesen war, weil Andreas, der Kindsvater, an dem Abend feiern war und Christina ihn nicht telefonisch erreichte. Er war es gewesen, der sie zu den Gerichtsverhandlungen wegen des Unterhalts begleitet hatte. Ihr Vater hatte ihr zeitlebens die Hand gehalten, und wie vergalt sie ihm das? Sie trat sein Lebenswerk mit Füßen. Nein, das durfte sie nicht tun! Das schlechte Gewissen ließ Tränen in ihren Augen aufsteigen. Sie hatte einen schrecklichen Fehler gemacht. Sollte doch dieser Loisl seine Fischerboote in dem Bootshaus parken! Christina schluchzte auf und vergrub das Gesicht in den Händen.

Als es gegen die Fensterscheibe auf der Fahrerseite klopfte, riss sie erschrocken den Kopf hoch. Draußen stand der kleine Ludwig, genannt Wiggerl. Wie alt war der Junge mittlerweile? Sechs Jahre? Die Zeit verging so schnell. Hastig wischte sie sich über die Augen. Der Junge hatte nur eine Badehose an und einen riesigen Strohhut auf dem Kopf.

»Christl, darf der Michi noch bleiben? Wir sind alle noch im Pool, und er ist doch gerade erst gekommen.« Mit großen Augen schaute Ludwig sie an. Er hatte seinen bettelnden, niedlichen Blick perfekt drauf. Christina musste automatisch lachen.

»Tut mir leid, Wiggerl. Heute geht es nicht bei uns. Ich bin eh schon spät dran. Michael soll sich ganz schnell anziehen.« Vom anderen Ende des Gartens hörte man ein lautes Kreischen. »Ich wusste gar nicht, dass ihr einen Pool habt.«

Der Kleine stemmte die Hände in die Seiten und warf sich in die Brust. »Wir haben ihn heute aufgepustet.«

»Wie toll!« Der Pool war also ein Planschbecken. »Na, den muss ich mir aber unbedingt anschauen, oder? Ist Nelly auch drüben?«

»Ja, aber die ist voll langweilig. Die hat sich einen Liegestuhl aufgestellt.«

»Na, die traut sich was!« Christina gab sich entsetzt.

Ludwig nickte eifrig. »Das hab ich auch gesagt. Aber ich hab eine Wasserpistole.« Er kicherte.

»Na, dann schauen wir mal, oder? Am Ende ist es Nelly, die da so laut kreischt grade.« Christina stieg aus dem Wagen und warf die Tür krachend zu.

Ludwig rannte, der nassen Spur folgend, die er auf dem Herweg auf dem Boden hinterlassen hatte, zurück in Richtung Wasserspiele. Christina folgte ihm deutlich langsamer. Obwohl es schon später Nachmittag war, hatte sich der Tag zu einem brütend heißen Sommertag entwickelt. So eine Wasserpistolen-Erfrischung, dachte sie bei sich, das würde gar nicht schaden.

Unterwegs holten sie auch schon wieder ihre trüben Gedanken ein, und sie ermahnte sich selbst, sich zusammenzureißen. Also setzte sie ein Lächeln auf, als sie um das Hauseck herumging.

Im Garten bot sich ihr ein herrlicher Anblick. Michael spritzte gerade eine riesige Ladung Wasser in Richtung des kleinen Wiggerl, der seinerseits kreischend auf Christinas Sohn zielte. Melanie, Wiggerls Mutter, und Nelly hatten einen riesigen Schirm aufgespannt und lagen auf Liegestühlen darunter, in der Hand jeweils ein Radler, das so kalt war, dass die Außenseiten der Gläser beschlagen waren.

Michael war so beschäftigt, dass er gar nicht aufschaute, obwohl Christina laut in die Runde grüßte. Ihn so kindlich zu erleben, war ein seltener, glücklicher Moment. Oft saß er, versunken in ein Buch über sein gerade aktuelles Interessengebiet, alleine in einer Ecke. Nicht, dass Michael das als negativ empfand. Er liebte es, stundenlang zu lesen und Wissen anzusammeln. Aber Christina hätte ihm manchmal mehr Unbeschwertheit gewünscht, ja, sogar Unvernunft. Wenn sie ihren Sohn ansah, der ernster war als mancher Erwachsene, wollte sie ihm am liebsten Fingerfarben in die Hand drücken und ihn zwingen, Hauswände zu bemalen. Aber natürlich tat sie das nicht. Michael war eben Michael, und sie liebte ihr Kind so, wie es war.

Melanie war aufgestanden und kam Christina entgegen. Sie war Quirins Schwester und lebte gemeinsam mit Nelly und Quirin hier auf dem Hof, in einem anderen Gebäude. Dazu kamen noch ihre Kinder und ihr Mann, sodass es immer wild zuging.

»Hi, Christina, willst du auch ein Radler?«

Erst jetzt wurde Christina bewusst, wie durstig sie war. Den ganzen Tag hatte sie kaum etwas getrunken. Sie nickte dankbar. »Sehr gern.«

»Gut. Ich komm gleich wieder.« Melanie verschwand im Haus, und Nelly winkte Christina in den Schatten, auf den freien Liegestuhl neben sich zeigend.

»Hi, na, war Michael brav?«, fragte sie, nachdem sie sich gesetzt hatte.

Nelly verdrehte die Augen. »Der kann doch gar nicht anders.«

»Na gut.« Christina lehnte sich zurück. Was für eine Wohltat!

»Wie war die Insel?«, fragte Nelly. Ihre Worte gaben Christinas Gedankenkarussell einen kräftigen Schubs, und es begann, sich wie wild zu drehen. Wo sollte sie nur anfangen?

Bevor sie etwas sagen konnte, hatte Nelly ihre Sonnenbrille abgenommen und musterte Christina eindringlich. »War es nicht schön?«

Christina schluckte. Nervös wickelte sie eine Haarsträhne um ihren Finger. »Doch, schon ... Also nein. Ach, ich weiß nicht genau.«

Sie hatte nicht vorgehabt, ihrer Halbschwester

ihr Herz auszuschütten, aber anscheinend ging es nicht anders. Um die Form zu wahren, war sie viel zu aufgewühlt.

»Was ist denn passiert?« Die ehrliche Besorgnis ihrer Schwester tat Christina unglaublich gut.

Kurz überlegte sie, wo sie anfangen sollte. Dann sprudelte es einfach aus ihr heraus. »Ich habe auf der Insel eine Töpferei gemietet. Es war ein Schnellschuss. Ich habe überhaupt nicht darüber nachgedacht und es einfach gemacht. Aber jetzt bin ich mir nicht mehr so sicher, ob die Idee so gut ist, wie sie sich in dem Moment angefühlt hat. Da war so eine Nonne, die hat mich regelrecht überredet und alles mit mir gemeinsam erledigt. Eigentlich war das sehr nett. Aber dann, als ich auf dem Dampfer zurück nach Prien war, ist mir Papa wieder eingefallen, und ich wusste nicht, wie ich ihm je wieder in die Augen schauen könnte, wenn ich wegginge. Und dann hab ich auch noch vergessen, Marzipan für Michael mitzunehmen.«

Nelly runzelte die Stirn.

»Warum genau kannst du Anton nicht mehr in die Augen schauen, wenn du das machst?« Nelly hatte ihren Vater und auch die Halbschwestern erst vor zwei Jahren kennengelernt, nach dem Tod ihrer Mutter. Meistens sagte sie mittlerweile auch Papa, aber immer wieder rutschte ihr auch ein Anton über die Lippen.

»Na, wegen der Lakritze. Sie ist seine Leidenschaft. Mit Sicherheit wäre er total enttäuscht, wenn ich dem Geschäft den Rücken kehre. Es ist sein Lebenswerk, und gerade jetzt, wo er daran denkt, sich zurückzuziehen ... Ach, ich weiß nicht. Ich komme mir gemein vor.«

»Vielleicht solltest du mal mit Papa sprechen?«

»Ja, vielleicht«, bestätigte Christina. Endlich hatte Michael Zeit gefunden, seiner Mutter zuzuwinken, bevor er sich wieder in die Wasserschlacht stürzte. Sie winkte zurück, war aber in Gedanken noch immer bei ihrem Vater und seiner möglichen Reaktion.

»Er weiß doch, wie sehr du die Töpferei liebst. Das ist ja auch nicht neu.«

»Nein.« Jeder in der Familie kannte Christinas Leidenschaft.

»Außerdem«, plötzlich klang Nelly ganz leise, fast schon scheu. »Ich bin doch auch noch da. Und ich *liebe* Lakritze.«

Da erst wurde Christina klar, dass ihre Aussage über das Geschäft Nelly ganz gewiss verletzt haben musste. Schließlich arbeitete Nelly mittlerweile mit Herzblut im Laden und der Manufaktur mit. Warum nur hatte Christina daran keinen Gedanken verschwendet?

»Es tut mir leid, an dich hab ich gar nicht gedacht.« Sie spürte, wie sie rot wurde.

»Ist schon okay, mach dir keine Gedanken.«
Nelly strich ihr über den Unterarm. Es war eine
beiläufige, aber liebevolle Geste.

Melanie kam in diesem Moment mit einer Flasche Radler zurück und hielt sie Christina hin.

»Brauchst du ein Glas?«, fragte sie.

»Nein. Alles gut.« Christina griff nach der Flasche. Hier in Bayern war es einfach üblich, ganz
unkompliziert aus der Flasche zu trinken – jedenfalls auf Liegestühlen an Planschbecken.

Die drei Frauen stießen an, und Christina nahm
einen langen, durstigen Zug. Sie konnte regelrecht
die Kälte im Magen spüren.

Melanie seufzte genüsslich, als sie sich wieder in
ihren Liegestuhl sinken ließ. In diesem Moment er-
tönte aus der Richtung des Planschbeckens ein Auf-
schrei. Michael stand mit hängenden Schultern im
knietiefen Wasser, während der kleine Ludwig herz-
zerreißend weinend in der Wiese stand.

»Was ist denn los?« Melanie eilte zu dem Kleinen.

Wiggerl deutete auf seinen Fuß, brachte jedoch
kein klares Wort heraus. Seine Mutter hob ihn
hoch. »Na komm, wir holen eine Zwiebel.«

Ganz offensichtlich war Ludwig von einer Biene
gestochen worden. Kein Wunder, der Klee stand in
voller Blüte. Die Ruhe, mit der Melanie ihren Sohn
betreute, verriet, dass sie im Umgang mit Kindern
unglaublich routiniert war. Christina versuchte sich

zu erinnern, wie viele Kinder Melanie hatte. Vier? Fünf? Auf jeden Fall genug, um Ludwig ins Haus zu tragen, ohne das Gefühl von Drama zu vermitteln. Und tatsächlich: Der kleine Wiggerl hatte schon aufgehört zu weinen.

»Kann ich mitkommen? Ich möchte zu gerne wissen, warum Ludwig eine Zwiebel essen soll«, fragte Michael und hüpfte aus dem Pool.

Tatsächlich schaute Melanie sich lachend um. »Na, dann komm mal mit.«

Christina wollte ihn aufhalten, aber Melanie wirkte so entspannt, dass sie ihren Sohn ziehen ließ.

Zurück blieben sie und Nelly.

»Ich würde auch gern mitkommen.«

»Wie bitte?«, fragte Christina.

»Na, zu Papa. Wolltest du nicht nachher noch rüberfahren?«

»Doch, ja.«

»Dann wirst du doch sicher etwas über deine Pläne erzählen, oder?«, wollte Nelly wissen.

»Oh, das wäre so lieb. Aber wolltest du nicht mit Quirin etwas unternehmen?«

»Das kann ich verschieben. Manchmal muss man Prioritäten setzen. Und du siehst aus, als könntest du eine Wing-Woman brauchen.« Nelly hielt ihrer Schwester ihr Wasserglas zum Anstoßen hin. Sie grinste breit. »Ich möchte übrigens erwähnen, dass ich in ganz Berlin keine solchen Kunstwerke gesehen habe, wie du sie anfertigst. Ich bin sozusagen dein größter Fan.«

»Jetzt übertreib mal nicht.« Christina versuchte sich in einem ruppigen Ton, aber der gelang ihr nicht recht. Viel zu sehr freute sie sich über Nellys Kompliment. »Danke, dass du mitgehst«, fügte sie noch hinzu.

Christina war selbst überrascht, wie erleichtert sie sich fühlte, weil sie ihren Eltern nicht alleine gegenübertreten musste. Sie war Nelly unglaublich dankbar für ihr Angebot. Nach einem etwas holprigen Start mit ihrer Halbschwester hatte Christina erkannt, dass Nelly ihren Vater nicht gesucht hatte, um ihn finanziell zu schröpfen, sondern weil sie ehrlich Sehnsucht nach einer Familie gehabt hatte. Diese Erkenntnis war es gewesen, die das anfängliche Misstrauen schließlich in eine Freundschaft verwandelt hatte, deren Vertrautheit sich nur damit erklären ließ, dass sie eben auch Halbschwestern waren.

»Ich kann das mit der Töpferei auch sicher noch absagen«, sagte Christina, der in diesem Moment klar wurde, was es für Nelly an Mehrarbeit bedeuten würde, wenn sie sich aus dem Geschäft des Vaters zurückzöge.

»Wie bitte? Spinnst du? Auf gar keinen Fall! Es geht doch jetzt vielmehr darum, dass wir im Familienrat eine Lösung für den Laden und die

Manufaktur finden. Du solltest auf jeden Fall an deiner Leidenschaft festhalten und nicht so einfach aufgeben.«

»Ich dachte, wir grillen. Wir haben Familienrat?« Christina zog die Augenbrauen hoch.

Nelly kicherte. »Sieht ganz danach aus.«

Und dank Nellys Entschlossenheit hatte Christina zum ersten Mal, seit sie Gretl die Hand geschüttelt hatte, das Gefühl, dass alles auf wundersame Weise einen guten Ausgang nehmen könnte.

❧ ❧

Alle saßen miteinander um den großen Holztisch auf der Terrasse der Familie Rieger. Das Abendlicht färbte den Garten golden, und die Rosen setzten rosa, weiße und rote Akzente. Es war ein Wohlfühlort, keine Frage. Michael saß neben Christina, Nelly war allein gekommen und hatte sich zu ihrer anderen Seite gesetzt. Kati war auch da und erzählte gerade von der Monte-Rosa-Gruppe und dem genialen Ausblick aufs Matterhorn, das sie selbstredend bei einer anderen Gelegenheit schon bestiegen hatte. Anton Rieger hatte bis vor wenigen Minuten am Grill gestanden und saß jetzt, den Arm locker um Gittis Stuhllehne gelegt, neben seiner Frau am Stirnende des Tisches und lächelte versonnen, während er zuhörte.

Christinas Bratwurst lag unangetastet auf ihrem Teller, der Grillkäse ebenso. Einzig ein paar Scheiben Tomaten hatte sie gegessen, aber selbst das war ihr schwergefallen. Ihre Neuigkeit lag ihr wie ein Stein im Magen.

Nelly hatte sie vor ein paar Minuten schon unter dem Tisch angestoßen, aber Christina hatte es nicht über sich gebracht, etwas zu sagen. Sie tat stattdessen so, als wäre Katis Erzählung von der Gletscherüberquerung bei der Gnifrettihütte das Spannendste, was sie seit Langem gehört hatte. Dabei interessierte sie sich rein gar nicht für Schnee und Eis, wenn es nicht gerade Stracciatella war.

Plötzlich – Kati hatte in ihrer Erzählung die Hütte gemeinsam mit ihren Gästen erreicht und verwies darauf, dass die Geschichte noch nicht zu Ende war, sondern vielmehr ihren Höhepunkt in einem Spaltentraining finden würde, bei dem man erlernte, sich selbst aus einer Gletscherspalte zu befreien – räusperte sich Nelly lautstark.

»Ich glaube, Christina möchte uns auch was erzählen. Oder, Christl?« Erneut stieß Nelly ihre Schwester unter dem Tisch an.

»Ach ja?« Anton Rieger beugte sich vor, griff nach seinem Weißweinglas und lehnte sich wieder zurück.

Alle Augen ruhten jetzt auf Christina, die sich am liebsten unter dem Tisch versteckt hätte, und ja, ein wenig sauer auf Nelly war sie auch.

»Ja.« Nelly schien nichts von Christinas Ärger zu spüren, oder sie lächelte einfach darüber hinweg.

Tatsächlich war nun genau das eingetreten, was Christina gefürchtet hatte: Sie hatte schon jetzt, vor ihrem Geständnis, das Gefühl, ihrem Vater nicht in die Augen schauen zu können – und was würde Michael überhaupt sagen? Aus Furcht, er würde ihr vorgreifen und sich verplappern, hatte sie ihren Sohn auch noch nicht eingeweiht.

Christina setzte an, öffnete den Mund, schloss ihn wieder. Sie sah ihren Vater einen weiteren Schluck Wein trinken, sah Kati nach einem weiteren Stück Knoblauchbrot greifen – unglaublich, welche Portionen ihre Schwester nach einem mehrtägigen Bergausflug verputzte –, sah Michael, der seine Serviette zu einer Rose faltete, wie Gitti ihm das beigebracht hatte, schaute zu Nelly, die jetzt unter dem Tisch ihre Hand genommen hatte und sie drückte. Aber es wollte kein Wort über ihre Lippen kommen.

»Christina hat eine Töpferei gemietet«, kam Nelly ihr schließlich ohne Umschweife zu Hilfe. Damit war es raus. Christina spürte, wie ihr Herz aus dem Rhythmus kam. Michael faltete ungerührt seine Rose weiter. Anton Rieger trank sein Glas leer und stellte es auf den Tisch. Katis rechte Wange beulte sich vom Brot nach außen.

Gitti war es schließlich, die das Wort ergriff. »Willst du die Werkstatt im Garten aufgeben? Ist sie dir zu klein geworden?«

»Nein, also das nicht.«

»Typisch Mama!«, nuschelte Kati kauend, »Hauptsache, du hast deine Kids um dich rum.« Sie grinste. Christina wusste, dass Gitti jedes Mal tausend Tode starb, bis ihre große Tochter aus dem Hochgebirge zurück war. Und schon oft war sie deswegen sauer auf ihre Schwester gewesen! Sie ging schließlich ganz eigennützig ihrer Berufung nach, ohne große Rücksicht auf Verluste.

»Na ja, ich meine, wir könnten die Werkstatt vielleicht vergrößern.« Gitti suchte Christinas Blick, aber die schüttelte den Kopf.

»Darum geht es nicht, nein. Es ist ein wenig anders.« Warum nur, warum war es so schwer zu sagen, was sie sagen wollte?

Nelly drückte erneut ihre Hand ganz fest. Die Ermutigung tat Christina gut. Sie räusperte sich.

»Ich möchte hauptberuflich töpfern. Ich … Das ist mein Traum, seit ich zwölf bin. Damals, als ich zum ersten Mal in die Töpferei der Schule kam, hat das mein Leben nachhaltig verändert, und ich habe seitdem das Gefühl, dass ich im Herzen Töpferin bin.«

Alle am Tisch schauten zu ihr her.

»Und nun hast du dir gedacht, du mietest einfach

57

eine Töpferwerkstatt?« Anton Riegers Stimme klang ernst. Er saß nicht mehr entspannt zurückgelehnt da, sondern ganz aufrecht, die Arme verschränkt.

»Es war ein wenig komplizierter. Eine Nonne hat mich nachhaltig beeinflusst.« Das klang total verrückt, wenn man es laut ausgesprochen hörte. Christina begann kurz, alles zu erklären.

»Frau Maria, so, so.« Anton Rieger klang sehr, sehr ernst.

Christina nickte mit klopfendem Herzen. »Und dann hab ich Gretl die Hand drauf gegeben. Wenn ich die Töpferei übernehmen würde, würde ich auf die Insel ziehen mit Michi. Ich dachte, wenn er eh in Prien zur Schule geht ... und mit der Arbeit wäre es einfacher, außerdem ...« Sie hatte das Gefühl, sich um Kopf und Kragen zu reden. Ihr Vater musterte sie noch immer ohne eine Regung im Gesicht, und Christina wollte am liebsten weglaufen. Sie ahnte, was in ihm vorging. Er konnte nichts sagen, weil sie ihn so tief enttäuscht hatte.

Kati biss wieder in ihr Knoblauchbrot, kaute, schluckte.

Michael stieß Christina in die Seite. »Hier, Mama, für dich. Die kannst du in deine Töpferwerkstatt legen, als Glücksbringer.« Ihr Sohn strahlte sie an.

Christina nahm die Serviette entgegen wie einen kostbaren Schatz. »Oh, danke, das ist aber lieb von dir.« Sie beugte sich zu ihrem Sohn hinunter und küsste ihn auf den Scheitel.

»Aber ganz sicher ist es noch nicht, dass alles klappt. Ich arbeite ja eigentlich im Lakritzladen. Und in der Manufaktur. Und helfe Papa bei der Buchhaltung.« Sie schaute vorsichtig wieder zu ihrem Vater hinüber. »Ich kann das sicher noch absagen. Es gibt einen anderen Interessenten für das Bootshaus. Es würde ja schon eine riesige Umstellung bedeuten. Ich würde verstehen, wenn ihr dagegen wärt und ...« Sie wollte noch mehr sagen, immer noch mehr, aber Anton Rieger löste seine Arme aus der Verschränkung und schlug mit der flachen Hand auf den Tisch. »Auf gar keinen Fall.«

»Wie bitte?«

»Du sagst das auf keinen Fall ab. Das wäre ja noch schöner!« Christinas Vater war laut geworden. »Seit Jahren warte ich schon auf diesen Tag.« Plötzlich war da ein breites Grinsen in seinem Gesicht. »Endlich machst du genau das, was du möchtest.« Anton wandte sich Gitti zu. »Habe ich es dir nicht gesagt? Sie geht irgendwann ihren eigenen Weg!«

Gitti Rieger nickte. »Ich bin stolz auf dich, Christina.« Sie schenkte ihrer Tochter ihr wärmstes mütterliches Lächeln – und Christina verstand die Welt nicht mehr. Fassungslos starrte sie ihre Eltern an.

»Ja meinst du, wir haben nicht gemerkt, dass das Lakritzgeschäft nicht unbedingt dein Traum ist?« Anton Rieger hatte nach der Weinflasche gegriffen und sich ein weiteres Glas eingeschenkt.

»Aber ...«

Rieger schüttelte den Kopf. »Nein, kein Aber. Deine Mutter und ich wollten dich nie irgendwohin zwingen. Und gleichzeitig fanden wir, dass du deine Berufung selbst finden musst. Ich glaube, dieser Tag ist heute gekommen.« Er hob sein Glas, prostete der ganzen Runde zu und trank einen großen Schluck.

Nelly ließ Christinas Hand erst jetzt los, hob ebenfalls ihr Glas und sagte: »Auf Christina!«

Michael griff nach seiner Apfelschorle und nahm auch einen großen Schluck. Überhaupt nahm er die Neuigkeit mit kindlicher Selbstverständlichkeit hin.

»Dabei dachte ich, du brauchst mich im Laden, weil Kati nicht da ist. Ich hatte immer das Gefühl, ich dürfe nicht auch noch weggehen. Es reicht schließlich, wenn eine Tochter euch im Stich lässt.« Ihr Ton hatte jene kritische Färbung angenommen, die er oft in Bezug auf ihre Schwester hatte.

Kati legte den Rest ihres Brots auf ihren Tellerrand. »Deshalb bist du oft so sauer auf mich? Weil du denkst, ich hätte die Familie hängen lassen?« Sie klang überrascht, ja regelrecht fassungslos.

»Ja hast du doch! Wenn ich den Job nicht gemacht hätte, wer denn dann? Du bist auf Kosten von uns allen in deine Berge davongewandert.« Christinas Stimme war lauter geworden.

»Mädchen, bitte!« Gitti ermahnte ihre Töchter im gleichen Ton, wie sie das getan hatte, als sie noch keine zehn Jahre alt gewesen waren und sich angekeift hatten.

»Das ist echt ein starkes Stück!« Und wie schon so oft überhörten die Mädchen auch heute die sanfte mütterliche Rüge. »Wie kannst du das von mir denken?« Kati war laut geworden.

»Weil es stimmt!«

»Und du weißt das natürlich ganz genau.« Katis Wut war unüberhörbar.

»Na, ich jedenfalls hab dich schon lange nicht mehr im Laden gesehen.«

»Ja, weil ich gearbeitet habe.«

»Ich etwa nicht?«

Es hätte ewig so weitergehen können, aber Gitti unterbrach den Schlagabtausch zwischen Christina und Kati. »Mädchen, bitte!« Sie war aufgestanden, um ihren Worten Nachdruck zu verleihen. »Hört auf jetzt.«

»Danke, Schatz.« Anton lächelte seiner Frau zu und deutete auf den Stuhl neben sich, bevor er sich an die beiden Streithähne wandte.

»Liebe Christina, du musst dir keine Sorgen um mich und den Laden machen. Schließlich habe ich

Nelly, und so, wie ich das sehe, teilen wir die Leidenschaft für Bärendreck. Ich bin sicher, sie bleibt mir noch eine Weile erhalten und kann auch mal im Verkauf aushelfen.«

Nelly, die die ganze Zeit geschwiegen hatte, nickte eifrig. »Das habe ich Christl auch schon gesagt.«

»Sehr schön. Und was Kati angeht: Sie hat mich gefragt.«

Christina runzelte die Stirn, wusste nicht sofort, was ihr Vater ihr sagen wollte.

»Als Kati sich für die Bergführer-Ausbildung interessiert hat, hat sie deine Mama und mich gefragt, ob wir einverstanden damit sind.«

»Hat sie?« Das war Christina neu.

»Natürlich habe ich.« Kati sah plötzlich überhaupt nicht mehr wütend aus, sondern tieftraurig. »Hast du gedacht, ich gehe über Leichen, oder was?« Sie schob ihren Stuhl zurück und lief ins Haus.

Christina wusste nicht, wie sie sich verhalten sollte, aber Nelly war schon aufgestanden und ihrer Halbschwester gefolgt.

»Das wusste ich nicht«, sagte Christina kleinlaut, beinahe flüsternd.

»Ich dachte, ihr hättet darüber geredet«, sagte Gitti.

»Nein. Haben wir nicht. Ich habe die ganze Zeit gedacht, sie hat einfach gemacht, was sie wollte.«

»Oh, das hat sie.« Anton Rieger grinste breit, doch dann wurde er schnell wieder ernst. »Und genau das wollen wir für euch Kinder. Ihr sollt euren Träumen folgen! Das habe ich Kati auch gesagt, als sie zu mir kam. Das Einzige, was ich für euch möchte, ist, dass ihr glücklich seid. Deshalb bin ich total froh, dass du endlich deiner Töpferei die Chance gibst, die sie verdient.« Er beugte sich über den Tisch, um nach Christinas Hand zu greifen und sie fest zu drücken.

»Und für den Rest finden wir dann schon eine Lösung, hm?«

Christina nickte. Sie war noch damit beschäftigt, alles Gehörte zu verdauen.

»Wir halten einfach als Familie zusammen.« Ihr Vater ließ ihre Hand wieder los.

In diesem Augenblick wurde Christina wieder einmal klar, dass sie genau das immer machten – und wie unrecht sie ihrer Schwester getan hatte.

»Ich glaub, ich sollte mal eben reingehen.«

»Das ist eine gute Idee.« Ihre Mutter lächelte ihr aufmunternd zu, als sie aufstand. Gitti war nie ärgerlich. Das war einfach nicht ihre Art.

An der Terrassentür drehte Christina sich noch mal um. Michael hatte eine weitere Rose gefaltet, die er jetzt seiner Großmutter überreichte. Es gab schon mindestens fünfzehn Rosen dieser Art in Gittis Bücherregal, und mit Sicherheit würde

auch diese Serviettenblume ihren Platz dort finden.

Als Christina in die Kühle des Wohnzimmers
trat, wurde ihr bewusst, dass sie den heutigen Tag
in ihrem ganzen Leben nicht vergessen würde.
Heute begann ein neuer Abschnitt. Aber jetzt war
es erst mal an der Zeit, den Konflikt mit Kati ein
für alle Mal beizulegen.

❧ 4. Kapitel ❧

»Und du bist dir ganz sicher?« Christina stellte diese Frage mindestens zum dritten Mal, während Kati mit Schürze hinter der Theke stand und Lakritzlollis in Papiertütchen verpackte, die mit einem hübschen Bergmotiv bedruckt waren und auf denen *Kleiner Gruß vom Chiemsee* stand. Ein Souvenir aus Prien anzubieten – das war Nellys Idee gewesen, und es kam ziemlich gut an. Besonders viele ältere Leute, die hier Urlaub machten, kauften die Lutscher für ihre Enkelkinder zu Hause.

»Ich bin so sicher, wie ich nur sein kann. Na los, hau ab!« Kati lachte und wedelte mit dem Arm in Richtung Tür.

»Verschwinde endlich!«, kam jetzt auch dumpf Nellys Stimme aus der Küche, und Christina musste lachen.

Sie hob beide Hände. »Na gut, na gut, ich bin ja schon weg.« Christina hängte ihre Schürze an den Haken an der Küchentür und warf einen Blick in den Raum dahinter. »Tschüss, Nelly.«

Nelly winkte mit dem Kochlöffel in der Hand.

Sie hatte Christina den Rücken zugedreht und wandte sich nicht um. Sie war mit einer Lakritzkreation beschäftigt, die ihre ganze Aufmerksamkeit forderte.

Christina wandte sich an Kati. »Wenn du noch Tüten brauchst, die sind ...«

»Christl, bitte! Ich bin nicht neu hier, ich habe schon öfter ausgeholfen.« Kati ging zu ihrer Schwester und schloss sie in die Arme. »Na los jetzt.«

»Okay. Und danke.«

Kati schüttelte den Kopf. »Schmarrn!«

Die altmodische Ladenglocke bimmelte, als Christina hinaus auf den Marktplatz trat. Sie konnte noch immer kaum fassen, dass Kati angeboten hatte, für sie einzuspringen. Eigentlich hatte sie nämlich vier Wochen Urlaub geplant gehabt, um Geheimpfade des Chiemgaus zu erkunden. Kati wollte sich damit einen neuen Markt eröffnen und Touristen auf versteckten Wegen in die Berge führen. Aber dann hatte sie bei der Grillfeier am vergangenen Wochenende nicht nur Christinas Entschuldigung angenommen, sondern anschließend auch noch angeboten, ihren Urlaub zu opfern, um im Geschäft auszuhelfen, bis eine Ersatzkraft für Christina gefunden war.

Jahrelang war sie wütend auf Kati gewesen, weil die ihren Träumen gefolgt war und sie das Gefühl gehabt hatte, dass das auf ihre Kosten passierte.

Jetzt zu erleben, dass Kati sie, ohne eine Sekunde zu zögern, vertrat, sogar ihren Urlaub opferte, rührte Christina sehr.

»Es war ja nur ein Missverständnis«, hatte Kati gesagt und damit all die Situationen, in denen ihre Schwester ihr mit Unwillen oder Missbilligung begegnet war, weggewischt. »Hätten wir mal miteinander geredet, dann wäre alles anders gekommen.«

Kati war keine, die lange um den Brei herumredete. Stattdessen akzeptierte sie Christinas Entschuldigung einfach und nahm sie kurz und fest in die Arme, wie sie es gerade eben im Laden wiederholt hatte.

Nun stand ihr noch ein letzter schwerer Gang bevor, der schwerste, genau genommen. Es war Ende Juni. Zum ersten Juli konnte sie die Töpferei auf der Fraueninsel übernehmen. Allerdings hatten da die Ferien noch nicht angefangen, und Michaels Grundschule war in Rosenheim. Das war zwar nicht weit weg von Prien, aber doch zu weit, als dass Gitti mit ihrem Rheuma täglich als Nachmittagsbetreuung für Michael einspringen konnte.

»Frag Berndt«, hatte Anton nur knapp gesagt, und als Christina ihm einen überraschten Blick zugeworfen hatte, war seine Antwort gewesen: »Andreas ist der Vater von Michael, oder? Und ich finde nicht, dass er in den letzten Jahren erzieherisch überstrapaziert gewesen ist.«

Ihr Vater hatte recht. Andreas Berndt war mehr Freizeitpark-Papi gewesen als alles andere, wobei: Museums-Papi, korrigierte sie sich in Gedanken. Michael liebte das Deutsche Museum in München, und sein Vater war oft an Sonntagen mit ihm dort hingefahren. Die erzieherische Verantwortung jedoch hatte er zu keinem Zeitpunkt auch nur anteilig getragen. Streit hatte es dagegen immer wieder gegeben – wegen des Unterhalts, wegen der geklauten Lakritzrezepte, aber auch wegen unterschiedlicher Auffassungen, wenn es um die Erziehung ging.

»Er ist trotzdem Michaels Vater, und der Junge hat ein Recht darauf, Zeit mit seinem Vater zu verbringen.« Wie so oft war Anton Rieger bodenständig bis ins Mark, und Christina blieb nichts anderes übrig, als ihm zuzustimmen. Deshalb hatte sie es tatsächlich über sich gebracht, einen Termin mit Andreas auszumachen. Es waren nur vier Wochen, jeweils ein paar Stunden am Nachmittag, redete sie sich selbst gut zu. Und außerdem war Michael sofort einverstanden gewesen. Wie so oft hatte er wahnsinnig vernünftig auf Christinas Vorschlag und ihre Erklärung der Situation reagiert. Selbstverständlich würde er zu seinem Papa gehen und dort die Hausaufgaben machen, kein Problem.

Schnellen Schrittes lief Christina jetzt über das Kopfsteinpflaster des Marktplatzes. Ihr Wagen stand auf einem der zwei Mitarbeiterparkplätze, die ihr Vater gegenüber des Fußgängerbereichs angemietet hatte. Sie holte schon im Gehen den Schlüssel hervor, warf einen Blick auf die Uhr. Ja, das konnte gerade noch rechtzeitig klappen. Von Weitem entriegelte sie das Fahrzeug und glitt mit einer fließenden Bewegung hinein. Auf nach Rosenheim!

ᕲᕳ ᕲᕳ

Andreas Berndt wohnte inzwischen in einer Villa in Fürstätt, einem ländlichen Stadtteil von Rosenheim, und das Haus verriet eindeutig, dass seine Lakritzen gut liefen. Kein Wunder. Mittlerweile betrieb er fünf Filialen.

Es war ein großer Bau im toskanischen Stil, davor ein Schwimmteich. Ansonsten bestachen der Garten und die Hofeinfahrt eher durch schlichte Eleganz als durch Protz. Dabei hätte es Christina auch nicht gewundert, einen Wald aus Statuen oder perfekte Buchsbaumskulpturen vorzufinden.

Sie war noch nie hier gewesen. Normalerweise holte Berndt ihren Sohn ab, oder sie brachte ihn zu einem seiner Läden, in dem er gerade nach dem Rechten sah. Von Michael wusste Christina, dass Andreas hier alleine lebte. Nicht, dass sie das noch besonders interessiert hätte!

Sie straffte die Schultern und ging über die gepflasterte Einfahrt hin zum Haus. Am liebsten wäre sie umgedreht. Aber sie dachte an ihre Töpferei, ihren Lebenstraum, und dieses Bild vor Augen ließ sie weiter einen Fuß vor den anderen setzen. Außerdem, redete sie sich selbst gut zu, hatte Michael überhaupt nichts dagegen gehabt, mehr Zeit mit seinem Vater zu verbringen. Im Gegenteil. Er wollte ihn besser kennenlernen, über die gemeinsamen Museumsbesuche und die wenigen Stunden hinaus, die sie bisher miteinander verbracht hatten – ein Wunsch, den Christina nachvollziehen konnte –, denn auch Andreas war ein Teil von Michaels Wurzeln. Christina schluckte hart. Sie war fast an der Haustür. Abrupt blieb sie stehen, bis sie die letzten Meter überwand.

Bevor sie klingeln konnte, wurde die Tür aufgemacht, und da stand Andreas. Er war weder groß noch klein, trug ein Poloshirt und Jeans, lässige Kleidung, der man aber ansah, was sie gekostet hatte. Es war nicht einfach für Christina, zu ignorieren, dass er den Unterhalt für mindestens einen Monat in Kleidung am Körper trug, und es damals so schwer gewesen war, ihn dazu zu kriegen, regelmäßig für sein Kind zu zahlen. Jetzt strahlte er sie an.

»Hey, Tinchen.« Er war der einzige Mensch auf der Welt, der sie je so genannt hatte. Er trat zur

Seite, um Christina hereinzulassen. Obwohl er lächelte, spürte Christina, dass auch er die Spannung zwischen ihnen fühlen konnte.

»Hallo.«

»Komm doch rein, gehen wir ins Wohnzimmer. Ich mach dir einen Kaffee mit Zimt.«

Christina war überrascht, dass Andreas sich daran erinnerte, wie gern sie Zimt mochte.

Das Wohnzimmer war ein riesiger Raum mit einer ebenso riesigen Sofalandschaft in Weinrot. Andreas hatte Pralinen und eine Auswahl kleiner Kuchen auf dem Tisch drapiert. Daneben stand eine Vase mit weißen Lilien, die perfekt zu den weißen Möbeln passte, die im Raum verteilt standen. Sogar ein Klavier gab es – seit wann spielte Andreas Klavier, fragte sich Christina, als sie sich setzte.

»Danke, ja, ein Kaffee wäre super.« Es war später Vormittag, aber bis jetzt hatte Christina keine Zeit für ein Frühstück gehabt. Beim Anblick der Köstlichkeiten auf dem Tisch knurrte ihr Magen so laut, dass Andreas laut auflachte.

»Typisch Tinchen. Du hast mal wieder keine Zeit für dich selbst gefunden, oder? Ich hole dir erst mal Kaffee. Mach es dir gemütlich.«

Christina setzte sich an den Tisch und nahm sich eine Praline. Tatsächlich fiel etwas von der Anspannung des Tages von ihr ab. Man hatte einen wunderbaren Blick über den Teich von hier aus. An der Seite war ein offener Kamin mit zwei niedrigen Sesseln davor. Plötzlich stutzte Christina. Sie erhob sich. Auf dem Klavier stand ein einziges Foto. Das Bild zeigte sie selbst, Michael und Andreas. Es war der einzige persönliche Gegenstand in dem durchgestylten Raum. Christina konnte sich noch genau an den Tag erinnern. Es war der Tag, an dem sie mit Michael nach seiner Geburt aus dem Krankenhaus entlassen wurde. Auf dem Foto hatte Andreas den Arm um Christina gelegt, die das Baby hielt. Rechts von Andreas stand ein Storch, auf dem *Willkommen, Michael* stand. Dass ihr Ex-Partner dieses Foto bei sich im Wohnzimmer aufgestellt hatte, berührte Christina, denn dieser Tag war auch für sie ein ganz besonderer gewesen. Sie waren eine Familie. Das hatte sie so sehr miteinander verbunden. Michael hatte den Mund und die Kinnpartie von Andreas geerbt und sie aus ihren eigenen Augen angesehen. Es war für Christina nicht möglich gewesen, sich am Anblick ihres Kindes sattzusehen, dieser Mischung aus seinen Eltern, diesem kleinen Wunder, das sie von nun an ein Leben lang begleiten würde. Was für eine Liebe sie an diesem Tag empfunden hatte!

»Hier ist der Kaffee.«

Christina drehte sich um und nahm Andreas die bauchige Tasse ab. »Vielen Dank.« Der Zimtduft stieg ihr sofort in die Nase. »Riecht köstlich.«

»Das freut mich. Na komm, setzen wir uns«, lud Andreas sie ein.

Als sie es sich beide auf dem Sofa bequem gemacht hatten, nahm Christina einen ersten Schluck.

»Was führt dich her?«, fragte Andreas jetzt in formvollendeter Höflichkeit, seine volle Aufmerksamkeit Christina zugewandt. Eisblaue Augen schauten sie an, hellwach und intelligent.

»Ich habe eine Töpferei gemietet.« Christina umriss kurz, worum es ging. Und sie erwähnte, dass sie seine Hilfe als Michaels Vater brauchte, zwei Stunden am Tag, nach der Schule. Nur für einen Monat. Andreas Berndt hörte ihr die ganze Zeit über aufmerksam zu, bis Christina schließlich mit ihrer Erzählung zum Ende kam. Ernst saß er ihr gegenüber, die Arme vor der Brust verschränkt.

»Also – das wäre es. Was meinst du?«, fragte sie ihn schließlich zögerlich. Er würde Nein sagen. Sie kannte die Antwort, sah sie ihm regelrecht an. Er würde ihr das nicht gönnen. Als er sich jedoch schließlich vorbeugte und die Ellbogen auf den Knien abstützte, stellte er eine Frage, mit der Christina überhaupt nicht gerechnet hatte: »Was machst du denn am Wochenende?«

»Oh. Also – keine Ahnung. Ich dachte, ich nehm Michael mit. Er liest gern, und vielleicht lernt er auf der Insel ja ein Kind kennen.« Zugegeben: Letzteres war nicht sehr wahrscheinlich.

Die wenigsten Kinder interessierten sich für die genauen Rezepte zur Marzipanherstellung oder für Quantentheorie.

Andreas Berndt schüttelte den Kopf. »Wie wäre es, wenn er den Samstag auch mit mir verbringt? Du weißt, ich arbeite mehr oder weniger nur noch im Hintergrund in der Firma. Und ich kann sicher auch ein paar Sachen abends erledigen, wenn du Michael abgeholt hast. Das ist kein Problem.« Er lächelte Christina zu, die völlig perplex war und rasch einen Schluck von dem Kaffee nahm.

»Bist du sicher?«, fragte sie nach.

Andreas Berndt lachte. Seine Augen blitzten fröhlich. »Natürlich. Das ist doch eine wunderbare Chance für mich und Michael.«

Das war es tatsächlich, aber dass Andreas es erkannte, überraschte Christina dennoch. Er hatte bisher nicht als Vater geglänzt, und Christina fragte sich für einen Moment, woher sein plötzlicher Wandel kam.

»Ich weiß nicht recht.« Das wäre dann schon viel Zeit, die er ohne sie verbringen würde, wenn auch nur für einen Monat.

»Gib dir einen Ruck. Es wäre schön, wenn Michael und ich unser Verhältnis verbessern könnten.«

Da hatte Andreas recht. »Gut. Dann danke.«

»Nicht der Rede wert. Wann geht es los?«

Es wurde ein friedliches Gespräch und das längste, das sie seit Langem miteinander führten. Sie sprachen über ihren gemeinsamen Sohn, über seine Hausaufgaben, wie er sich entwickelte, über das Gymnasium, auf das zu gehen er sich wünschte, darüber, dass Christina mit ihm gegen Ende des Sommers auf die Insel umziehen würde, wie aufregend alles gerade war. Zum ersten Mal seit sehr langer Zeit erahnte sie, wie schön es wäre, nicht alleinerziehend zu sein.

Ein Umzug auf eine Insel war durchaus eine Herausforderung. Man brauchte die Autofähre, und Christina war noch gar nicht klar, wie der Lieferwagen es bis vor die Tür der Töpferei schaffen sollte. Schließlich konnte man doch das Sofa nicht über die ganze Insel tragen. Und um all die Einzelheiten, die sich gerade wie ein Berg vor ihr auftürmten, würde sie sich alleine kümmern müssen.

Als sie sich schließlich von Andreas verabschiedete, hatte sie ein Gefühl von angenehmem Einvernehmen.

»Na, dann guten Start! Darf ich dich noch umarmen?«, fragte Andreas. Zum ersten Mal, seit Christina angekommen war, klang er vorsichtig, ja, zurückhaltend, als er die Arme weit ausbreitete. Zögernd trat sie einen Schritt nach vorne, und er schloss die Arme um Christina. Es war ein seltsames Gefühl, als würde sie zurück in die Vergangenheit katapultiert. Ihr Körper erinnerte sich daran, wie es sich anfühlte, von Andreas Berndt umarmt zu werden. Dennoch versteifte sie sich. Zu viel war passiert in der Zwischenzeit, und ihr Kopf wusste im Gegensatz zu ihrem Körper sehr genau, was zwischen ihr und Andreas alles vorgefallen war, auch wenn er noch das gleiche Aftershave benutzte wie in der Zeit, in der sie glücklich miteinander gewesen waren. Christina löste sich aus seinen Armen und trat einen Schritt zurück.

»Dann holst du Michael von der Schule ab, und ich komm gegen achtzehn Uhr her und hole ihn ab«, sagte sie überflüssigerweise noch einmal.

»So machen wir es.« Andreas schaute Christina tief in die Augen, lächelte. Sie war es, die den Blickkontakt schließlich unterbrach, sich abwandte und die Einfahrt hinunter zurück zu ihrem Auto ging. Auf der Holzterrasse am Rand des Schwimmteichs standen zwei Liegen, und für eine Sekunde fragte Christina sich, wer wohl auf der zweiten lag, bevor sie den Gedanken aus ihrem Kopf verbannte. Das war nun wirklich schon lange nicht mehr ihre Angelegenheit!

⁊ 5. Kapitel ⁊

Christina hörte das Wasser gegen das Seeufer plätschern. Es war ein Bilderbuchtag heute, genau richtig, um endlich im Ausstellungsraum durchzustar-
ten, alles in Augenschein zu nehmen und die
Renovierung zu planen. Christina hatte sich vorgenommen, die Regale im Verkaufsraum zu streichen.
Gretl war schon da gewesen, hatte Christina den
Schlüssel gebracht und ihr viel Spaß mit der Töpferei gewünscht. Sie war keine Frau vieler Worte, den
Vertrag hatten sie vergangene Woche festgemacht,
anschließend hatte sie Christina die Schlüssel für
die Werkstatt, den Verkaufsraum und die sich an-
schließende kleine Betriebswohnung in die Hand
gedrückt. Aber weil sie ihren Sohn hatte abholen
müssen, hatte es nur für einen kurzen Blick in die
Werkstatt gereicht, die sich im Garten befand, und
den Verkaufsraum. Heute würde Christina alles genau inspizieren, um zu schauen, wie sie ihre Möbel
stellen konnte.

Auf den ersten Blick hatte alles sehr gepflegt
gewirkt, sodass sie keine große Sorge hatte, was

etwaige Mängel anging. Die Vorgängerin hatte im Verkaufsraum sogar Mobiliar dagelassen, die großen Regale und auch den Tisch in der Mitte, auf dem sich eine kleine Töpferscheibe befand. Es war eine Erleichterung, dass Christina keine neuen Möbel anschaffen musste, sondern nur kleine Verschönerungsarbeiten am vorhandenen Mobiliar vornehmen würde.

Heute hatte sie ganz langsam und voller Ehrfurcht das große Tor des Verkaufsraums, das in Richtung Wasser zeigte, aufgesperrt und weit geöffnet, um frische Luft in die Räumlichkeiten zu lassen. Es duftete nach Holz, und Christina glaubte, auch einen Hauch des Duftes zu erhaschen, der entstand, wenn man eine Glasur brannte. Das hier war jetzt ihr Platz! Sie konnte es noch gar nicht fassen.

Der Eimer mit weißer Lasur hatte draußen vor dem Eingang gestanden, frisch vom Festland geliefert, die Pinsel hatte sie selbst rüber auf die Insel gebracht. Christina hatte schon ein paar Mal Möbel gestrichen, die Regale, die den Raum säumten, traute sie sich durchaus zu.

Aber heute musste erst mal Staub gewischt werden. Sie war voller Tatendrang. Jetzt brauchte sie nur noch einen Eimer, denn auch Tücher und Putzlappen hatte Christina in weiser Voraussicht dabei.

Christina war schon beim dritten Regal, als sie jemanden kommen hörte.

»Gott zum Gruß, meine Liebe!«

»Frau Maria! Das habe ich mir gedacht, dass Sie irgendwann heute hereinschneien werden.« Christina lachte. Sie hatte die Nonne am Tag der Vertragsunterzeichnung nicht zu Gesicht bekommen und freute sich, die alte Dame wiederzusehen.

»Wunderbar, dass du hier bist. Sieht das Bootshaus nicht wunderschön aus?« Die Nonne breitete die Arme aus, als ob der gute Zustand der Töpferei allein ihr Verdienst wäre. Sie strahlte über das ganze Gesicht.

»O ja, das kann man wohl sagen.« Christina schaute sich um. Die Sonne fiel durch die Fenster in den hellen Raum, und wenn man zum Tor hinausschaute, sah man über den Spazierweg auf den See. Ein paar Urlauber gingen auf dem Weg vorbei, der Bootshaus und Wasser voneinander trennte, und warfen einen neugierigen Blick herein. In ein paar Wochen würden mit Sicherheit Touristen hereinkommen, ihre Töpferwaren anschauen und hoffentlich auch kaufen.

»Siehst du, ich wusste es. Dieser Platz ist genau richtig für dich.« Frau Maria nickte zufrieden. Dann trat sie näher. »Sag, brauchst du Hilfe? Ich könnte ein Stündchen erübrigen.«

Christina war viel zu perplex, um zu antworten – und Maria war niemand, der abwartete. Stattdessen entdeckte sie die Wischlappen, griff zu und tauchte ihren Lappen ins Seifenwasser, bevor Christina zu Wort kam.

»Ich nehm das Regal hier drüben.« Die Ordensschwester war eindeutig eine Frau der Tat.

»Vielen Dank.«

»Oh, nicht der Rede wert. Wie kommt es überhaupt, dass du ganz alleine hier schuftest?«

»Das ist schnell erklärt.« Christina wrang ihren Lappen über dem Eimer aus und widmete sich dem nächsten Regalboden. »Mein Sohn ist bei seinem Papa, meine Schwestern und mein Vater arbeiten in Prien. Wir haben dort das Lakritzgeschäft auf dem Marktplatz – vielleicht kennen Sie es ja?«

»Natürlich kenn ich das! Eine Schwester hat mir von da Pfefferlakritzen mitgebracht. Die waren ganz wundervoll.«

Christina nickte. Die Pfefferlakritze mochten viele Kunden gerne – auch wenn sie selbst es nicht unbedingt nachvollziehen konnte. »Genau. Und dann bleibe ich eben übrig.« Sie zuckte mit den Schultern. »Aber das macht mir nichts. Ich muss mich eh erst mal mit allem hier vertraut machen.«

Die Nonne nickte. »Das verstehe ich. Und wie gefällt es dir?«

»Es ist einfach wundervoll hier. Ich meine, ich war noch nicht bei den Nachbarn, aber die Werkstatt hinten im Garten ist perfekt für mich – und dieser Verkaufsraum! Allein, wie das Licht durch die Fenster hereinfällt – es könnte nicht schöner sein.«

Maria ging zum Seifeneimer und reinigte ihren Putzlappen. »Ich finde auch. Dieser offene Raum wäre viel zu schade, um wieder ein einfaches Bootshaus zu sein. Allein die Atmosphäre, wenn das Tor offen ist.« Sie deutete hinaus aufs Wasser, das heute mit den weißen Segeln der Boote gesprenkelt war.

»Und wer legt Wert auf deine Meinung, Klosterschwester?« Ein lautes Wummern war zu hören.

Erschrocken wandte Christina sich um. Ein Mann stand im offenen Tor, groß, mit einem Blaumann bekleidet, die Hände in den Hosentaschen. Breitbeinig stand er da, mit Gummistiefeln an den Füßen. Sein grimmiger Gesichtsausdruck sprach Bände. Er musste mit der Faust gegen das Holz geschlagen haben. Wenn das ein Klopfen hatte sein sollen, dann war es das aggressivste Klopfen, das Christina je gehört hatte.

»Wenn das nicht der Loisl ist«, sagte Frau Maria in aller Seelenruhe. »Zum Glück legt Gretl Wert auf meine Meinung, würde ich sagen.«

Er gab einen verächtlichen Laut von sich. »Und jetzt meine Boote schlechtmachen.«

»Oh, nein, das hab ich nicht getan. Ich habe nur darauf hingewiesen, dass Kultur auf der Insel eine wichtige Sache ist.«

»Und die Fischerei hat keine Kultur, oder was?«, polterte der alte Fischer. Er räusperte sich laut und spuckte auf den Boden.

»Das hat doch keiner gesagt.« Die Nonne warf ihren Putzlappen in den Eimer. Loisl war einen Schritt in das Bootshaus getreten, und für Christina fühlte sich das bedrohlich an. Der Mann war sicher einen Meter neunzig groß, und man sah ihm an, dass er gerne aß.

»Du bist schuld, dass ich den Schuppen nicht bekommen habe – und sie da hinten.« Er deutete mit dem Kinn auf Christina, während er sich vor der Nonne aufbaute.

»Nein, keiner ist schuld. Schließlich hat dich niemand betrogen, Loisl. Es wurde einfach nicht zu deinen Gunsten entschieden. Trag es mit Fassung.«

Der Angesprochene musterte die Gottesfrau von oben bis unten, dann ließ er seinen Blick an ihr vorbei zu Christina wandern, die von der mächtigen Erscheinung deutlich mehr beeindruckt war als die Nonne. Loisl ließ einen Laut hören, der einem Knurren nicht unähnlich war. Er wandte seinen Kopf zur Seite und spuckte erneut aus, bevor er ein paar Schritte rückwärtsging, Christina noch immer musternd. Dann wandte er sich ab und schlug im Gehen mit der flachen Hand gegen das Tor, und sie zuckte unweigerlich zusammen.

Schwester Maria trat aus dem Bootshaus. »Ein Rüpel bist du!«, rief sie laut hinter ihm her. Aber Loisl war längst aus ihrem Blickfeld verschwunden.

Als die Nonne zurück in den Holzbau kam, merkte Christina erst, dass sie wie Espenlaub zitterte.

Mit ein paar Schritten kam Maria in Christinas Richtung. Sie humpelte nur ganz wenig. »Loisl ist nur ein Großmaul, das wirst du schon noch sehen. Mit Sicherheit lässt er dich in Ruhe. Leider trinkt er etwas zu viel. Morgen wird er gar nicht mehr wissen, dass er hier war, vermute ich.«

Nach dem Auftritt des Mannes war Christina sich da nicht so sicher. Der Auftritt des Mannes machte ihr Angst.

»Ganz bestimmt«, fügte Maria noch an.

Christina seufzte. »Hoffentlich sind die anderen Insulaner ein wenig freundlicher zu mir.«

Die Klosterschwester tätschelte ihr den Arm. »Da bin ich mir sicher. Schließlich besteht die Insel nicht nur aus sturen Urbayern, die es gewohnt sind, ihren Willen durchzusetzen.«

Die Nonne griff in eine versteckte Tasche an ihrem Gewand und zog ein Fläschchen hervor, das sie jetzt aufschraubte und Christina hinhielt. »Hier, das ist unser feiner Klosterlikör.«

Ein herrlich fruchtiger Duft entwich der Flasche, und Christina schnupperte begeistert.

Indessen hatte die Ordensfrau noch ein zweites Fläschchen hervorgezaubert. »Eigentlich wollte ich ja nach getaner Arbeit auf dich anstoßen«, erklärte sie. »Aber besondere Situationen erfordern besondere Mittel.« Frau Maria zwinkerte Christina zu. »Auf dich und unsere Freundschaft.« Die Worte der Schwester taten Christina gut. Eine Freundin konnte sie auf der Insel mit Sicherheit gut brauchen.

Die Nonne setzte die Flasche an die Lippen und trank. Christina nippte zunächst vorsichtig. Der Likör schmeckte nach Beeren und war eine rundum süße Versuchung. Christina trank die Flasche einfach leer.

»Gut, oder?« Die Klosterschwester lachte. »Na los, machen wir weiter mit den Regalen. Sonst werden wir nie fertig.«

Christina nickte. »Danke.«

»Oh, nicht der Rede wert, ich sitz ja an der Quelle.« Die Nonne hatte ihr leeres Schnapsfläschchen in ein bereits geputztes Regal gestellt.

»Nein, das meine ich nicht.«

Maria lachte. »Aber ich.«

Dann beugte sie sich zu dem Eimer hinunter und griff nach ihrem Lappen.

❦

Alle Regale waren getrocknet, stellte Christina zwei Stunden später fest. Das war ja schnell gegangen. Na, dachte sie, kein Wunder bei dem schönen Wetter. Längst lief Christina barfuß im Bootshaus herum. Als sie mit dem Putzen fertig gewesen war, war sie sogar ein paar Schritte im kühlen Seewasser herumgewatet.

Gegen Mittag war Maria gegangen – das Mittagessen zu verpassen, war für Maria keine Option. Obwohl sie so zierlich war, sagte sie, dass sie dem köstlichen Klosteressen nie widerstehen konnte. »Es muss schon die Welt untergehen, damit ich mal eine Mahlzeit ausfallen lasse.« Lachend war sie losgezogen und hatte Christina allein zurückgelassen.

Erst als die Stille um sich griff, bemerkte Christina, wie angeregt sie sich mit der Nonne unterhalten hatte. Noch immer war sie selbst davon überrascht, wie weltoffen die alte Frau war. Sie schien zu allen Themen etwas zu sagen zu haben, lachte viel und verbreitete gute Laune. Konnte es tatsächlich sein, dass Christina ausgerechnet in einer Nonne eine neue Freundin fand?

Vorsichtig tauchte sie einen Pinsel in die weiße Farbe und konzentrierte sich auf das erste Regal. Mit gleichmäßigen Pinselstrichen begann sie, sorgsam Farbe zu verteilen. Sie würde nicht allzu schnell vorwärtskommen, doch bald ging sie völlig in der Bewegung auf, die durch ihre Gleichmäßigkeit viel von einer Meditation hatte. Vollständig in ihre Arbeit vertieft, zuckte sie zusammen, als es am Tor laut klopfte. Erschrocken fuhr sie herum. Die Farbe von ihrem Pinsel spritzte quer durch den Raum.

»Ehrlich! Sie müssen echt lernen, wie man sich benimmt!«

Doch der Mann, der ohne Aufforderung ein paar Schritte in den Raum gemacht hatte und nun mit weißer Lackfarbe bespritzt war, war nicht Loisl, wie Christina erleichtert feststellte. Ein anderer Mann starrte sie sprachlos an.

»Ähm, entschuldigen Sie. Ich habe Sie verwechselt«, stammelte Christina. Sie wollte ihm instinktiv die Farbe aus dem Gesicht wischen, streckte schon die Hand aus, doch dann, als ihr bewusst wurde, was sie da gerade tat, zog sie sie schnell zurück.

»Das hoffe ich doch.« Der Mann wischte sich mit dem Hemdsärmel über das Gesicht. Er war zweifelsohne nicht eitel.

»Ich würde Ihnen ja als Entschuldigung einen Kaffee anbieten – oder soll ich vielleicht das Hemd waschen?«

Er lachte leise. »Nein, das ist alles nicht so schlimm. Wo gehobelt wird, fallen Späne, sag ich immer.«

Erst jetzt konnte Christina sich den Mann genauer ansehen. Er trug ein grobes weißes Leinenhemd, eine Jeans und einfache Turnschuhe. Erneut wischte er sich über sein Gesicht, dieses Mal mit der Hand. Und Christina sah, dass er außergewöhnlich große Hände hatte.

»Danke für das Verständnis.«

»Oh, nicht der Rede wert.« Sie standen einander gegenüber. Der Mann war einen Kopf größer als Christina, die mit ihren eins fünfundsechzig keine Riesin war. Er hatte breite Schultern, stämmige Beine, und bestimmt verbargen sich auch kräftige Arme unter dem Hemd. Wenn man einen Mann suchen würde, auf den die Beschreibung *ganzer Kerl* zutraf – das hier war er.

Kurz schwiegen sie, keiner schien zu wissen, was er sagen sollte, bis schließlich der Mann das Wort ergriff. »Ich wollte eigentlich nur Hallo sagen. Ich bin der Benedikt, aber alle nennen mich Bene.«

Benedikt streckte seine Hand aus.

»Christina.« Ihre Hand schien in seiner zu verschwinden, als er sie drückte. Christina konnte nur ahnen, dass er bei Weitem nicht die Kraft in den Händedruck legte, über die er verfügte.

»Hallo, Christina.« Er lächelte. »Wenn du Hilfe brauchst, ich wohne in Richtung Nordsteg und bin der Kerl mit dem Fischerboot. Und Räucherfisch verkaufen wir auch.«

»Wolltest du etwa auch das Bootshaus mieten?« Instinktiv trat sie einen Schritt zurück.

Bene runzelte die Stirn. »Äh, nein. Wie kommst du darauf, dass ich das Bootshaus mieten will?« Er schien irritiert. »Wir haben ein Bootshaus, also …«

Christina schüttelte den Kopf. Sie wollte nicht jetzt schon einen Konflikt auf der Insel schüren, wo sie gerade neu angekommen war. Außerdem wusste sie ja nicht, wie die Inselfischer zueinander standen. Am Ende war Bene mit diesem Loisl verwandt oder befreundet. Ihr Ziel war es, auf der Insel gut mit allen auszukommen und im besten Fall irgendwann sogar dazuzugehören, was vermutlich schon ohne die Feindschaft mit einem Insulaner nicht allzu leicht für eine Frau vom Festland war.

»Ach, gut. Alles in Ordnung. Schön, dich kennenzulernen. Ich komme bestimmt mal auf einen Fisch vorbei. Für ein gutes Renkenfilet würde ich viel weiter gehen als bis zum Nordsteg.« Christina lachte.

»Wunderbar. Ich fange meine Renken nämlich alle frisch im See.«

»Klingt gut.« Christina hielt noch immer den Pinsel in der linken Hand. Wieder tauschte sie ein Lächeln mit Bene.

»Wann kommst du?«, fragte er schließlich und traf Christina damit unvorbereitet.

»Also … ähm. Heute streiche ich.«

Benedikt lachte. »Das sehe ich. Aber irgendwann wirst du ja wohl Hunger kriegen, oder?«

Christina stimmte in sein Lachen mit ein. »Das ganz sicher. Allerdings muss ich gegen vier rüber zum Festland und dann nach Rosenheim, meinen Sohn abholen. Und im Moment bin ich noch auf die Fähre angewiesen.« Erst wenn sie mit Erstwohnsitz auf der Fraueninsel gemeldet wäre, würde sie das zum Besitz eines Bootes berechtigen. Bis dahin musste sie die Fährschiffe nutzen.

»Dann solltest du unbedingt rechtzeitig Schluss machen. Sonst schaffst du es nicht zu einer Gratisportion Chiemseerenke. Meine Mutter hat heute Kartoffelsalat gemacht.« Bene zwinkerte Christina zu.

»Na gut. Du hast gewonnen. Ich bin um Viertel nach drei da.« Eigentlich knurrte ihr jetzt schon der Magen, und sie würde noch zwei weitere Stunden hungrig streichen müssen. An Essen hatte sie nämlich wieder einmal nicht gedacht, als sie den Rucksack gepackt hatte.

»Sehr schön. Dann sehen wir uns später.« Da war es wieder, Benedikts sympathisches Lächeln, das so sehr von Herzen zu kommen schien. »Ich räuchere heute ganz frisch. Da, wo der Rauch aufsteigt, musst du hin.«

Er nickte Christina zu und wandte sich ab. Doch als er im Tor stand, drehte er sich noch mal um.

»Du, sag mal, gibt es einen Papa zu deinem Sohn? Ich meine, natürlich gibt es einen Papa. Das ist nicht meine Frage.« Benedikt verdrehte die Augen. »Meine Frage ist: Gibt es einen Mann in deinem Leben?« Die Direktheit, mit der er auf den Punkt kam, überraschte Christina so sehr, dass sie keine Sekunde über eine Antwort nachdenken konnte.

»Nein. Gibt es nicht«, erwiderte sie ehrlich und strich sich die kinnlangen blonden Haare hinters Ohr, auf beiden Seiten, mit beiden Händen.

Ein breites Grinsen breitete sich auf Benedikts Gesicht aus. »Sehr schön. Das klingt doch gut«, sagte er. Und dann war er auch schon verschwunden und ließ eine völlig perplexe Christina allein in ihrer Töpferei zurück.

***

Es war für Christina noch immer ganz besonders, am Seeufer entlangzugehen. In kleinen Nischen lagen die Boote der Inselbewohner vertäut am Ufer. Die Flora der Fraueninsel war beeindruckend, die Bewohner pflegten ihre Gärten liebevoll, sodass bunte Wunderwerke entstanden, von denen keines dem anderen glich. Zwischen den Anlegestellen befanden sich Terrassen und Sitzgelegenheiten direkt am See. Auf dem Pflock eines Steges hatte jemand eine kunstvolle Metallfigur befestigt, die übers Wasser schaute. Bisher war die Figur Christina noch nie aufgefallen. Sie wich Touristen aus, die immer wieder stehen blieben, um Fotos zu machen, und Christina konnte es ihnen nicht verdenken. All die kleinen Details waren viel zu schön, um nicht gewürdigt zu werden.

Schon kam weiter vorne ein Bootshaus in Sicht. An der Wand waren Kajaks montiert, ein Boot wurde gerade von zwei Männern mithilfe einer Seilwinde ins Bootshaus gezogen, und ein paar Urlauber mussten warten, bis das Boot den Weg passiert hatte.

»Hallo, Christina!« Einer der Männer hatte sich umgedreht. Es war tatsächlich Benedikt, der Christina zuwinkte. Seine kräftigen Unterarme waren jetzt zu sehen, denn er hatte sich das Hemd hochgekrempelt und packte an. Trotz der Arbeit hatte Bene sogar noch ein Lächeln für Christina übrig. »Ich komme gleich.«

»Lass dir mal Zeit«, gab Christina zurück. Nicht dass sie noch schuld wäre, wenn das Manöver nicht glückte.

Die Männer wirkten allerdings sehr routiniert, und schnell war das Bötchen ins Bootshaus gezogen. Es handelte sich um ein kleines, hölzernes Boot, dessen grüne Farbe schon ganz abgeblättert war.

Obwohl es nicht groß war, schien es das ganze Haus auszufüllen.

»So. Ich wäre dann so weit. Holen wir uns was zu essen?«, fragte Bene, nachdem er zu Christina gekommen war. Indessen schloss der andere Mann den einen Flügel des großen Holztors. Anders als der Töpferschuppen war das Bootshaus bis auf die Tore gemauert.

»Mein Bruder renoviert Ruderboote«, erklärte Benedikt. »Hey, Leopold, das ist Christina, sie hat den Töpferschuppen übernommen.«

»Oh, hallo, schön, dich kennenzulernen.« Er tippte sich mit dem Zeigefinger gegen die Stirn. »Das wird Mama freuen, wenn wir doch wieder eine Töpferei auf der Insel haben. Sie macht manchmal Kurse mit.«

Benedikt nickte. »Das stimmt. Daran hatte ich noch gar nicht gedacht. Planst du, Kurse zu geben? Die Vorbesitzerin hat öfter Töpferkurse auf der Insel angeboten. Das kam wohl ganz gut an.«

»Also ... ich bin mir noch gar nicht sicher, was ich so mit der Töpferei anstellen will. Vorher stehen noch eine ganze Reihe Punkte auf meiner Liste.«

Sie dachte an das, was vor ihr lag: der Umzug, die kleine Renovierung, die Entscheidung für eine Richtung, in die sie die Töpferei entwickeln wollte.

»Das glaub ich«, sagte Bene. »In welche künstlerische Richtung geht denn deine Töpferarbeit?«

Christina warf Benedikt einen gleichermaßen überraschten wie misstrauischen Blick zu. Niemand in ihrer Familie oder ihrem Freundeskreis hatte sie je intensiver nach ihrer Arbeit gefragt. Dabei war Töpfern tatsächlich nicht gleich Töpfern. Man konnte mit Steinzeug arbeiten oder mit Irdenware, man konnte sich aber auch nach mehrjähriger Erfahrung dem Porzellan zuwenden. Die Töpferei bedeutete nicht nur, dass man an der Drehscheibe saß. Ihr Beruf war viel weniger Handwerk als vielmehr Kunst, so wie sie ihn ausübte.

»Ich habe mich in letzter Zeit viel mit dem Engobieren beschäftigt.« Christina setzte zu einer Erklärung an, aber bevor sie etwas sagen konnte, ergriff Benedikt das Wort.

»Das habe ich schon mal gemacht.«

»Du?« Sie konnte ihre Überraschung nicht verbergen.

»Warum ist das so besonders?« Bene tat kurz so, als wäre er beleidigt, und reckte sein Kinn in die Luft. Dann lachte er. »Nein, im Ernst. Ich war als Junge oft drüben bei der Töpferin. Sie hatte immer ein Eis für uns Inselkinder im Gefrierschrank. Bei der Gelegenheit durfte ich manchmal in ihrer Werkstatt sitzen. Einmal habe ich dann eben einen Teller engobieren dürfen. Ich glaube, das war zum Muttertag. Natürlich war das, was ich da veranstaltet habe, nicht besonders professionell«, räumte er ein. »Aber es hat mir viel Spaß gemacht. Die alte Elsa war eine unglaubliche Künstlerin.«

Das konnte Christina bestätigen. Sie selbst hatte die Frau aus tiefstem Herzen bewundert.

»Ich beneide dich ein wenig«, gab Christina zu. »Ich hätte Elsa sehr gerne mal zugeschaut. Besonders bei der Herstellung ihrer wunderschönen Teller und Vasen mit den aufgedruckten Blättern und allerlei Pflanzenornamenten – da wäre ich zu gern dabei gewesen. Ich habe schon ein paar Versuche gestartet, aber so wie Elsas Arbeiten werden meine einfach nicht.«

»Na, das kann ich mir nicht vorstellen. Beziehungsweise doch, kann ich wohl. Aber ich glaube, deine Arbeit hat eben deine persönliche Note, so wie Elsa ihre hatte.« Er zuckte mit den Schultern, ganz so, als hätte er nichts Besonderes gesagt. Dabei bedeuteten Christina seine Worte viel. Wollte so etwas nicht jeder Künstler gerne hören? »Ich würde zu gern mal deine Arbeiten sehen«, fügte Benedikt noch hinzu, und sie konnte gar nicht anders, als ihn anzustrahlen.

»Darfst du gerne. Kürzlich habe ich eine Katze engobiert, sie ist ganz gut geworden.«

»Ich freu mich schon drauf.« Benedikt klang ehrlich. »Aber jetzt sorgen wir erst mal dafür, dass du was zu essen bekommst.«

Sofort meldete sich Christinas Magen. »Das klingt super.«

Sie sah sich um. Was für ein schöner Platz. Hier

unten das robuste Bootshaus und ein Stück weiter oben stand ein Wohnhaus sowie ein verwunschenes Gartenhaus, verborgen hinter großen Rosenstöcken. Das hätte ihrer Mutter gefallen, dachte Christina bei sich und betrachtete die strahlenden Farben der Blumen. Was für eine Blütenpracht!

»Komm, wir holen uns das Essen.« Benedikt machte das Gartentor zu seiner Rechten auf und ließ Christina vorausgehen.

»Wo habt ihr denn eure Tische?«, wollte sie wissen.

»Tische?«

»Na, wo essen eure Gäste?«

»Oh, bei uns kann man nicht essen, nur Fisch mitnehmen.«

»Aber ich dachte, deine Mutter hat Kartoffelsalat gemacht?«

»Hat sie auch.« Benedikt runzelte die Stirn, dann verstand er. »Ach sooo. Na, unsere Familie isst hier natürlich schon. Wir betreiben allerdings keine Gastronomie. Aber keine Sorge, Mamas Kartoffelsalat ist trotzdem der beste auf der Insel.«

Erst jetzt wurde Christina klar, dass Benedikt sie tatsächlich nur eingeladen hatte. Wobei, was hieß da *nur*? Das Gegenteil war ja der Fall. Jetzt gehörte sie hier halb zur Familie. Dabei war sie erst so kurz auf der Insel.

Christina hatte an der Küchentür gewartet, als Benedikt den Salat, Fisch und ein Fleischpflanzerl holte. Es schien niemand zu Hause zu sein.

»Sei mir nicht böse, aber ich kann keine Renken mehr sehen.« Bene lachte und deutete auf seine Frikadelle. »Ich hab das Gefühl, selbst mit der Muttermilch schon den Geschmack der Chiemseefische eingesogen zu haben.«

Sie mussten beide lachen. Die Stimmung zwischen ihnen war wunderbar entspannt. Er zeigte auf zwei Flaschen Radler, die er schon bereitgestellt hatte.

»Würdest du die nehmen?«

Christina nickte und griff nach den eiskalten Flaschen. »Na klar.«

»Komm, wir gehen runter ans Wasser.« Ohne eine Antwort abzuwarten, ging Benedikt los, und Christina folgte ihm.

Tatsächlich hatte Christina auf ihrem Weg hierher schon die kleine Holzplattform über dem Wasser bewundert, auf der ein Tisch und ein paar Stühle standen. Als Bene sie jetzt auf genau diesen Tisch zuführte, konnte Christina ihr Glück kaum fassen. Gerade noch hatte sie darüber nachgedacht, wie schön es wäre, hier Platz zu nehmen – und schon saß sie genau da. Der See war glasklar. Man konnte die Steine am Grund sehen. Ein Stockentenpaar schwamm unter der Plattform hindurch, vermutlich war hier schon so manches Mal ein Stück Brot oder

Semmel für die Enten abgefallen. Eine sanfte Brise sorgte für Abkühlung, und gerade fuhr die *Irmingard*, eines der Chiemseeschiffe, an ihnen vorbei.

»Es ist traumhaft schön hier.« Vor lauter Landschaftsgenuss hatte Christina noch nicht zu der Gabel gegriffen, die Benedikt ganz unkompliziert aus der Gesäßtasche seiner Jeans gezogen hatte.

»Bist du nicht hungrig?«

»Oh, doch.« Auf die Nachfrage hin nahm Christina endlich einen Bissen, während Bene die beiden Flaschen an der Tischkante des alten Holztisches mit einem leisen Ploppen öffnete und eine davon an Christina weiterreichte.

Die beiden prosteten sich zu und nahmen jeweils einen großen Schluck. Wie wunderbar erfrischend das kühle Getränk war! Und der Kartoffelsalat mit den kleinen Essiggürkchen war für einen warmen Sommertag genau richtig.

Benedikt genoss seine Frikadelle sichtlich, während Christina sich den Fisch schmecken ließ.

»Dieser Ort ist einfach ein Traum.«

»Das finde ich auch.« Benedikt trank einen weiteren Schluck.

»Bist du eigentlich hier aufgewachsen?«, wollte Christina wissen.

Benedikt nickte. »Meine Familie lebt schon in fünfter Generation auf der Insel. Heutzutage sind die Häuser hier auf der Fraueninsel sehr gefragt.«

»Das kann ich mir vorstellen.«

»Du hast Glück mit der Töpferei, dass da hinten im Gebäude noch die Werkstatt und die kleine Wohnung sind.«

Da konnte Christina Benedikt nur zustimmen. »Das ist mal sicher. Und auch, dass es einen Brennofen gibt, ist ja keine Selbstverständlichkeit. Wenn ich alles neu auf die Insel hätte bringen müssen – ich will gar nicht über den Aufwand nachdenken, von den Kosten ganz zu schweigen.«

»Oh, ja. Ich meine, es ist gut, dass wir das Fährschiff haben, aber du wirst sehen: Schon euer normaler Umzug wird dich den letzten Nerv kosten.« Benedikt lachte. »Wusstest du, dass du nur von der Klosterseite zu deiner Töpferei fahren kannst? Das wird lustig mit dem Umzugswagen.«

»Nein. Echt?« Sie nahm einen weiteren Bissen des köstlichen Salats.

»Beim Nordsteg vorne ist eine Engstelle. Jedes Auto, das versucht, dort entlangzufahren, landet automatisch im Schilf. Man muss bei der Töpferei zurückstoßen, zum Wenden ist ja auch nicht genug Platz.«

»Oh.« Christina hatte sich tatsächlich noch gar keine Gedanken über derlei Widrigkeiten gemacht. Jetzt allerdings, wo Benedikt sie darauf hinwies, lagen sie auf der Hand.

»Ach, mach dir keine Sorgen. Ich helfe.« Christina schaute auf seine muskulösen Unterarme. Benedikt im Umzugsteam würde mit Sicherheit eine gewaltige Entlastung sein.

»Danke, das ist echt nett.«

»Oh, ich mache das nicht uneigennützig.«

»Nein?«

Benedikt schüttelte energisch den Kopf. »Natürlich nicht! Ich lasse mir das bezahlen.«

»Wie bitte?« Christina war völlig perplex.

»Klar. Mein Vater sagt immer: Umsonst ist der Tod – und der kostet das Leben.« Ungerührt lud er Kartoffelsalat auf seine Gabel und führte sie zum Mund. Die bittere Enttäuschung, die Christina empfand, traf sie in ihrer Intensität unvorbereitet. Ihre Gefühle überschlugen sich, doch dann fing sie sich ganz schnell wieder und lächelte. »In diesem Fall glaube ich, dass wir schon klarkommen, danke.«

Übers Ohr ziehen lassen würde sie sich nicht. Sie legte die Gabel auf den Tellerrand und wollte schon aufstehen, als Benedikt plötzlich breit grinste. »Du hast mich noch gar nicht nach dem Preis gefragt.«

»Den muss ich nicht wissen.« Sie fühlte sich noch immer emotional aufgewühlt.

»Ich glaube, doch. Der Preis ist ein Ausflug mit mir rüber zur Krautinsel, wenn du mal Zeit findest.«

Christina starrte Benedikt an, der sie noch immer anstrahlte. Er schien gar nicht gemerkt zu haben, welch falschen Eindruck er bei ihr erweckt hatte. Seine gutmütige Freundlichkeit, sein kleiner Scherz – mit Sicherheit konnte er sich gar nicht denken, welchen Effekt er damit bei Christina erzielt hatte. Sie holte tief Luft, um sich zu beruhigen, und atmete langsam aus. Warum nur hatte sie sofort gedacht, dass er sie ausnutzen wollte?

»Natürlich nur, wenn du möchtest. Sonst fahre ich alleine rüber zur Krautinsel und genieße dort meine Brotzeit in meiner eigenen Gesellschaft.« Benedikt zwinkerte Christina zu.

Endlich konnte auch sie lachen.

»Ich habe neulich erst drüber nachgedacht, wie gerne ich mal auf die Krautinsel wollen würde«, gab sie zu. »Und eine Brotzeit ist ja immer gut. Allerdings würde ich die dann mitbringen – als kleines Dankeschön.«

»Ich kann es kaum abwarten.« Für einen Sekundenbruchteil legte er seine Hand auf ihren Unterarm, bevor er sich wieder seiner Frikadelle zuwandte. Und Christina war sicher, in ihm, nach Schwester Maria, nun schon den zweiten Freund auf der Insel gefunden zu haben.

6. Kapitel

Christina war spät dran. Ein Stau auf der Autobahn hatte ihrem straffen Zeitplan den Rest gegeben, und sie würde es nicht schaffen, um siebzehn Uhr dreißig bei Andreas zu sein. Auch heute hatte sie wieder den ganzen Tag geschuftet. Aber jetzt war auch die Wohnung frisch gestrichen.

Michael hatte sich eine dunkelblaue Wand gewünscht – und sie auch bekommen. Im Wohnzimmer war eine Wand fröhlich apfelgrün geworden. Christina war zufrieden mit ihrer Arbeit – aber auch wirklich müde.

Sie kramte ihr Handy aus der Handtasche.

Sorry, ich stehe im Stau. Komme, so schnell ich kann.

Sie konnte sich Andreas Berndts Reaktion schon vorstellen. In der Vergangenheit hatte er nicht eben begeistert reagiert, wenn sie es mal nicht schaffte, weil beispielsweise am Samstag der Lakritzladen vor Kunden aus allen Nähten geplatzt war. Beim Weihnachtsgeschäft hatte sie stets lieber ihre Mutter gebeten, auf Michael aufzupassen, nur um unschönen Momenten aus dem Weg zu gehen. Wäre Gittis Rheuma nicht so katastrophal schlimmer geworden, sie würde vermutlich auch jetzt auf die Hilfe ihrer Mama zurückgreifen, statt Andreas zu bemühen. Daran dachte Christina, als ihr Handy blinkte.

Kein Problem! Wir spielen Monopoly und sind eh noch nicht fertig.

Christina las die wohlwollende Antwort zweimal. Misstrauisch suchte sie in Gedanken nach dem Haken, als eine weitere Nachricht aufploppte: *Fahr vorsichtig!*

Die Anspannung, die sie eben noch empfunden hatte, ließ nach. Offenbar war Andreas heute milde gestimmt.

Als sie in die feudale Einfahrt zu seiner Villa abbog, stieg Rauch von der Terrasse auf. Nach einem kurzen, irritierten Blick entdeckte Christina, dass der Rauch aus einem gemauerten Kamin aufstieg, der zu einem fest installierten Grill gehörte. Ein herrlicher Duft wehte zum offenen Autofenster herein. In dem Moment, als Michael seine Mama sah, übergab er Andreas die Grillzange, die er bis dahin in der Hand gehalten hatte, und stürmte die von Rosen gesäumte Einfahrt herauf. Christina stieg aus und umarmte ihren Sohn. Mittlerweile reichte er ihr bis über den Bauchnabel. Er war so groß geworden im letzten Jahr. Ein glücklicher großer Junge.

»Mama, können wir noch bleiben? Papa hat Käseknacker gegrillt, und diesen Grillkäse hat er auch gekauft. Wie heißt er noch? Hallouti?«

»Du meinst Halloumi.«

»Genau den. Wir haben eine Marinade dafür gemacht.« Michael klang stolz, als er ihre Hand ergriff und sie hinter sich her in Richtung Terrasse zog. Auf der einen Seite war noch das Monopoly-Spiel aufgebaut, auf der anderen war der Tisch für drei Personen gedeckt.

»Hallo, Christina, ich dachte, du hättest vielleicht Hunger nach so einem langen Tag. Und Michi hat sich gewünscht, dass ich den Grill anwerfe.« Andreas deutete mit der Grillzange auf den Rost, wo nicht nur Fleisch und Käse, sondern auch noch Zucchinischeiben und zwei Maiskolben brutzelten.

»Der Junge hatte so einen Kohldampf. Ich glaube, der wächst grade.« Dass das auch Andreas aufgefallen war, wunderte Christina.

Aber hinsichtlich des gemeinsamen Essens zögerte sie. Ihr Umgangston verhärtete sich in der Regel sehr schnell – und vor Michael wollte Christina auf keinen Fall streiten. Auf der anderen Seite hätte sie sonst noch irgendwo auf dem Weg nach Hause Pizza besorgen müssen – und sie war ganz schön kaputt.

»Bitte, Mama. Ich schaff es nicht ohne eine Grillwurst bis nach Hause. Ich würde dir glatt verhungern im Auto.« Angesichts des bettelnden Blickes ihres Sohnes konnte Christina gar nicht anders als nicken.

»Deiner Argumentation habe ich nichts entgegenzusetzen. Das Risiko eines Hungertods kann ich nicht eingehen.« Christina war bemüht, ernst zu bleiben. Aber ihre Mundwinkel zuckten bereits.

»Wunderbar. Dann setz dich doch.« Andreas deutete auf den Platz, von dem aus man den Garten überblicken konnte. Die leuchtend pinken Teichrosen waren Christina vor ein paar Tagen gar nicht aufgefallen, genauso wenig wie die Goldfische, die am Rand des Badeteichs ihre Bahnen zogen. Jetzt, wo sie endlich saß, fühlte sich ihr ganzer Körper schwer wie Blei an, und sie war dankbar, als Michael ihr einen Teller mit einem Maiskolben und einer Käsewurst hinstellte.

»Da drüben stehen die Soßen.« Er zeigte auf eine Reihe Flaschen aus einem Spezialitätengeschäft in der Stadt, das Christina sich nicht leisten konnte, während Andreas dort ganz selbstverständlich einkaufte. »Der Salat ist auch vom *Spezialitätenkoch*«, fügte Andreas noch hinzu.

Christina fragte sich, ob der Kartoffelsalat in der Schüssel wohl mit dem mithalten konnte, den sie am Vortag bei Benedikt gegessen hatte. Bei der Erinnerung an den schönen Nachmittag konnte sie gar nicht anders, als zu lächeln. Benedikt hatte nach dem gemeinsamen Essen sogar angeboten, sie in einem der Fischerboote der Familie zurück zum Festland zu bringen, und auch wenn sie das dankend abgelehnt hatte, freute sie sich über das nette Angebot.

Sie nahm die Schüssel und tat sich einen Esslöffel des Salats aus dem Feinkostgeschäft auf. Als sie probierte, befand sie ihn zwar für gut, aber keineswegs so köstlich wie den, den Benedikts Mutter am Vortag gemacht hatte. Nichtsdestotrotz ließ sie sich ihre Mahlzeit schmecken. Michael aß ein Würstchen nach dem anderen und genoss die Gourmetsoßen sichtlich, ertränkte jeden einzelnen Bissen darin.

Schließlich nahm auch Andreas Platz. »Guten Appetit«, sagte er in die Runde.

»Danke.«

Andreas lächelte Christina zu. »Grillen deine Eltern auch noch immer so gerne?«

»Ja. Im Sommer grillen wir ständig. Da ist alles noch wie immer.« Die Erinnerung an die Zeiten, als Andreas mit von der Partie gewesen war, gab ihr einen kleinen Stich. Aber er war es gewesen, der ihre Familie mit Füßen getreten hatte.

»Ich habe nur deswegen den gemauerten Grill bauen lassen.« Er deutete mit seiner Gabel in Richtung der noch glühenden Kohlen. »Wie gemütlich es ist, im Sommer an lauen Abenden draußen eine Mahlzeit zu genießen, habe ich erst in deiner Familie gelernt.«

Hörte Christina Wehmut in seiner Stimme? Sie warf Andreas einen prüfenden Blick zu, konnte aber nicht recht einordnen, wie er seine Aussage meinte. In jedem Fall aß er mit Genuss. Vielleicht interpretierte sie also zu viel in seine Worte, überlegte Christina.

»Aber erzähl mal, wie ist es auf der Insel?«, fragte Andreas. Er war nie mit ihr gemeinsam auf der Fraueninsel gewesen – dabei hatte sie ihre Urlaube stets in die Sommerakademie in Salzburg gesteckt, um ihre Töpferei zu vervollkommnen. Ihm konnte nicht entgangen sein, wie wichtig es für sie war, ihre Fähigkeiten an der Töpferscheibe zu vertiefen. Aber in den drei Jahren, die sie miteinander verbracht hatten, war er nie an ihrer Seite gewesen, wenn sie zu einer ihrer Touren zu der alten Keramikerin aufgebrochen war.

»Es ist schön dort. Die Insel ist ein Kleinod. Je öfter ich hinfahre, umso mehr liebe ich sie mit all ihren kleinen Details. Bestimmt wird es Michael auch gut gefallen.« Was Letzteres anging, war sich Christina noch nicht ganz so sicher. Erst am nächsten Tag konnte sie ihm die neue Bleibe das erste Mal zeigen, und dann würde in den kommenden Tagen eh schon der Lieferwagen kommen, damit sie ihr Hab und Gut packen konnten.

Der Mietvertrag in Rosenheim hätte zwar noch drei Monate gegolten, doch Christina hatte überraschend schnell einen Nachmieter gefunden, mit dem auch ihr Vermieter einverstanden gewesen war – und der wollte so bald wie möglich einziehen, weil er im Rosenheimer Krankenhaus als Assistenzarzt angefangen hatte. So kam es, dass sich die Ereignisse ein wenig überschlugen und sie wider Erwarten schon den Sommer auf der Insel verbringen würden. Sie hatte lange mit Michael über die anstehenden Veränderungen gesprochen, und bis jetzt schien er alles gut aufzunehmen.

Er kannte die Insel gut, hatte Christina früher einige Male bei ihren Ausflügen dorthin begleitet, besonders in der Zeit, als er sich so sehr für die Herstellung von Marzipan interessiert hatte. Damals hatte Christina bei jedem Besuch den Klosterladen regelrecht leer gekauft. Sie lächelte bei der Erinnerung.

»Ich finde es gut, dass du deinem Traum mit der Töpferei folgst«, sagte Andreas, während er Butter auf seinem Maiskolben verteilte und ihn dann mit der Salzmühle würzte.

»Danke.« Christina konnte die Überraschung in ihrer Stimme nicht verbergen.

»Und ich wünsch dir viel Glück.« Er schenkte sich selbst und Christina ein Glas Rotwein ein. Michael hatte bereits ein Glas Saft vor sich stehen und hob schon sein Glas, um anzustoßen.

»Auf dich, Mama.« Der Junge sprach in heiligem

Ernst, und als seine Eltern die Gläser hoben, strahlte er über das ganze Gesicht.

»Danke.« Christina war gerührt. Es fühlte sich gut an, hier mit ihrem Sohn und dessen Vater zu sitzen, und als Michael begann, von seinem Nachmittag mit dem Papa zu erzählen und wie er die Parkallee beim Monopoly gekauft, ein Hotel gebaut und seinen Vater am Ende in den Bankrott getrieben hatte. Dazu grinste er schelmisch und rieb sich die Hände. Sein Ketchupmund, die kindliche Freude, mit der er sprach, die fettigen Finger, mit denen er nach dem nächsten Würstchen griff – Kinderglück konnte so einfach sein.

»Sollen wir nachher noch eine Runde spielen?«, fragte ihr Sohn mit Feuereifer. »Alle zusammen, meine ich?«

Christina dachte nach: Zu ihrer eigenen Überraschung stritten sie noch nicht. Die Stimmung war im Gegenteil sehr friedfertig und von Andreas' Respekt ihr gegenüber geprägt, einem Respekt, den sie in den vergangenen Jahren immer mal wieder schmerzlich vermisst hatte. War sie selbst am Ende das Problem? War sie ihm zu harsch begegnet, wenn es um Unterhaltszahlungen oder die Aushandlung des Umgangs mit Michael ging?

»Bitte, Mama!« Michael legte flehend seine Hände aneinander. Dazu hielt er seinen Kopf schräg und machte große Augen, ganz so, wie er es als

Vierjähriger immer getan hatte, wenn er ihr Herz erweichen wollte.

»Bitte, Mama!« Andreas machte es ihrem Sohn nach, und bei ihm wirkte die Geste noch absurder, sodass Christina unweigerlich lachen musste, und auch Andreas stimmte mit ein.

»Na gut, na gut! Ich bin dabei. Gegen so viel Überzeugungsarbeit komme ich nicht an. Aber erst esse ich auf.«

಄ ೕ಄

Christina war mit Michael schon früh auf die Insel gefahren. Vom Dampfer aus hatten sie die Töpferei, ihr künftiges Zuhause, an sich vorbeiziehen sehen, und als sie am Hauptsteg anlegten, genossen sie den Blick zum Kirchturm und über den gesamten Klostergarten, der in voller Blüte stand. Schwester Maria hatte ganze Arbeit geleistet, und Christina nahm sich vor, die Nonne bei Gelegenheit zu bitten, sie durch den Garten zu führen.

»Komm, ich zeig dir alles.« Sie hoffte, die Begeisterung und die Vorfreude, die sie empfand, würden sich auch auf ihren Sohn übertragen.

»Können wir noch Marzipan kaufen?«, fragte er mit einem sehnsüchtigen Blick in Richtung Klosterladen.

»Das machen wir später, okay? Jetzt müssen wir

erst mal zum Haus, weil der Umzugswagen gleich ankommt.« Der Sprinter würde die ersten Sachen bringen. Zum Glück gab es in Gstadt eine Autofähre, die für genau solche Fälle installiert war. Auf diesem Weg kam auch die Post auf die Insel, genauso wie Lieferungen für die Gaststätten oder den inseleigenen kleinen Supermarkt. Christina hatte den Morgen über in Rosenheim noch ein paar Kisten gepackt und ihren Fokus besonders darauf gelegt, dass Michael alle Sachen dabeihatte, von denen er derzeit gern umgeben war.

»Na gut.« Ihr Sohn klang ein wenig widerwillig.

»Du wirst ein total großes Kinderzimmer haben, wirst schon sehen. Da ist eine Menge Platz für deine Legobausätze.«

Michael liebte Lego, und Christina würde ihm heute zum Einzug ein ferngesteuertes Lego-Geländefahrzeug schenken, das er sich schon lange wünschte. Sie hoffte, mit dieser Überraschung noch weitere Punkte zu sammeln und die Insel umso positiver als neuen Wohnort zu präsentieren.

»Und kann ich auch baden gehen?«

Christina lachte. »Wenn nicht hier, wo dann? Ich würde sagen, du kannst den ganzen Sommer über baden.« Insgeheim beglückwünschte sie sich, dass auch der Aufblashai einen Platz in dem kleinen Laster gefunden hatte, sodass Michael nachher gleich mal ins Wasser hüpfen konnte.

Als sie jetzt an ein paar kleinen Fischlokalen vor-
beigingen, beschleunigte Michael seinen Schritt.
»Gibt es hier eigentlich auch Kinder?«

»Natürlich gibt es hier Kinder!«

»Aber nicht viele, oder? Und die kennen sich
alle schon?« Christina konnte sich sein Problem
lebhaft vorstellen. Die Erfahrung der letzten Schul-
jahre hatte nämlich gezeigt, dass Michael es nicht
immer leicht hatte mit Gleichaltrigen. Es gab wenige Marzipanforscher, wenige Spinnenterrarium-
besitzer, kaum ein Kind, das sich für die Axolotls
interessierte, einfach, weil der Name der Tiere so
witzig war. Und wenn Michael dann noch erwähnte, dass es sich um einen Schwanzlurch handelte, erntete er oft genug Gekicher. Christinas
Hoffnung lag ganz auf dem Ludwig-Thoma-Gym-
nasium in Prien, das er nach den Ferien besuchen
würde. Vielleicht gab es dort ja eher ein paar Gleich-
gesinnte.

»Ich vermute schon, dass die Kinder hier sich
kennen.« Ihren Sohn anzulügen, war keine Lösung.
Plötzlich sah Michael ziemlich verzagt aus, und um
Christinas Herz schloss sich eine eiserne Faust aus
Angst, Mitleid und Sorge mit ihrem besonderen
Jungen. In der Vergangenheit war er in der Schule
schon häufiger gemobbt worden. Sicher fürchtete
er, dass es ihm auf der Insel vielleicht wieder so er-
gehen würde.

»Komm, wir setzen uns kurz, hm?« Sie zog Michael zu einer Bank, von der aus man übers Wasser schauen konnte. Allerdings hatten weder sie noch Michael gerade einen Blick für das Panorama übrig.

Michael schaute auf seine Hände in seinem Schoß. Christina griff danach und hielt sie in den ihren.

»Was ist unser Motto?«, fragte sie ihren Sohn.

»Wir sind die Riegers, wir schaffen alles«, sagte er widerstrebend.

»Ganz genau.« Christina nickte. »Und du bist genau richtig, wie du bist. Sollten das die Kinder hier nicht sehen, kann man ihnen auch nicht helfen.«

Eine Träne rann ihm über die Wange.

»Außerdem gehst du nach den Ferien in eine neue Schule. Da wirst du auch Kinder kennenlernen.«

»Ja, schon. Aber ich bin dann das Kind von der Insel.« So, wie Michael es sagte, klang es wie eine Strafe, und die Faust um Christinas Herz krampfte sich noch fester zusammen.

»Das muss nicht schlecht sein. Alle wollen dich bestimmt besuchen, weil man von deinem Garten aus in den See springen kann. Und du wirst auch das Kind sein, das in ein paar Jahren schon selbst mit einem Boot fahren kann. Und du darfst jeden

Tag mit dem Schiff fahren. Du fährst doch gerne Schiff?«

Michael nickte.

»Weißt du was? Wir geben der Sache hier einfach eine Chance. Und wenn es total blöd ist, dann verspreche ich dir, dass wir wieder wegziehen. Okay?«

»Ehrlich?« Endlich hellte sich Michaels Miene ein wenig auf.

»Ehrlich. Hab ich dich schon mal angelogen?«

Michael schüttelte den Kopf.

»Na siehst du.« Christina zog ihren Sohn in ihre Arme und strubbelte ihm durchs Haar, wie sie es schon immer getan hatte. Ein zaghaftes Lächeln war die Antwort.

»Lass uns mal dein Zimmer anschauen, okay? Ich hab dir eine Wand blau gestrichen, wie du das bestellt hast.«

»Sehr gut. Dann werde ich mich wie ein Fisch im Wasser fühlen.« Michael sagte das ohne einen Anflug von Humor. Fische mochte er. Am Vorabend beim Monopoly hatte er sogar unterbrechen müssen, als im Schwimmteich ein besonders schöner Goldfisch unter einem Seerosenblatt aufgetaucht war. Vielleicht entwickelte sich da gerade ein neues Interessengebiet. Endlich löste sich der eiserne Griff um Christinas Herz ein wenig.

Sie stand auf und zog Michael hoch. Wortlos gingen sie weiter.

»Da vorne ist es schon.« Christina deutete auf die Töpferei, die jetzt in Sicht gekommen war. Wie immer, wenn sie das Gebäude sah, fühlte Christina sich gleich noch ein wenig glücklicher. Der Weg war heute gut besucht, viele Leute waren auf der Insel unterwegs an diesem milden Sommertag, obwohl die Sonne sich häufig hinter den Wolken verbarg. Als sie noch näher kamen, sah Christina, dass zwei Leute vor der Töpferei warteten. Binnen des Bruchteils einer Sekunde erkannte sie, wer da stand.

»Nelly!« Mit einem wilden Winken beschleunigte Christina ihre Schritte, und Michael lief einfach los, auf seine Tante zu, und warf sich in ihre Arme.

»Hi, Christl. Ich dachte, ihr zwei könntet ein bisschen Hilfe brauchen. Also hab ich Quirin heute zum Umzugshelfer abkommandiert.« Nelly grinste. »Wir ankern vorne beim Kloster«, erklärte sie noch. Als ihre Halbschwester vor zwei Jahren neu an den Chiemsee gezogen war, war sie schlimm von Seekrankheit geplagt gewesen. Mittlerweile jedoch konnte sie ganze Nachmittage mit Quirin auf dem Wasser verbringen – und sie auch genießen.

»Hi, Christina«, sagte jetzt auch Nellys Freund und umarmte sie kurz, aber kräftig. »Wie Nelly schon gesagt hat, stehe ich heute voll und ganz zu deiner Verfügung – und sie auch.« Er beugte sich zu seiner Liebsten hinunter, deren Arm noch immer um Michaels Schulter lag, und küsste sie sanft auf die Wange.

Eine Woge der Dankbarkeit durchflutete Christina. Was für eine herrliche Überraschung!

Weiter hinten bahnte sich der Umzugswagen schon seinen Weg. Es war nicht leicht, die Spaziergänger mussten den Weg für das Fahrzeug frei machen. Auf der Fraueninsel waren Autos regulär verboten. Für Umzüge und dergleichen brauchte man eine Genehmigung.

»Da ist ja schon dein Hausstand.« Quirin stellte sich auf die Zehenspitzen, um einen besseren Blick auf das Fahrzeug zu erhaschen.

Christina nickte. »Ich sperr uns schon mal auf. Eigentlich wollte ich Michael noch alles zeigen, bevor der Wagen kommt.«

»Dann mach das doch. Wir kriegen den Umzugswagen auch ohne dich auf die Wiese.« Quirin winkte dem Fahrer schon zu. »Später kommt noch ein zweiter Wagen, oder?«

Christina nickte. »Genau.«

»Alles klar. Ich hab es im Griff.« Quirin zwinkerte ihr fröhlich zu.

Tatsächlich war das Rasenstück vor der Töpferei ziemlich klein, aber die Spaziergänger sollten schon noch genug Platz haben.

»Gut, danke euch. Toll, dass ihr da seid.«

»Nicht der Rede wert, ehrlich. Jetzt mal los mit euch.« Nelly schob Michael in Christinas Richtung, und sie sperrte das große Tor auf. Vermutlich war es einfacher, die Kisten hier hereinzubringen, als sie einmal um das Gebäude herum und zur deutlich schmaleren Hintertür reinzutragen.

»Na komm, Michael.« Sie trat durch das Tor, ihren Sohn an der Hand. Innen war der Raum in Weiß und Grau gehalten. Besonders gut gefiel Christina die linke Seite, wo eine schmale Stiege nach oben zu einem kleinen Balkon führte. Dort befanden sich drei zusätzliche kleine Räume. Unten, im Ausstellungsraum, war der kleine Arbeitsplatz mit Drehscheibe, wo potenzielle Kunden sogar bei der Herstellung von Töpferwaren zuschauen konnten. Weiter hinten befand sich eine Tür. Auf die steuerte Christina zu, aber Michael erklomm schon die Stiege. »Das find ich so cool. Da wollte ich früher schon immer hochsteigen.« Er grinste breit.

»Wie wäre es, wenn du das nachher machst, und ich zeig dir erst mal dein Kinderzimmer?«

Michael nickte und hüpfte von der fünften Sprosse zurück auf den Boden – zu hoch für Christinas Geschmack, aber zum Glück blieb Michi heil.

Er lief voraus, machte die Tür auf und lief sofort los in die dahinterliegenden Räume. Das Kinderzimmer war nicht riesig. Aber Michaels Hochbett, unten drunter der Schreibtisch und das große Regal würden so locker Platz haben, dass sogar der Kleiderschrank und ein gemütlicher Sitzsack noch hineinpassten.

»Können wir so Plastikfische für die blaue Wand kaufen?«, fragte er jetzt.

»Ja, das können wir natürlich.« Wenn es so einfach war, Michael für das neue Zimmer zu begeistern, würde Christina gleich am Montag Fische besorgen, so viele ihr Sohn wollte.

»Super!« Michael stand mitten in dem leeren Raum und schaute sich um. »Also, es ist gar nicht so schlecht hier.«

Unter den gegebenen Umständen, wenn sie ihr Gespräch von gerade eben in Betracht zog, war das vermutlich mehr Begeisterung, als sie erwarten konnte.

Schon kam Quirin mit der ersten Kiste. »Da steht Wohnzimmer drauf. Ist das der Raum da vorne?«

»Ja, genau. Danke«, rief Christina ihm zu und konzentrierte sich dann wieder auf Michael. »Schau mal hier rein.« Einen Karton hatte sie schon bei ihrem letzten Besuch auf der Insel mitgebracht – das Lego. Als Michael jetzt den Deckel öffnete, strahlten seine Augen.

»Das Auto hab ich mir schon voll lang gewünscht.« Er griff nach der Box. »Kann ich es gleich bauen?«

Christina lachte. Ihre Rechnung ging auf. »Aber sehr gerne. Ich geh dann mal raus und helfe mit, okay?«, fragte sie.

Aber Michael war schon damit beschäftigt, die Bedienungsanleitung zu studieren und die Bauteile für den Geländewagen vor sich auszubreiten, sodass Christina einfach ins Wohnzimmer hinüberging.

Ihre Halbschwester Nelly war eine, die einfach zupackte, daran änderten auch ihre pinken Mokassins nichts, die heute ihrem Outfit den letzten Schliff gaben. Gerade brachte sie die Stehlampe mit dem großen Schirm herein und stellte sie in eine Ecke – genau in die, in der Christina sie gedanklich im Vorfeld schon positioniert hatte. Die altmodische Stehlampe würde vor der grünen Wand einen wunderbaren Kontrast bilden.

Im Wohnzimmer gab es ein großes Einbauregal. Sie öffnete die Kiste, die Quirin in der Mitte des Raumes abgestellt hatte, und holte ein paar Bücher hervor. Sicher würde es ein gutes Gefühl sein, schon ein paar erste Besitztümer an ihrem Platz zu wissen. Von draußen drang Gelächter und Stimmengewirr herein. Schön, dass die Stimmung so gut war und alle sich wohlfühlten. Nelly brachte eine weitere Kiste und stellte sie ab.

»Schön habt ihr es hier«, sagte sie. »Das wird mit Sicherheit ein total gemütliches Zuhause.«

»Danke.« Die Worte der Schwester taten Christina gut. Es wäre gelogen gewesen zu sagen, dass sie nicht letzte Zweifel plagten.

»Das finde ich allerdings auch.« Die Stimme ließ Christina herumfahren.

»Benedikt! Was machst du denn hier?«

Vor Christina stand der Fischer, zwei Kisten übereinander balancierend, die er jetzt zu den anderen stellte.

»Ich bin gerade eben mit dem Boot vorbeigefahren. Da hab ich den Wagen stehen sehen und dachte mir, ihr könntet vielleicht noch Hilfe brauchen.« Er strahlte Christina an. »Außerdem hatte ich das doch versprochen, nicht wahr?«

»Danke. Das ist aber nett.« Es freute sie, dass Benedikt da war. Noch dazu, weil sie ihn nicht gefragt hatte, trotz seines Angebots. Das wäre ihr irgendwie unverschämt vorgekommen, weil sie sich noch nicht lange kannten.

»Wir halten zusammen auf der Insel und helfen einander, das hab ich dir doch gesagt. Bei so wenigen Menschen auf einem Fleck gehört sich das einfach.«

Quirin kam herein, allerdings mit nur einer Kiste. »Find ich prima, dass du mit einspringst.« Er keuchte, als er die Kiste abstellte, offensichtlich waren Bücher darin.

Benedikt nickte in seine Richtung, bevor er sich

wieder an Christina wandte. »Auf der oberen Kiste steht Kinderzimmer. Wo ist das?«

»Da hinten. Es sitzt ein Kind drin.« Als Christina breit grinste, stahl sich auch in Benedikts Gesicht ein Grinsen.

»Ach was«, antwortete er und nahm die Kiste wieder auf.

Sie hörte, wie er zu Michael hinüberging. »Ich würde ja gern anklopfen, aber ich hab die große Kiste. Darf ich reinkommen und sie abstellen?«

Christina lauschte.

»Danke. Ich bin übrigens der Benedikt. Und wie heißt du?«

Leider hörte sie die Antwort ihres Sohnes nicht.

»Freut mich. Sag mal, was machst du denn da grade?«

»Christl? Auf der Kiste steht nichts, wo soll die hin?« Nelly war hereingekommen und zwang Christina, den Lauschangriff aufzugeben.

Nelly schwitzte schon ganz schön. Kein Wunder, draußen war genau das Wetter, das man hier in Bayern allgemein als *dampfig* bezeichnete: zunehmend tiefer hängende Wolken, hohe Luftfeuchtigkeit. Vermutlich würde es später noch regnen.

»Das dürfte die Fotokiste sein.« Christina hatte keine Ahnung, wo sie ihre *Schatzkiste* hinstellen sollte. So nannte sie ihre Fotosammlung für sich. Ihr war es wichtig, Bilder nicht nur im Handy zu speichern, sondern sie auch in Papierform zu besitzen. Allerdings hatte sie noch keine Ahnung, wo sie die Kiste im neuen Heim lagern wollte.

»Du hast eine ganze Kiste mit Fotos?«, fragte Nelly nach.

»Ja, das ist meine Art, Momente zu sammeln.« Sie erklärte Nelly das Konzept.

»Darf ich mal reinschauen bei Gelegenheit?«

»Na klar. Wir machen unsere eigene kleine Einweihungsparty, und ich zeig dir mein Leben.«

»Klingt super. Da hab ich noch immer viel nachzuholen.«

»Ich genauso, was dich angeht.« Die Schwestern lächelten einander an. Sie kannten sich erst zwei Jahre, waren einander aber mittlerweile sehr nah. Trotzdem gab es noch viel zu erfahren.

Quirin wollte in den Raum, blieb aber mit seiner Kiste in der Tür stecken, und es rumpelte laut, bevor er schließlich hereinstolperte und es in der Kiste leise klirrte.

»Lass mich raten: Küche.« Nelly kicherte.

»Haha«, machte Quirin. »Da siehst du mal, was ich mir von ihr so alles gefallen lassen muss«, beschwerte er sich. Allerdings machte sein neckischer Tonfall klar, dass er seine Klage alles andere als ernst gemeint hatte.

»Und überhaupt«, fuhr er fort, während er die Kiste auf die Arbeitsplatte in der angrenzenden

Küche stellte. »Wo seid ihr denn alle? Bin ich jetzt hier der einzige Umzugshelfer?«

Nelly gab Quirin im Vorbeigehen einen Kuss. »Ich bin schon da. Ich musste mich nur noch mit meiner Schwester verabreden.« Schon war Nelly aus der Tür, gefolgt von Quirin.

Christina wollte hinterher, da fiel ihr Benedikt ein. Wo war der denn abgeblieben?

Sie ging durch den kleinen Flur zum Kinderzimmer hinüber. Der Anblick, der sich ihr da bot, ließ ihr den Mund offen stehen. Da saß Benedikt im Schneidersitz gegenüber von Michael. Das Geländefahrzeug war zur Hälfte aufgebaut, und beide waren gerade in die Bedienungsanleitung vertieft. »Ich glaube, das Teil hier gehört noch zur Karosserie.« Benedikt griff in eine der kleinen Plastiktüten und zog einen Legostein heraus. Michael schüttelte den Kopf. »Nein, hier, schau. Der ist es. Der sieht fast genauso aus, hat aber hier noch dieses Stückchen drüberstehen.«

»Tatsächlich!« Benedikt schüttelte den Kopf. »Dass ich das nicht gleich gesehen habe.«

Keiner der beiden nahm Notiz von ihr, es war, als würden sich Benedikt und Michael schon seit Jahren kennen. Christina räusperte sich.

»Oh, Mama, du bist es.« Michael blickte kurz auf und nahm dann ein weiteres Tütchen zur Hand und schaute hinein.

Benedikt sprang auf die Füße. »Sorry. Ähm. Ich komm schon. Michael, tut mir leid, ich muss. Ich hab nämlich eigentlich Umzugshilfe versprochen.« Sein schuldbewusster Blick ließ ihn wie einen Jungen aussehen, der gespielt hatte, statt die Hausaufgaben zu erledigen, und Christina musste unweigerlich lachen.

»Kein Problem. Gewissermaßen *ist* das hier Umzugshilfe«, antwortete sie und deutete auf die Legokonstruktion. »Mir fehlt es an jeglichem Talent für so was«, fügte sie noch hinzu.

»Bene hat gesagt, dass er und sein Neffe eine Schwäche für Lego haben«, mischte Michael sich ein, »und dass Sebi schon ganz viele Roboter gebaut hat. Roboter sind seine Spezialität.« Christina reimte sich zusammen, dass Sebi der Name von Benedikts Neffen war, und außerdem war sie überrascht, dass Michael sofort zum vertraulichen Bene übergegangen war. Michael war ein vorsichtiges Kind. Doch gerade war er so begeistert, dass sich seine Wangen gerötet hatten, als er erzählte. »Sebi wohnt auch hier auf der Insel und wird im August zehn«, informierte er seine Mutter jetzt noch.

»Das ist ja prima.« In Christinas Kopf überschlugen sich die Gedanken: Ein gleichaltriger Legofan klang wie ein Sechser im Lotto. Jetzt konnte Christina nur hoffen, dass Sebi sich nicht an Michaels kleinem Anderssein störte, das ihm schon so oft im Weg gestanden hatte.

»Ich glaube, die Jungs werden sich mögen. Sebi interessiert sich im Moment besonders für den Papst. Vielleicht wegen des Klosters, so genau habe ich es noch nicht durchschaut. Aber mein Bruder fürchtet schon, dass der Junge später in einen Orden eintritt.« Benedikt zwinkerte Christina zu.

»Michael hat sich gerade sehr für Axolotls interessiert. Aber gerade scheint sich das in Richtung Fische zu wandeln.«

»Du magst Fische?«

Michael nickte.

»Dann könnten wir vielleicht Freunde werden. Ich bin nämlich Fischer von Beruf.«

»Ehrlich?« Die Erwähnung von Benedikts Beruf ließ Michael aufspringen.

»Ehrlich. Wenn du möchtest und deine Mutter es erlaubt, nehme ich dich mal mit raus.«

»Darf ich?« Michael hüpfte wild auf und ab. »Bitte, Mama, bitte. Vielleicht kann ich dann sogar eine Forelle sezieren oder so?«

Benedikt lachte, war kein bisschen von Michaels Wunsch befremdet. »Ich würde sagen, dass wir mal schauen, ob du vielleicht sogar selbst einen Fisch fängst, und dann kannst du den auch sezieren, und danach räuchern wir ihn. In dem Fall kannst du den Fisch sogar noch essen. Wie klingt das?«

»Wegen mir kannst du gerne mit.« Christina konnte gar nicht anders, als sich von Michaels Begeisterung anstecken zu lassen.

»So, ich geh dann mal Kisten schleppen. Und Michael, komm doch einfach mal vorbei die Tage. Dann kannst du Sebi kennenlernen, und wir machen was zum Fischen aus, okay?«

Michael nickte eifrig. »Gerne.«

»Wunderbar. Ich freu mich schon auf dich«, antwortete Benedikt und hob den Daumen. Er meinte, was er sagte, da hatte Christina überhaupt keinen Zweifel.

➷ 7. Kapitel ↜

Der Verkaufsraum war voller Menschen. Da war Sonja, Christinas alte Freundin aus Grundschulzeiten. Sie waren einander vor ein paar Tagen in Prien über den Weg gelaufen, als Christina noch schnell etwas fürs Abendessen eingekauft hatte. Als sie Sonja von der Töpferei erzählt hatte, war diese gleich Feuer und Flamme gewesen und hatte versprochen zu kommen. Da war auch Melanie, Quirins Schwester, mit dem kleinen Ludwig. Mit ihr hätte Christina niemals gerechnet und freute sich wahnsinnig, dass Melanie den Weg auf sich genommen hatte. Weiter hinten standen Christinas Eltern, die gerade mit einem Glas Sekt anstießen, eine ganze Reihe Urlauber war gekommen und auch Kati, die gerade einer Nonne eine handgetöpferte Keramikkugel anpries und gleichzeitig ein Tablett mit leeren Sektgläsern balancierte. Christina schaute sich um, weil auch Frau Maria versprochen hatte zu kommen, aber sie war noch nirgends zu sehen.

Die Eröffnung der Töpferei war ein voller Erfolg. Christina hatte gar nicht damit gerechnet, dass die

Atmosphäre so festlich und zugleich entspannt werden würde.

Eigentlich hatte sie nur draußen vor dem Ausstellungsraum zwei hohe Stehtische aufstellen wollen, um Sekt anzubieten für all die, die ihr geholfen hatten. Doch obwohl Christina keine Werbung gemacht hatte, schien sich die ganze Insel für die neue Töpferei zu interessieren, und ihre Schwestern hatten es sich zur Aufgabe gemacht, die Gäste zu bewirten, damit Christina Zeit hatte, Fragen zur Töpferei und ihrer Arbeit zu beantworten.

Nelly hatte ihre neueste Kreation mitgebracht – eine Mischung aus Lakritze und weißer Schokolade, die sie in kleine Papiertütchen mit dem Emblem des elterlichen Geschäfts abgefüllt hatte und jetzt unter den Gästen als Willkommensgruß verteilte. Natürlich gab es auch ihren hausgemachten Anis-Lakritz-Likör.

»Und natürlich musst du kassieren«, hatte Kati mit einem Augenzwinkern noch hinzugefügt, und zu Christinas Überraschung waren schon einige getöpferte Blumen als Gartenschmuck sowie ein paar Tassen und eine teure Teekanne für über einhundert Euro verkauft worden. Wenn das kein guter Anfang war, wusste sie es auch nicht.

Jetzt stand Christina draußen vor dem Gebäude und begrüßte die Gäste. Gerade kam Schwester Maria aus dem Kloster wild winkend auf sie zu.

»Ach, wie toll das hier aussieht!«, rief sie laut aus.

Tatsächlich war der Außenbereich mit zahlreichen Gartenkugeln, getöpferten Fischen und Blumen dekoriert worden, was das Flair der Töpferei auch von außen noch mal verstärkte. Manche der Kugeln waren gar nicht rund, sondern herzförmig und zudem kräftig rot lackiert, was dem alten Fischerhaus noch mehr romantisches Flair gab.

An allen Töpferarbeiten war ein diskretes, kleines Schild befestigt, das den Kaufpreis verriet.

Spontan zog die Nonne Christina in ihre Arme. »Das hast du wunderschön gemacht.«

»Herzlichen Dank. Möchten Sie ein Glas Sekt oder ein Likörchen aus dem Geschäft meiner Eltern?«

»Aber gerne.« Die Nonne griff ohne Umschweife nach einem Schnapsglas, prostete Christina zu und trank. »Herrlich. Ein einzigartiges Aroma. Sie sehen übrigens wunderbar aus, wie ein Sommertag!«

Tatsächlich war heute sogar ein drückend heißer Tag. Christina trug nur ein dünnes geblümtes Kleid und beneidete die Nonne in ihrer Schwesterntracht kein bisschen.

»Hast du eine Sekunde? Erzähl, habt ihr euch schon gut eingewöhnt?« Frau Maria ließ ihren aufmerksamen Blick auf Christina ruhen.

»Also – ich fühl mich wohl auf der Fraueninsel«, antwortete Christina wahrheitsgetreu. »Ich hatte in dieser Woche sogar Zeit, die Werkstatt einzuweihen. Auch wenn natürlich die Stücke, die hier drin stehen, schon älter sind. Bis jetzt hatte ich eine Töpferwerkstatt in Prien, aber mehr hobbymäßig.« Und eine Töpferscheibe in ihrer kleinen Wohnung in Rosenheim – aber dass sie im Wohnzimmer getöpfert hatte, verschwieg sie der Nonne.

»Das freut mich. Und dein Junge?«

Schwester Maria war am vergangenen Freitag mit einem kleinen Marzipanfisch vorbeigekommen, den sie Michael zugesteckt hatte. Maria hatte den Jungen also schon kennengelernt, und Michael hatte es höchst spannend gefunden, eine Ordensfrau zu treffen. Und wie er so war, hatte Christinas Sohn es sich nicht nehmen lassen, sie nach Gott und dem Paradies zu befragen. Nicht dass Maria um Antworten verlegen gewesen wäre, aber die Frage, ob Gott Currywürste mochte oder Vegetarier war, hatte sie durchaus überrascht und, wie sie zu Michael gesagt hatte, zum Nachdenken angeregt. Als sie schließlich gegangen war, gratulierte die Nonne Christina zu ihrem außergewöhnlichen Kind, was deren Mutterstolz für einen Moment mächtig anschwellen ließ.

Die letzten beiden Nächte, am Wochenende, hatte Michael auf der Insel geschlafen und zufrieden gewirkt. Die Plastikfische hatte er eigenhändig an der blauen Wand befestigt und genoss es sichtlich, sein neues Zimmer zu gestalten.

»Ich glaube, Michael kommt langsam an.« Christina schaute sich um. Wo war das Kind überhaupt? Vermutlich in seinem Zimmer, beruhigte sie sich selbst, mit einem seiner Bücher. Große Menschenaufläufe waren nicht seine Sache.

»Sehr gut!« Maria nickte und sah dabei sehr zufrieden aus. »Oh, da hinten ist Johanna.«

Die Klosterfrau deutete auf ihre Mitschwester, die jetzt nicht mehr mit Kati sprach, aber noch immer die Gartenkugel in ihren Händen hin und her drehte.

»Ich glaube, sie braucht ein wenig Entscheidungshilfe.« Maria zwinkerte Christina zu, dann war sie auch schon auf dem Weg. Allerdings kam sie langsam voran, weil sie immer wieder jemanden begrüßte oder begrüßt wurde. Unter der Inselbevölkerung war Maria bekannt wie ein bunter Hund. Jeder schien sie zu mögen und zumindest ein paar Worte mit ihr wechseln zu wollen. Manchmal griff sie nach ihrem Rosenkranz, eine Geste, die ihr so in Fleisch und Blut übergegangen war, dass sie sie selbst sicher gar nicht bemerkte.

Ein Mann mit einem Stock bahnte sich langsam seinen Weg zu Christina, und sie begrüßte ihn mit einem freundlichen Nicken.

»Vater, warte auf mich!« Als Christina sich umschaute, hörte sie die bekannte Stimme von Benedikt, der, einen kleinen Jungen an der Hand, herankam.

»Wenn du so langsam bist, kann ich dir auch nicht helfen.« Der Alte schwang seinen Krückstock, und der Schalk in seinen Augen war unübersehbar.

»Ich hab noch den Sebi abgeholt, wie du vielleicht siehst. Außerdem sollst du langsam machen, hat der Arzt gesagt.«

»Der Arzt, der Arzt«, äffte der alte Mann ihn nach und stampfte mit dem Stock auf den Holzplanken auf, die zur Töpferei führten. Als Christina ihn genauer betrachtete, erkannte sie Benedikts Statur. Die großen Hände, die kräftigen Unterarme. Es war klar, dass der stattliche Senior Benedikts Vater war, auch wenn er über die Jahre ein wenig kleiner geworden sein musste.

In diesem Moment sah Benedikt Christina. »Hallo!« Seine Augen weiteten sich bei ihrem Anblick. »Du siehst aber toll aus. Das Kleid steht dir.«

Wieder schaffte Benedikt es, dass Christina seiner unverblümten Art nichts als Verlegenheit entgegenzusetzen hatte. Sie schaute an sich hinunter: einfache Riemchensandalen und das leichte Sommerkleid, mehr war da nicht zu sehen.

Sie räusperte sich und brachte immerhin ein »Danke« zustande, während sie sich innerlich vor Verlegenheit wand.

»Ich hab meinen Neffen mitgebracht. Sebi, das ist Christina. Ihr Sohn ist das Kind, das sich auch so arg für Lego interessiert wie du.«

Sebi war ein braun gebrannter, dunkelhaariger Junge. Man sah ihm an, dass er viel draußen war, sich viel bewegte und der Schalk ihm im Nacken saß. Seine kurze Hose hatte ein paar Flecken, die Turnschuhe waren abgenutzt, und das T-Shirt hatte mit Sicherheit kein Bügeleisen gesehen.

»Freut mich, dich kennenzulernen!«, sagte der Junge allerdings mit formvollendeten Manieren und streckte Christina eine saubere Hand entgegen. Seine blitzenden Augen verrieten einen messerscharfen Verstand.

»Ich freu mich auch«, sagte Christina mit dem gebotenen Ernst und erwiderte Sebis überraschend festen Händedruck. »Aber eigentlich bist du gekommen, um Michael kennenzulernen, oder?«

Sebi nickte eifrig. »Onkel Bene hat mir im Internet das Geländefahrzeug gezeigt, das Michi hat. Darf ich mir das mal anschauen?«

»Mit Sicherheit.« Christina schaute zu Benedikt. »Möchtet ihr in der Zeit was trinken, dein Vater und du?«

Christina fiel auf, dass sie den alten Mann, der

jetzt einfach nur dastand und sie aufmerksam musterte, noch gar nicht begrüßt hatte. »Grüß Gott! Ich bin die Christina.« Sie lächelte ihn an. »Darf ich Ihnen ein Glas Sekt anbieten? Ich habe mit und ohne Saft.«

»Sehr gerne. Eine Hand habe ich ja noch frei.« Mit der freien Hand zeigte er auf die, die den Griff des Stocks umklammerte.

Benedikt verdrehte die Augen. »Also bitte, Vater, verdirb doch einer jungen Frau nicht die Laune mit deinem Pessimismus.«

Der Vater kicherte. »Von wegen! Das nennt man Galgenhumor.«

»*Ich* weiß das, aber Christina kennt dich noch nicht so gut.« Dass Benedikt sie sofort beschützen wollte, gefiel ihr.

»Grüß Sie Gott, junge Frau, ich bin der Vater dieses spitzfindigen Mannes.«

»Um ehrlich zu sein, hab ich schon verstanden, was dein Papa sagen wollte.« Sie grinste Benedikts Vater an, der ihr auf Anhieb sympathisch war. »Pur oder mit Saft?«, fragte sie ihn.

»Pur. Sonst wirkt's doch nicht.« Da war es schon wieder, das Kichern des alten Mannes, und Benedikt verdrehte die Augen, obwohl man ihm ansah, wie sehr er seinen Vater und dessen humorvolle Sprüche mochte. Christina reichte den beiden Männern je ein Glas. Dann wandte sie sich wieder an

Sebi. »Wollen wir die zwei kurz stehen lassen und zu Michael gehen? Der freut sich bestimmt, wenn du reinschaust.«

Sebi nickte. »Prima. Hier gibt es nämlich überhaupt keine Jungs in meinem Alter. Das ist voll doof.«

»Na, jetzt gibt es einen. Komm mit.«

Christina ging voraus und sah mit einem Blick über die Schulter, dass Sebi ihr folgte. Als sie Frau Maria passierte, lächelten sie sich zu, und Maria zauberte eine in Folie verpackte Muschel aus Marzipan aus der Tasche in ihrem Rock, die sie Sebi hinhielt.

Dann waren Christina und Sebi auch schon im Wohnzimmer.

»Michael?«, rief Christina in die Wohnung, aber es kam keine Antwort. »Michael?«

Er antwortete nicht.

»Hm.« Christina kannte ja ihren kleinen Pappenheimer. Dass er nichts sagte, hieß nicht, dass er nicht da war. »Michael!« Ihr Ton war jetzt lauter und fordernder geworden.

»Hier.«

Wie so oft war ihr Sohn völlig vertieft in das, was er tat, und antwortete zögerlich und leise. Das Geländefahrzeug aus Lego lag komplett in seine Einzelteile zerlegt auf dem Teppich, der zwischenzeitlich in seinem Zimmer ausgelegt worden war.

»Oh, ich fürchte, den Geländewagen kannst du gerade nicht anschauen«, wandte Christina sich an Sebi, der neben ihr in der Tür stand. »Michael, das ist Sebi, unser Nachbarkind.«

»Hi.« Der Junge hob die Hand zu einem vorsichtigen Winken.

»Hi.« Michael war aufgestanden. Jetzt stand er ein wenig unbeholfen zwischen seinen Legos herum, während Sebi sich umschaute. »Wow«, rutschte ihm heraus, als sein Blick von Michaels Regal gefesselt wurde. Da waren diverse Fahrzeuge aus Bausteinen, aber auch ein Kran und ein paar Roboter.

Christina sah, wie der scheue Blick ihres Sohnes einem ebenso scheuen Lächeln wich.

»Den da hab ich auch.« Sebi zeigte auf einen der Roboter, der blau war und dessen einer Arm nach oben zeigte, als würde er winken.

»Hast du hinbekommen, ihn zu programmieren?«

Michael nickte. »Doch, ein wenig. Und du?«

»Auch. Aber ich hab meinen gerade zu einer Katze umgebaut.«

»Das wollte ich auch mal probieren!«, rief Michael begeistert aus.

»Cool. Machen wir das zusammen? Ich hab auch Marzipan dabei, den wir teilen könnten«, schlug Sebi vor, und Michael nickte begeistert.

Sofort waren die Jungs in ein Gespräch über die Bausätze vertieft, und Christina sah, dass sie hier an dieser Stelle völlig überflüssig war. Zwischen den Jungs, das war Freundschaft auf den ersten Blick. Sie spürte regelrecht, wie eine ihrer ständigen Sorgen von ihren Schultern rutschte und sie aufrechter stand. Wenn Michi in Sebi einen Freund fände, würde das sein Leben maßgeblich verändern. Und Sebi ließ sich nicht lange bitten.

Schon war er in Michaels Zimmer, hatte nach der Bedienungsanleitung für den Geländewagen gegriffen und studierte sie aufmerksam, während Michael ihm etwas über die Kleinstteile erklärte, die man für den Bau der Türen benötigte.

Ohne ein weiteres Wort an die beiden Jungs zu richten, zog Christina sich leise zurück. Sie wurde hier nicht gebraucht, und in der Töpferei warteten ihre Gäste.

Als Christina hinaus in den Verkaufsraum trat, waren noch immer viele Kunden da. Kati kam zu ihr und drückte ihr einen Schein in die Hand.

»Die Nonne hat die Gartenkugel gekauft. Läuft doch super an, was meinst du?«

Christina dachte an Michael und nickte.

»In jeder Hinsicht«, antwortete sie.

Gerade als sie hinausgehen wollte, um Benedikt dafür zu danken, dass er ihrem Sohn einen Freund mitgebracht hatte, kam ihr Vater auf sie zu.

»Du hast das hier wunderschön gemacht«, sagte er und schloss sie fest in die Arme. »Ich bin stolz auf dich.«

»Ich auch!« Ihre Mutter tauchte hinter Anton auf. »Und ich hoffe, ich kann ab und zu kommen und aushelfen, wenn es mir gut geht.« Gittis Hände waren heute dick geschwollen, das war Christina nicht verborgen geblieben, genauso wenig wie die Wehmut in der Stimme ihrer Mutter, die tapfer versuchte, über ihre missliche Lage hinwegzulächeln, und die Hände in den Falten ihres weiten Sommerrocks versteckte.

Christina schloss die Mutter in die Arme. »Auf jeden Fall kommst du mich oft hier auf der Insel besuchen und genießt die schöne Landschaft.«

»Das mache ich sicher. Hast du die *Herzogin Christiana* drei Häuser weiter gesehen? Absolut unfassbar.«

Wenn man Gitti Riegers Tochter war, wusste man, dass die *Herzogin Christiana* eine Rosensorte war. Allerdings musste Christina zugeben, dass sie die besondere Rose noch nicht bewusst wahrgenommen hatte. Für sie waren die Blumen immer wunderschön – und eben rot, rosa oder weiß.

»Die zeigst du mir mal bei Gelegenheit, okay?«, bat sie ihre Mutter, weil sie wusste, dass es Gitti Freude machen würde, ihrer Tochter alles Mögliche über die diversen Zuchteigenheiten der Blumen auf der Insel, insbesondere natürlich der Rosen, zu erzählen.

Erneut schaute Christina sich im Raum um. Wo war Benedikt jetzt? War er nicht reingekommen – oder sogar schon wieder gegangen? Der Gedanke trübte ihre Stimmung für einen kurzen Moment. Gerade als sie sich wieder auf das Gespräch mit ihren Eltern konzentrieren wollte – die letzten Sätze waren einfach an ihr vorbeigezogen –, sah sie ihn doch noch. Er sprach mit einem etwas breit geratenen Mann, ja, redete regelrecht auf ihn ein, während der Fremde sein Glas Sekt in einem einzigen Zug austrank.

Irgendwie kam Christina der breite Mann vage bekannt vor. Sie versuchte, ihn einzuordnen, aber es mochte ihr nicht gelingen. Benedikt und der Mann waren so vertieft, dass ihnen nicht auffiel, wie Christina sie anstarrte, um in den Tiefen ihrer Erinnerung nach dem Fremden zu kramen – erfolglos.

Von weiter hinten war das Lachen von Schwester Maria zu hören und lenkte Christina kurz ab. Die Nonne plauderte mit Benedikts Vater. Dann schaute Christina wieder zu Benedikt. Sein Gesprächspartner stand jetzt seitlicher, und Christina sah sein Profil vollständig im Licht. Schlagartig schlug ihr Herz schneller. Konnte es sein, dass das dieser Loisl war, der neulich so hässliche Stimmung verbreitet hatte, als sie mit Maria die Regale strich? Da war es sofort wieder: das unangenehme Gefühl, das er schon bei ihrem letzten Zusammentreffen in ihr erzeugt hatte.

»Christina, hörst du überhaupt zu?« Ihr Vater riss sie aus ihren Gedanken.

»Oh, Entschuldigung. Ich war für einen Moment abgelenkt.«

»Du siehst aus, als hättest du einen Geist gesehen. Alles okay?« Natürlich war Gitti aufgefallen, dass etwas nicht stimmte, typisch Mama.

Christina versuchte ein Lächeln, dann schaute sie wieder unsicher zu Benedikt und Loisl hinüber. Doch sie sah nur noch den Rücken des älteren Fischers, der sich zwischen den Leuten hindurch seinen Weg zum Tor bahnte. Benedikt aber hatte Christinas Blick bemerkt. Mit einem strahlenden Lächeln im Gesicht kam er auf sie zu. Vergeblich versuchte sie, in seiner Miene zu lesen, was das gerade für ein Gespräch gewesen war, aber sie kannte Benedikt nicht gut genug, um seinen Blick zu deuten. Zu gerne hätte Christina auch gewusst, wie die beiden Männer zueinander standen. Ein Unwohlsein blieb in ihr zurück, wenn sie sich vorstellte, dass die beiden Männer vielleicht sogar Freunde waren und auch Benedikt es nicht gut gefunden hatte, dass sie den Zuschlag bekommen hatte.

»Schatz?«, fragte ihre Mutter ein weiteres Mal.

»Doch, ja. Alles gut.« Christina zwang sich, sich wieder auf ihre Eltern zu konzentrieren.

Bevor ihre Mutter oder ihr Vater eben das anzweifeln konnten, hatte Benedikt sie erreicht.

»Sie müssen die Eltern von Christina sein. Ich bin Benedikt, arbeite als Fischer auf dem Chiemsee und wohne ein paar Häuser weiter«, stellte er sich vor und deutete vage in die Richtung des Hauses, in dem er lebte. »Ich mag Ihre Tochter sehr.«

»Oh, ich mag meine Tochter auch sehr.« Anton Rieger lachte und griff nach Benedikts Hand. Sofort entspann sich zwischen Christinas Eltern und dem Fischer ein Gespräch. Anton hatte draußen neben einer der Anlegebuchten etwas gesehen, einen riesigen, eckigen Metallbehälter mit Schwimmern. Von Benedikt erfuhr er jetzt, dass es sich dabei um einen Fischkelter handelte, in dem man lebenden Fang aufbewahren konnte.

»Entschuldigung, ich interessiere mich für die Teekanne da drüben.« Als Christina der Kundin ihre Aufmerksamkeit zuwandte, erkannte sie Gretl.

»Gretl! Das ist aber schön, dass Sie auch gekommen sind.«

»Das lass ich mir doch nicht entgehen.« Ihre Vermieterin, wieder in Jeans und geblümtem T-Shirt, lächelte freundlich. »Ich muss sagen, die Töpferei sieht wunderschön aus. Das haben Sie wirklich gut gemacht.«

»Danke sehr.« Gemeinsam mit Gretl ging sie zu der Teekanne. Christina hatte ein Blattmuster in Erdtönen auf der Außenseite aufgedruckt, und mehrere Brennvorgänge waren nötig gewesen, um die Kanne in vollem Glanz erstrahlen zu lassen. Sie streckte sich und reichte Gretl die Kanne, damit diese sie genauer betrachten konnte.

»Die ist was Besonderes.« Es war keine Frage, sondern eine Feststellung, sodass Christina nickte.

»Danke. Ich mag sie auch sehr.«

»Nehmen Sie eigentlich auch immer an Wettbewerben teil?«, wollte Gretl wissen.

»An Wettbewerben?«

»Ja. Elsa – die frühere Töpferin – hat oft an solchen Wettbewerben teilgenommen, wo es um gutes Töpfern ging, soweit ich mich erinnere.«

Christina hatte in Salzburg in der Sommerakademie davon gehört, dass sich immer deutschlandweit Keramikerinnen bewarben und man über hervorragende Fertigkeiten verfügen musste, um auch nur den Hauch einer Chance zu haben, die Jury zu beeindrucken. Die Ausschreibungen waren für hauptberufliche Töpferinnen. Die Teilnahme an einem solchen Wettbewerb hatte sie noch nicht erwogen. Sie war, fand sie, nicht erfahren genug, besaß nicht einmal eine richtige Werkstatt. Jetzt jedoch war sie eine richtige Keramikerin mit eigenem Betrieb – vielleicht sollte sie es einmal wagen?

»Das könnte doch auch was für Sie sein, wenn ich mir die Kanne hier so ansehe?« Gretl fuhr mit den Fingerspitzen über das zarte Blattmuster.

»Ich weiß nicht recht.« Christina wusste durchaus, dass ihre Arbeiten nicht schlecht waren, aber ob sie reichten, um Wettbewerbe zu bestreiten? Sie ging in Gedanken ihre letzten Stücke durch. Aber da war nichts revolutionär Neues dabei, was ihre Technik anging. Brauchte man das nicht für derlei Wettbewerbe, eine Innovation, etwas, das die Welt noch nie gesehen hatte, sozusagen?

»Ich meine, was haben Sie zu verlieren?« Gretl reichte Christina die Kanne. »Die schenke ich meiner Mutter zum Geburtstag.«

Als sie in Richtung Kasse ging, sah sie, dass Benedikts Vater sich jetzt angeregt mit Maria unterhielt.

Christina nickte Gretl zu. »Gerne. Kommen Sie mit hier rüber, dann packe ich Ihnen die Kanne noch ein.« Sie deutete auf den Tisch mit der Töpferscheibe, wo sie auch ihr Verpackungsmaterial lagerte. Während sie die Kanne in Zeitungspapier einschlug, dachte sie weiter darüber nach, ob sie an einem Wettbewerb teilnehmen sollte, aber sie wollte nicht recht zu einem Ergebnis kommen. Vielleicht, dachte Christina, ist heute einfach nicht der richtige Tag für eine Entscheidung. Und damit riss sie ein Stück Klebefilm von der Rolle und erklärte die innere Auseinandersetzung mit dem Thema für den heutigen Tag für beendet.

8. Kapitel

Das Wasser sah aus wie ein Spiegel so früh am Morgen. Christina war extra zur Südseite der Insel gegangen, hinaus auf den Steg, für diesen kurzen Augenblick tiefer Stille. Die Fraueninsel lag noch in morgendlichem Schlaf, friedliche Ruhe umfing Christina, die ins glasklare Wasser blickte. Als Christina einen Stein hochhob und ihn weit hinaus ins Wasser warf, hörte sie ihn aufschlagen und sah auch die regelmäßigen Kreise, die er ins Wasser zauberte.

Bald würde die Sonne hinter den Berggipfeln aufgehen. Schon jetzt bildete die Silhouette der Berggipfel vor der Sonne einen fast schwarzen Kontrast. Christina atmete tief ein. Dafür war sie auf die Insel gezogen. Solche Momente traumhaften Seezaubers hatten die wenigsten Touristen, sie blieben den Einheimischen vorbehalten. Der Lärm eines Motorboots durchschnitt die Stille. Als Christinas Blick dem Geräusch folgte, sah sie Loisl, der schon in seinem Fischerboot unterwegs war.

Ob Benedikt das Motorboot nehmen würde zur Krautinsel? Christina war noch immer überrascht, dass sie ihm zugesagt hatte. Ein Blick auf ihre Armbanduhr verriet ihr, dass sie noch eine Viertelstunde Zeit hatte. Er hatte darauf bestanden, für das Frühstück zu sorgen, nur Badesachen bräuchte Christina, hatte er bei der Eröffnung der Töpferei zu ihr gesagt.

»Du hattest heute genug zu tun«, entschied er einfach. »Morgen bin ich dran.« Und tatsächlich waren da noch die Gläser von der Eröffnung zu spülen, die Häppchenplatten wegzuräumen und eine Ordnung herzustellen, mit der sie am Montag anfangen konnte, ihre Töpferei regulär zu öffnen.

»Da hast du sehr recht!«, hatte Kati sich eingemischt und sich Benedikt lachend vorgestellt. Die Eröffnungsfeier diente wohl dazu, dass der Mann gleich noch den Rest ihrer Familie kennenlernte, bevor er Christina richtig kannte. Aber mit seiner offenen Art fiel es ihm einfach leicht, alle Herzen für sich zu gewinnen.

»Außerdem schlafe ich heute hier, du kannst ganz unbesorgt die Krautinsel genießen. Schließlich willst du das schon länger, oder?«, hatte Kati noch hinzugefügt. »Ich werde mit meinem Neffen frühstücken, und danach gehen wir baden, vorausgesetzt, er hat überhaupt Zeit.« Der vielsagende Blick in Richtung Sebi und Michael, die noch immer unentwegt miteinander plapperten, zeigte, dass Kati das nicht unbedingt erwartete. Sebi wusste, was ein

Axolotl war – mehr Pluspunkte konnte ein Kind gar nicht bei Michael sammeln.

»Sebi geht auch gern baden«, hatte Benedikt gemeint und breit gegrinst. »Unserem Date steht also nichts mehr im Wege.«

Da hatte auch Christina lachen müssen. Die Schwere der letzten Tage, die Aufregung, alles fiel in diesem Moment von ihr ab.

»Du hast gewonnen«, hatte sie ihm geantwortet, und in – sie schaute erneut auf die Uhr – zwölf Minuten würde sie Benedikt vor dem Fischerhaus treffen, und sie würden zur Krautinsel fahren. Es blieben ihr also noch sicher fünf Minuten, denn auf der Insel war alles so nah beieinander, dass sie sich nicht hetzen musste.

Benedikt winkte Christina schon entgegen, als sie kam.

»Darf ich vorstellen, das ist Franz.«

»Das Kanu heißt Franz?«

»Japp. Und Franz ist einer meiner besten Freunde um diese Tageszeit, wenn der See so platt daliegt.«

»Dir ist aber schon klar, dass ich noch nie im Leben mit einem Kanu unterwegs war?« Christina wurde sich bewusst, wie ungern sie sich blamieren wollte.

»Macht nichts, ich erklär dir alles. Das ist kein Problem. Und wenn es keinen Wind gibt, macht es auch als Anfänger riesigen Spaß, wirst sehen.«

»Na gut.« Es konnte nicht schaden, der Sache eine Chance zu geben.

»Also – ich bin der Schwere, ich sitze hinten. Du bist ganz klar leichter als ich. Das hier ist ein Stechpaddel, das geb ich dir, wenn du sitzt.«

Christina zog die Schuhe aus und legte sie in das Boot. »Dann steig ich mal ein.«

Sie wollte einfach ins Kanu klettern, aber Benedikt hielt sie zurück. »Warte, wenn du einfach so versuchst reinzusteigen, kenterst du wahrscheinlich.« Er zeigte Christina, wie man das Paddel als Einstiegshilfe benutzte, indem man es quer über das Kanu legte und so das Boot stabilisierte. Dann reichte er ihr das Paddel und erklärte ihr, wie man das Kanu voranbrachte. »Beim Paddeln arbeiten wir aus dem Rumpf, nicht aus den Armen. Das ist echte Teamarbeit. Jeder paddelt an einer Seite, und dann wechseln wir. Ach, und denk dran, dass man das Paddel immer relativ nah am Boot einsticht. Das Lenken übernehme ich.«

Es wackelte ganz ordentlich, als Benedikt nun selbst ins Kanu stieg, und Christina hielt sich am Rand fest. Sie wagte nicht, sich umzusehen, um die Stabilität nicht noch mehr zu gefährden.

»Setz dich auf die Knie, sodass du jeweils eine Seite des Boots berührst, und mit dem Hintern gehst du auf den Sitz.« Sie befolgte die Anweisungen gerne. Alles, was das Boot stabilisierte, war gut.

»So?«, vergewisserte sie sich.

»Ja, ganz genau so. Ich find, du machst das spitze.«

»Danke für die Blumen. Aber wir sind ja noch nicht mal losgefahren.« Christina lachte.

»Ach, ich bin mir ganz sicher, dass du das kannst. Wollen wir?«

Sie nickte. »Klar. Warum nicht?«

Als Benedikt dem Boot mit dem Paddel einen Schubs verpasste und es hinaus aufs Wasser glitt, bewegte es sich lautlos dahin. Das Gefühl von Wackeligkeit war mit einem Schlag verschwunden.

»So, jetzt paddel mal. Stichst du links ein fürs Erste?«

»Gut, mach ich.«

Das leise Plätschern, wenn das Paddel ins Wasser tauchte, die Gleichmäßigkeit der Bewegung, die Sonne, die langsam ihre ersten Strahlen über den See schickte und ein magisches Glitzern auf die Wasseroberfläche zauberte, das alles machte die Situation ganz besonders, und Christina vergaß schnell ihre Bedenken, was das Paddeln anging.

»Schön ist es«, sagte sie und meinte es so.

»Das freut mich.« Benedikt gab die Anweisung, die Seite zu tauschen. Wie versprochen übernahm das Lenken er. Und so glitt das Kanu übers Wasser, an der Insel vorbei. Christina sah die Töpferei, das Kloster, den Kirchturm, den kleinen Badestrand, an dem sie eben noch gestanden hatte. Enten saßen am Ufer, würdigten das Kanu aber keines Blickes. Sanft fuhr es hinaus auf den offenen See, hinüber in Richtung Krautinsel.

»Nächstes Mal bring ich dir dann den Ziehschlag bei, dann ist das Kanu noch wendiger.«

Nächstes Mal, hatte er gesagt. Christina spürte diesen Worten nach. Ja, sie freute sich. Sie hoffte auf ein nächstes Mal, obwohl der Ausflug gerade erst begonnen hatte. Aber bei Benedikt im Kanu fühlte Christina sich sicher und gut aufgehoben. Das war ein schönes Gefühl, das sie schon lange nicht mehr gehabt hatte.

»Fühlst du dich wohl?«, wollte Benedikt genau in diesem Moment wissen.

»Sehr«, erwiderte Christina wahrheitsgemäß. Sie hatte sich in das Kanu setzen dürfen, und die Verantwortung lag bei Benedikt. Allein das sorgte für viel Entspannung.

Als sie sich der Krautinsel näherten, sah Christina von Weitem ein paar Schafe. Ansonsten gab es hier nichts als Natur, ein paar kleine Strände, ein paar Holzhütten, mehr nicht. Wie von selbst steuerte das Kanu einen Strand an und bremste ab, bevor es auf Grund lief.

Die Fahrt war wie im Flug vergangen, und Christina stieg jetzt so aus dem Kanu, wie sie eingestiegen war, das Paddel als Hilfe gegen das Wackeln nutzend, das unweigerlich wieder eintrat, nun, wo das Boot still im Wasser stand.

Christina und Benedikt zogen das Boot gemeinsam an Land. Jetzt erst sah sie die wasserdichte Tasche, die im Heck des Kanus lag. Benedikt nahm sie heraus. Darunter befand sich noch eine Picknickdecke. Auch Christinas Badetasche hatte er ihr beim Einsteigen unproblematisch abgenommen und hier verstaut. Jetzt reichte er sie ihr zurück.

»Wollen wir hierher, wo wir ein bisschen im Schatten der Linden sitzen können?«

Christina nickte. »Klingt gut.« Man spürte tatsächlich schon, dass es ein warmer Tag werden würde. Ein Schwan schwamm majestätisch vorbei. Von hier aus hatte man einen herrlichen Blick auf das Kampenwandmassiv und bis hinüber zum Hochstaufen. Alle Berge lagen vor ihnen. Auf dem See war jetzt schon ein wenig mehr Leben. Zwei junge Männer paddelten auf SUPs vorbei und winkten ihnen zu.

Als Benedikt die Decke ausgebreitet hatte, machte er eine kleine Verbeugung.

»Nach dir.« Er deutete auf den Boden.

Christina grinste breit, als sie sich setzte.

»Ich hab uns Bircher Müsli gemacht.« Benedikt griff in die wasserdichte Tasche und brachte zwei Gläser zum Vorschein. »Ich fürchte, ich bin eher so der pragmatische Typ.« Er zuckte entschuldigend mit den Schultern.

Christina nahm das Schraubglas und hob den Deckel herunter. Im Glas wechselten sich die Schichten ab. Es gab Haferflocken, frische Beeren, Nüsse.

»Hier ist ein Löffel.«

»Ich bin schon gespannt.« Christina tauchte ihren Löffel in das Müsli und nahm einen ersten Bissen. Sie hatte Hunger. Tatsächlich ergänzte sich die Hafermischung wunderbar mit den frischen Früchten.

»Kochen ist nicht so meine Stärke«, gab Benedikt zu. »Genau genommen ist das hier für mich schon recht aufwendig gekocht.«

Christina lachte. »Ich würde sagen, dein Müsli hast du gut gekocht.«

»Danke für das Kompliment.« In seiner Hand wirkte das Müsliglas klein. Er war einfach so groß gewachsen, ein Mann zum Sichanlehnen.

Ihr Umgang miteinander war viel vertrauter, als man es nach der kurzen Zeit, die sie einander kannten, vermutet hätte. Und dass Benedikt auch nach Michael fragte und das Angebot wiederholte, mit dem Jungen zum Fischen zu gehen, ließ ihn noch weitere Pluspunkte sammeln. Die Zeit verflog, das Müsli war schnell gegessen, und der Tee mit Milch, den Benedikt dazu reichte, schmeckte herrlich. Schnell waren sie über banalen Small Talk hinaus.

»Fühlst du dich schon zu Hause auf der Insel?«

»Oh, ja. Ich kann kaum fassen, wie schnell das ging. Ich meine, ich war schon immer total gerne auf der Insel. Aber jetzt kann ich mir kaum noch vorstellen, woanders zu wohnen.«

»Sehr schön. So soll es sein. Ich hab mir mal eine Wohnung in Prien genommen.« Benedikt lachte und schüttelte den Kopf, scheinbar im Nachhinein fassungslos über sich selbst. »Nach einem halben Jahr war ich wieder zurück auf der Insel. So viele Leute, so viele Fremde, so viel Trubel, und das Gefühl, ich hab kaum einen Rückzugsort – nein, das war nicht meins.«

»Das versteh ich. Als ich heute Morgen am Wasser gestanden bin, und es war herrlich still, da habe ich so was Ähnliches gedacht. Der See hat so eine beruhigende Wirkung.«

»Ja, das lieb ich auch sehr an ihm. Manchmal tut er aber auch, als wäre er ein Meer, dann peitschen richtige Wellen gegen das Ufer, und man kommt sich schon ein wenig exponiert auf der Insel vor.«

»Na, ist ja auch das bayerische Meer.«

»Das stimmt. Außerdem ist es auch total schön, wenn die Kite-Surfer sich auf dem See tummeln. Aber ich würde gerade im Moment die friedliche Stimmung gegen nichts auf der Welt eintauschen.«

Sie schwiegen. Aber es war kein lautes Schweigen, sondern ein wohlwollendes, gemeinsames Zur-

Ruhe-Kommen, das Christina ganz besonders genoss.

Niemand außer ihnen beiden war auf der Insel, wenn man einmal von den Schafen absah. Christina hatte schon so lange auf die Krautinsel kommen wollen, dass sie sie jetzt auch unbedingt erkunden musste.

»Ich würde gern einen kleinen Rundgang machen. Kommst du mit?«, fragte sie Benedikt.

»Aber klar.« Er war sofort aufgestanden. Dann tat er etwas, mit dem Christina nicht gerechnet hatte. Benedikt streckte die Hand nach ihr aus. Erst half er ihr hoch, mit einem leichten, wohldosierten Ruck. Dann aber ließ er sie nicht los. Stattdessen behielt er ihre Hand in seiner. Ihre Finger verschwanden regelrecht zwischen den seinen, und obwohl es warm geworden war, waren Christinas Hände noch kühl. Umso mehr spürte sie jetzt den angenehmen Kontrast zu Benedikts warmer Haut und genoss, wie seine Hand ihre Finger mühelos umschließen konnte.

»Alles gut?«, fragte er leise. Sie wusste, was er meinte. Er wollte wissen, ob es sich gut anfühlte, dass er ihre Hand hielt, ob seine Nähe für sie genauso richtig war wie für ihn. Seine Stimme, die Sanftheit, mit der er sich erkundigte, ob er ihr nicht zu nah getreten war, ließ Christina ihre Hand fester mit seiner verschränken.

»Alles gut«, antwortete sie. Und kurz, nur ganz kurz, während sie schon losgingen, legte sie ihren Kopf gegen seinen Oberarm. Sie war so viel kleiner als er, dass sie nicht einmal bis zu seiner Schulter reichte. Aber das machte nichts – im Gegenteil. Benedikt kam ihr wie der starke Ritter aus den Märchenbüchern ihrer Kindheit vor, wie er da neben ihr stand. Als ihre Augen sich trafen, wussten sie wohl beide, dass sich alles gerade genau richtig anfühlte.

෬ ෨

Christina hatte zum ersten Mal in ihrem Leben Schafe gestreichelt, und das kleine Lamm sowie auch seine Mutter hatten ganz stillgehalten.

Und während sie die warmen Tierkörper berührt hatte, hatte sie mit der anderen Hand weiter die von Benedikt gehalten, als ob sie ihn nie mehr loslassen wollte. Das Fell war so weich gewesen und Benedikts Hand genau richtig in ihrer. Deshalb hatte sie nicht losgelassen – und er auch nicht. Gemeinsam waren sie um die ganze Insel herumgeschlendert, die überwiegend aus Grasland und Baumbewuchs bestand, unterbrochen nur von ein paar wenigen Wirtschaftshütten. Bis sie wieder an ihrem Strand ankamen, wusste Christina, dass auch Benedikt sehr gerne las und sie beide zufällig zuletzt einen Thriller von Jan Beck gelesen hatten. Benedikts Lieblingsspeise war nicht Fisch, sondern Dampfnudeln, und er hatte ganz aufmerksam zugehört, als Christina von ihrer ehemaligen Arbeit in der *Süßen Liebe* erzählt hatte, so aufmerksam, dass sie das Gefühl hatte, es würde ihn wirklich interessieren, was sie dort erlebt hatte. Auch als sie ihren Vater erwähnte, fragte Benedikt nach, erkundigte sich interessiert nach ihrer Familie. So kam es, dass das Gespräch zwischen ihnen nie abriss, sondern sich immer weiterspann, bis sich die Runde um die Insel an ihrem Ausgangspunkt schloss.

»Gehen wir jetzt baden?«, fragte Christina.

»Wegen mir gerne. Ich schwimme leidenschaftlich gern.« Schon wieder etwas, das Benedikt mit ihr gemeinsam hatte.

Schnell waren sie in ihren Badesachen. Christina musterte Benedikt verstohlen und mochte, was sie sah. Als sie ins Wasser wateten, fühlte es sich warm und mild an. Es hatte seit Tagen nicht geregnet, sodass der See sich gut aufgeheizt hatte. Einem inneren Impuls folgend rannte Christina einfach ins kühle Nass, während Benedikt noch zögerte. Als sie sich umdrehte, stand er noch immer im knietiefen Wasser.

»Na los, jetzt komm schon«, forderte Christina ihn auf.

»Ja, ich bin schon auf dem Weg. Ich bin eine kleine Frostbeule, wenn es ums Baden geht«, gab der starke Mann zu und grinste ein wenig beschämt.

Benedikt hatte eine behaarte Brust, einen leichten Bauchansatz, kräftige Schultern und Oberschenkel. Er sah auch in seinen Badeshorts aus wie ein Mann zum Anlehnen, was Christina außerordentlich gut gefiel.

»Ist das dann deine Art von Männerschnupfen?«, neckte Christina.

»Frechheit«, echauffierte sich Benedikt künstlich, musste dann aber sofort lachen.

Jetzt schöpfte er mit seinen Händen Wasser und spritzte es in ihre Richtung. Eine klare Aufforderung!

Christina erwiderte die Geste, Benedikt machte einen Sprung nach vorne, landete mit dem ganzen Körper im Wasser und ließ es so in alle Richtungen spritzen, bevor er prustend wieder auftauchte. Christina wandte sich dem offenen Wasser zu, schwamm hinaus auf den See und genoss die Erfrischung. Benedikt war indessen weit getaucht, und sein Kopf kam ein paar Meter weiter draußen an die Oberfläche.

Eine halbe Stunde schwamm Christina vor der Insel auf und ab, bevor sie mit kräftigen Schwimmzügen zurück in Richtung Ufer glitt, wo Benedikt sich im Wasser treiben ließ.

»Hier sind viele Jungfische unterwegs.« Benedikts Blick richtete sich konzentriert auf das Wasser, das glasklar war. Dann wirkte er plötzlich verlegen. »Entschuldige. Fische sind einfach meine Leidenschaft.«

»Kein Problem. Davon scheine ich im Moment umgeben zu sein«, antwortete Christina. »Mein Michael ist auch auf dem Fisch-Trip – also nicht dass ich denke, dass es bei dir eine Phase wäre. Aber mein Sohn hatte schon viele Interessengebiete, da weiß ich es nicht genau.«

»Sich als Junge für Chiemsee-Renken zu interessieren, ist schon ungewöhnlich, das darf man wohl als Fisch-Trip bezeichnen.«

Als Christina ihm signalisierte, dass sie zurückschwimmen wollte, nickte er. »Stört es dich, wenn ich noch ein wenig im Wasser bleibe?«

»Natürlich nicht.« Dass er überhaupt fragte, empfand sie als wahnsinnig aufmerksam. Ihr letzter Versuch mit einem Mann lag schon wieder zwei Jahre zurück – aber da war es bei einem kurzen Intermezzo geblieben, eine Affäre, wenn man so wollte. Der Mann hatte sich zurückgezogen, sobald er von Michael erfahren hatte. Es hätte also eh nicht gepasst. Michael war ihre Nummer eins. Da gab es keine Frage.

Somit kam ihr Benedikts vorsichtige, rücksichtsvolle Art sehr besonders vor. Am liebsten hätte sie ihn einfach geküsst, hier, mitten im See, atemlos und ohne festen Boden unter den Füßen. Aber Christina wäre nicht Christina gewesen, hätte sie ihrem Impuls einfach nachgegeben. Dafür war ihre Angst vor einer Abfuhr viel zu groß, obwohl sie noch vor einer guten halben Stunde Händchen gehalten hatten.

Stattdessen schwamm sie zum Ufer und setzte sich direkt an der Wasserlinie auf die Kiesel, sodass ihre Füße noch im See planschen konnten.

Ein größerer Stein erweckte Christinas Aufmerksamkeit, und sie nahm ihn in die Hände. Er sah aus, als hätte sich ein Wurm einen Weg über den ganzen Stein gegraben. Das Äußere war über und über mit solchen Spuren bedeckt. Sie ergaben ein Muster, das Christina in seinen Bann zog. Wie automatisch stellte ihr Kopf eine Verbindung zum Töpfern her. Dieses Muster auf einem Keramikbecher, bauchig, rund, und vielleicht mit einem Farbverlauf in Rot- und Gelbtönen …

Sie war ganz vertieft in ihre Betrachtungen, in ihrem Kopf entstand schon ein Muster, als plötzlich Benedikt neben ihr stand. »Oh, du hast einen Furchenstein gefunden.«

»Einen Furchenstein?«

»Genaueres darfst du mich nicht fragen«, wehrte er ab. »Es hat was mit Algen und Erosion zu tun. Mein Vater interessierte sich früher eine Zeit lang sehr für Versteinerungen, aber wie du weißt, bin ich Forellen und Stichlingen verfallen.«

Christina musste ob seiner übertriebenen Formulierung lachen. »Aber sieht schön aus, oder?«

»Sehr.« Bene fuhr eine der Linien mit seinem Finger nach.

»Ich habe überlegt auszuprobieren, ein Kaffeeset damit zu gestalten. Das würde sicher toll aussehen. Ich dachte an eine Stempeltechnik mit zwei Brennvorgängen und – ach, das ist jetzt sicher langweilig.«

Benedikt schüttelte den Kopf. »Nicht langweiliger als Chiemsee-Fische.«

Christina schaute von dem Stein auf und in Benedikts Gesicht. Er hatte sich neben sie gesetzt, und sie fühlte die kalte Haut seines Oberarms an ihrer schon wieder von der Sonne gewärmten. Auch er hatte sich Christina voll zugewandt. Ein Knistern lag in der Luft, als sie einander in die Augen schauten. Benedikts Mundwinkel zeigten leicht nach oben. In diesem Moment fiel Christina auf, wie strahlend grün seine Augen waren. Grün wie das Wasser des Sees, wenn die Sonne in einem bestimmten Blickwinkel auf die Oberfläche fiel. Benedikt legte seine Hand an Christinas Wange.

»Du könntest niemals langweilig sein, und wenn du dich noch so sehr bemühen würdest«, flüsterte er.

Langsam zog er Christina zu sich heran. Sie spürte seinen Atem auf ihren Lippen, als er innehielt. Instinktiv wusste sie, dass er damit ein weiteres Mal fragte, ob sie einverstanden war mit dieser Nähe zwischen ihnen. Christina hörte noch den Nachhall seiner schönen Worte. Sie war es, die die letzten Zentimeter überwand. Seine Lippen, oh, seine Lippen waren so weich, als sie die ihren zu einem vorsichtigen Kuss trafen, bevor Benedikt sich sofort wieder zurückzog und Christinas Gesichtszüge musterte, aus diesen einzigartig intensiv grünen, seefarbenen Augen. Kurz schoss ihr die Frage durch den Kopf, ob es ihr wohl gelingen konnte, genau diese Farbe als Glasur für ihr neues Töpferprojekt hinzukriegen. Doch dann war sie wieder ganz im Moment.

»Küss mich noch mal«, forderte sie ihn auf. Ihr Herz klopfte wild. Das Bild eines Presslufthammers tauchte vor ihrem inneren Auge auf. Und nein, das war nicht romantisch, aber es kam dem Gefühl in ihrer Brust am nächsten. Dann tat Benedikt, was Christina sich von ihm gewünscht hatte, und die Welt versank, als ihre Lippen einander fanden. Es geschah ganz automatisch, dass Christinas Hand sich auf Benedikts behaarte Brust legte. Später würde sie überrascht von ihrer plötzlichen Forschheit sein, jetzt aber fühlte es sich nur natürlich an, ihm nah zu sein, sein Muskelspiel unter ihrer Hand zu spüren und sich so sehr zu ihm hingezogen zu fühlen, dass sie ihn auf eine Weise leidenschaftlich küsste, wie sie noch nie einen Mann geküsst hatte.

Es dauerte nur Sekundenbruchteile und zugleich eine Unendlichkeit, bis sie sich wieder voneinander lösten. Christina hatte jedes Zeitgefühl verloren. Manchmal, so selten, dass man die Momente an einer Hand abzählen konnte, war das ganze Leben wie ein Traum. Benedikt legte seine Hände nun beide um Christinas Gesicht und streichelte ihre Wangen.

»Das war wunderschön.« Seine Stimme klang so sanft. Dann küsste er sie ganz zart mitten auf die Stirn. »Ich mag dich sehr, sehr gern, Christina Rieger.«

Er ließ seine Hände sinken. »Ich glaub, ich muss noch mal ins Wasser. Ich brauche dringend eine Abkühlung.«

Ein einziger, kurzer Blick verriet Christina, was er meinte, und sie musste grinsen.

Ohne eine Antwort abzuwarten, stand Benedikt auf und stürmte los ins Wasser, dass es nur so spritzte.

9. Kapitel

Christina saß an der Töpferscheibe. Das Motiv war aufgebracht und sah genauso aus wie auf dem Stein. Sie hatte eine Art Stempel angefertigt und damit gearbeitet. Herausgekommen war ein Muster, das verblüffende Ähnlichkeit mit dem auf dem Stein hatte. Sie begutachtete ihr Werk von allen Seiten, war zufrieden. Jetzt konnte sie den Pott zum Trocknen stellen, bevor sie ihn dann henkelte – so nannte man das Anbringen des Henkels bei einem Tongefäß. Es sollte auch noch einen Teller und einen Unterteller mit dem gleichen Motiv geben. Christina hatte entschieden, dass sie ihr Werk anschließend zu einem Wettbewerb einreichen würde. Nach dem Gespräch mit Gretl bei der Eröffnung hatte sie das Internet nach geeigneten Wettbewerben durchforstet und war tatsächlich fündig geworden. Ein Keramikmuseum in Berlin hatte eine passende Ausschreibung. Es gab fünftausend Euro zu gewinnen und, was noch viel aufregender für Christina war, einen festen Platz im Museum. Das diesjährige Motto war *Wasser und seine Werke*. Absolut passend, wie Christina fand. Sie ging in den kleinen angrenzenden Raum, wo sich schon ein paar neu getöpferte Fische, die sich sehr gut verkauften, eine Vase und eine Zuckerdose mit einem Griff, der eine Qualle darstellte, befanden, die morgen gebrannt werden konnten. An sich hätten wohl auch diese Arbeiten gut zum Motto des Wettbewerbs gepasst, aber Christina wollte sich herausfordern, neue kreative Wege beschreiten und hoffte, dass am Ende auch die Jury sehen würde, wie viel Arbeit und innovativer Impuls in ihrem eingereichten Werk steckte.

Als sie Benedikt auf der Krautinsel erzählt hatte, was sie anfertigen wollte, war er sofort Feuer und Flamme gewesen, und sie gab durchaus etwas auf das Urteil des ruhigen, gefestigten Mannes.

Es war überhaupt ein wunderschöner Morgen gewesen. Die zärtlichen Berührungen an der Schulter, die mal zarten, mal wilden Küsse. Benedikt war aufregend fremd – und zugleich ungewöhnlich vertraut. Sie sprachen miteinander, als würden sie sich schon Jahre kennen. Benedikt war ein Mensch, der sich nicht versteckte, und schaffte es dadurch mit Leichtigkeit, auch Christinas Widerstände zu überwinden. Die Erinnerung an diese Unbeschwertheit strahlte bis in den heutigen Tag herüber, wo ihr alle Handgriffe leichtfielen.

Unweigerlich schlich sich ein Lächeln in Christinas Gesicht, als sie zurück in den Verkaufsraum ging, wo auch ihre Töpferscheibe stand.

»Guten Morgen, meine Liebe!«, trällerte ihr da eine fröhliche Stimme entgegen.

»Frau Maria, wie schön, dass Sie vorbeischauen.« Christina freute sich, die Klosterfrau zu sehen. Sie war in den letzten Tagen kaum dazu gekommen, mit der Ordensschwester ein Schwätzchen zu halten, und hatte sie schon regelrecht vermisst. Die fröhliche Art der Nonne war so ansteckend.

»Ich freu mich auch.«

Die Klosterfrau schaute sich um. »Und du warst mit Benedikt unterwegs, wie ich höre«, kam sie ohne Umschweife zum Punkt. Es war keine Frage, sondern eine Feststellung.

»Woher wissen Sie das?« Christina war tatsächlich überrascht.

»Das hier ist die Fraueninsel, Schätzchen. Hast du gedacht, man kann sich auf der Insel heimlich treffen?« Die Nonne kicherte wie ein kleines Mädchen, dem gerade der Streich des Jahres geglückt war.

»Na, offenbar nicht«, antwortete Christina trocken.

»Nein. Ganz und gar nicht. Früher gab es hier sogar einen Frauenkreis, der sich wöchentlich in der *Linde* getroffen hat, um die Inselneuigkeiten auf offiziellem Weg auszutauschen.« Die *Linde* war das Gasthaus, das mitten auf der Insel thronte. Hier fanden unzählige Hochzeitsfeiern statt, und man bekam weit und breit die besten Spinatknödel – jedenfalls hatte Benedikt das behauptet. »Und nun erzähl: War es schön mit deinem Fischer? Das weiß ich nämlich noch nicht.« Während Maria sprach, durchschritt sie den kleinen Ausstellungsraum, bis sie bei den Gartenkugeln war. Nur noch zwei waren übrig. Eine knallbunte und eine weiße mit einem Marienkäfer. Gartenkugeln, notierte Christina sich innerlich, kamen auch gut bei der Kundschaft an. Sie musste dringend neue gestalten.

»Also?«, hakte die Klosterschwester nach, als Christina nicht sofort antwortete.

»Ja, es war schön mit Benedikt.«

Die Nonne ging überhaupt nicht auf Christinas Einwand ein. »Meine Güte. Nicht so detailliert. So schnell kann ich die vielen Informationen doch gar nicht verarbeiten.« Sie hob die Kugel hoch, die schlicht weiß und mit dem leuchtend roten Marienkäfer verziert war. Christina liebte diese Kugel in ihrer schlichten Eleganz sehr und konnte nur zu gut verstehen, dass die Nonne nach genau dieser Kugel griff.

»Wir haben auf der Krautinsel gefrühstückt. Benedikt hat das Essen für uns vorbereitet«, antwortete sie Maria. »Und wir waren schwimmen.«

Warum sie den Kuss nicht erwähnte, wusste sie nicht. Er war ihr eine kostbare Erinnerung, und vielleicht war sie einfach noch nicht bereit, sie zu teilen.

»Aber Bene hat doch zwei linke Hände in der Küche«, rief Frau Maria aus.

»Sogar das wissen Sie?« Christina zog die Augenbrauen hoch, in gespieltem Entsetzen.

»Fraueninsel. Sagte ich doch.« Die Nonne zuckte mit den Schultern, und ihr verschmitzter Blick sprach Bände. »Benedikts Mutter hilft mir manchmal im Garten. Drum weiß ich das. Sie sagt, er ist ein sehr guter Junge, aber er kann nicht einmal ein ordentliches Spiegelei braten.«

Christina amüsierte es, dass Benedikts Mama von ihm als einem Jungen sprach. Schließlich war er nicht nur optisch ein ganzer Kerl.

»Ach so.« Daran, wie gut man sich hier offenbar als Insulaner kannte, musste Christina sich noch gewöhnen. »Na, aber da täuscht sich seine Mama. Das Frühstück war nämlich köstlich.«

»Schön, wenn du ihn verteidigst.« Die Ordensfrau strahlte und zwinkerte Christina zu.

Irgendwie schlich sich bei ihr das Gefühl ein, dass Schwester Maria, egal was Christina sagen würde, sich schon ein Bild von der Art ihrer Beziehung zu Benedikt gemacht hatte.

»Sein Bruder, der macht gute Suppen. Jedenfalls

sagt das seine Mutter. Aber der ist auch schon verheiratet und hat einen Sohn.«

»Maria!« Christina war ehrlich entrüstet.

»Ich sag's ja nur.« Die Nonne hob beide Hände zu einer beschwichtigenden Geste. »Übrigens hat Benedikts Mutter mir auch erzählt, dass der Bene dich mag.«

Christina spürte, dass ihr Gesicht ganz heiß wurde. »Sie sind wirklich unglaublich.«

Die Nonne trug die Gartenkugel vorsichtig zu dem Tisch mit der Töpferscheibe. Sie lachte. »Ich weiß. Und ich weiß auch, dass du und Bene ein tolles Paar abgeben würdet.«

»Ach ja?«

»Ach ja. Ich war gleich in der Kirche, nachdem Benedikts Mutter weg war, und hab für euch beide gebetet.« Maria sagte das ganz selbstverständlich. Und sosehr man im Alltag im Gespräch vergaß, dass sie eine Klosterschwester war: In diesem Moment, wo sie mit heiligem Ernst vom Gebet sprach, wurde es Christina bewusst. Maria dagegen war schon wieder im Alltag angekommen.

»So, und jetzt brauche ich diese Gartenkugel. Erinnerst du dich an Johanna, meine Mitschwester?«

»Sehr gut sogar.« Die Frau war so sanftmütig und liebevoll mit Christinas Steingut umgegangen, dass es eine wahre Freude gewesen war, ihr dabei zuzusehen.

»Die Kugel, die sie bei dir gekauft hat, ist ihr runtergefallen, und jetzt ist sie untröstlich. Früher hat sie selbst viel getöpfert, musst du wissen. Ich dachte, ich mache ihr eine Freude und überrasche sie hiermit.« Maria deutete auf die Marienkäferkugel.

»Finde ich gut.« Christina nahm die Kugel und wickelte sie dick in Zeitungspapier ein. Sie hatte geahnt, dass Johanna selbst schon mit Porzellan gearbeitet hatte. Ihr Blick war einfach zu fachkundig gewesen, als dass es Zufall hätte sein können.

»Tu ihm nicht weh«, sagte Maria unvermittelt in heiligem Ernst.

»Nein, ich passe schon auf. Aber der Käfer ist stabiler, als er aussieht«, erwiderte Christina, aber die Nonne verdrehte die Augen.

»Ich spreche von Benedikt.«

»Ach so.« Christina verdrehte die Augen, weil sie so eine lange Leitung gehabt hatte. »Keine Sorge. Wir haben schließlich nur gefrühstückt.«

Jedenfalls fast nur. Ein wenig war das geflunkert, und sie war froh, dass sie gerade Klebestreifen von der großen Rolle abschnitt und damit die Gartenkugel sicher verpackte. Somit musste sie der Nonne zumindest nicht in die Augen sehen.

»Danke dir«, sagte die Schwester, nachdem sie gezahlt und die Kugel entgegengenommen hatte.

»Sehr gerne.«

»Ach, Christina?«

»Ja?«

Die Nonne war schon am Tor des Töpferhauses, als sie sich noch mal umdrehte. »Ich freu mich, dass dir Benedikts Frühstück so gut geschmeckt hat.« Maria zwinkerte ihr zu.

Bevor Christina allerdings noch etwas erwidern konnte, war sie auch schon gegangen.

Lachend schüttelte Christina den Kopf. Maria war wirklich eine Frau, die ihresgleichen suchte.

Ein junges Paar betrat den Ausstellungsraum, gerade als Christina sich wieder an ihre Töpferscheibe gesetzt hatte.

»Such dir was aus, Schatz.« Der Mann küsste seine Freundin. »Wir brauchen eine schöne Erinnerung an heute.« Der Blick, den sie ihm zuwarf, war unbezahlbar: eine Mischung aus Bewunderung und zärtlicher Liebe. Und tatsächlich schlich sich schon wieder ein froher Ausdruck in Christinas Gesicht. Wie viel sich in der letzten Zeit in ihrem Leben verändert hatte! Da war ein ganz neuer Blickwinkel auf die Menschen – und die Liebe. Vielleicht würde sie sogar doch noch mal einem Liebesroman eine Chance geben.

Christina dachte an die Fährüberfahrt auf die Insel an dem Tag, an dem sie entdeckt hatte, dass die Töpferei geschlossen war. Wie missmutig sie da der Anblick des Liebespaares an der Reling des Chiemsee-Schiffes gemacht hatte, wie sie fast schon trotzig ihren Thriller aus der Tasche geholt hatte. Jetzt blickte sie voller Wohlwollen zu dem jungen Paar, das eine getöpferte lila Blume betrachtete. Was ein einziger Kuss alles in Bewegung bringen konnte, dachte Christina bei sich. Nun ja. Nicht ein einziger. Schließlich hatten sie den ganzen Morgen über Zärtlichkeiten ausgetauscht.

Und auch zum Abschied vor Benedikts Elternhaus hatten sie einander geküsst, mitten auf dem Inselweg, vor allen Leuten. Wenn Christina die Augen schloss, konnte sie sich das Gefühl zurückholen, das sie in dem Augenblick empfunden hatte, als ihre Lippen einander trafen: Schmetterlinge im Bauch und Sicherheit. Boden und Himmel. Yin und Yang.

Bevor Christina schließlich in Richtung Töpferei gegangen war, hatte Benedikt sie in seine Arme geschlossen, und sie hatte sich in diese Umarmung sinken lassen. Es war ein wunderbares Gefühl gewesen, auf diese Weise die ganze Welt auszusperren.

Das Paar hatte sich inzwischen für die Blume entschieden, Christina kassierte, verpackte und reichte den Verliebten ihr Souvenir.

»Haben Sie es schön«, sagte sie zum Abschied und war ein weiteres Mal von sich selbst erstaunt, dass sie es nicht bei einem einfachen Auf Wiedersehen belassen hatte.

Noch ganz in Gedanken schlug Christina das Tonstück, aus dem der Teller für den Wettbewerb entstehen sollte, genau mittig auf die Drehscheibe. Wenn er genauso gut gelang wie die Tasse, könnte sie sogar Erfolg bei dem Wettbewerb haben, dachte sie bei sich.

Draußen vor dem Tor der Töpferei ging Loisl vorbei, er schwankte leicht, und Christina durchfuhr ein kleiner Blitz, als er ihr einen Blick zuwarf, der all seine Abneigung ihr gegenüber verriet, unter buschigen Augenbrauen hervor, finster und hart. Doch dann war der Moment auch schon vorbei und Loisl aus ihrem Blickfeld verschwunden. Fast wie eine Fata Morgana.

Christina tauchte ihre Hände in die Wasserschüssel. Die Geste beruhigte sie auf magische Weise. Dann legte sie ihre nassen Finger an den Ton. Sofort versank sie in ihrer Arbeit, und die Welt schien einen Schritt zurückzutreten.

»Das sieht genau wie der Stein aus.«

Als Christina aufschaute, stand Benedikt vor ihr. Er nahm so viel Platz ein, dass er die Eingangstür vollständig verdeckte und einen Schatten auf Christina warf.

»Wie hast du das so perfekt hinbekommen?«

Sein Interesse an Christinas Arbeit war echt.

»Ich hab mir so Stempel angefertigt, schau, hier.«

Sie deutete auf den Stempel aus Gips, der das Muster des Steins zeigte.

»Toll. Und dann stempelst du den so auf?«

»Ganz genau.«

»Das würde ich bei Gelegenheit auch gerne mal versuchen.«

Christina runzelte die Stirn. »Du willst zum Töpfern kommen?«

»Warum nicht?«

Darauf hätte Christina viele Antworten gehabt: weil niemand, den sie gut kannte, ihre Leidenschaft teilte. Weil nicht einmal ihre Familie es je selbst versucht hatte, sondern sich immer aufs Zusehen beschränkte. Weil er ein Mann war – und sie die Erfahrung gemacht hatte, dass Männer sich nicht fürs Keramiken interessierten.

Sie schüttelte den Kopf. »Ich bin nur überrascht, sonst nichts. Wir können gerne mal miteinander töpfern.«

»Sehr gut. Ich hab nämlich vor, dich noch besser kennenzulernen.« Da war sie wieder: seine wunderschöne Klarheit.

»Dann machen wir das irgendwann mal.« Christina wollte ihm die Hintertür offenlassen, falls alles doch nur ein Lippenbekenntnis war, aber Benedikt schüttelte den Kopf.

»Nein, wir machen das gleich aus. Wie wäre es morgen?«

Christina dachte kurz nach. »Da kann ich nicht. Morgen muss ich rüber aufs Festland. Ich wollte meine Eltern besuchen, und dann muss ich noch Michael abholen.«

»Übermorgen?«

»Na, du bist aber hartnäckig.« Christina lachte.

»Immer. Jedenfalls, wenn mir etwas wichtig ist.«

»Also gut. Dann frag ich eine meiner Schwestern, ob sie übermorgen Abend Michi abholen und zum Fähranleger bringen kann. Dann können wir miteinander töpfern.«

»Sehr schön.« Benedikt strahlte. »Aber wenn du magst, kann ich deinen Jungen auch abholen. Er wollte eh mal mit dem Fischerboot rausfahren. Das könnten wir verbinden.«

»Das würdest du machen?«

Bene zuckte nur mit den Schultern. »Na klar. Ich habe es ihm doch versprochen.«

Es blieb nicht aus, dass Christina daran dachte, wie Andreas, sein Vater, Michael gegenüber schon so manches Versprechen gebrochen hatte und wie der Junge daraufhin eine scheinbare Gleichgültigkeit zur Schau stellte, von der Christina wusste, dass sie nur dazu diente, seine Traurigkeit zu verbergen. Er würde überglücklich sein, wenn er von Benedikts Vorschlag hörte, und noch dazu würde er die Erfahrung machen, dass Männer verlässlich waren.

»Danke.« Christina konnte gar nicht anders. Aus einem Impuls heraus stand sie auf, ging um den Tisch herum, stellte sich auf die Zehenspitzen und drückte Benedikt einen Kuss auf die Wange.

»Also, wenn ich jedes Mal dafür geküsst werde, nehme ich Michael ab sofort immer mit zur Arbeit.« Er lachte leise, dann legte er den Arm um Christinas Taille und zog sie nah zu sich heran. Sogar bei dieser kleinen Berührung spürte man Benedikts Kraft, und wieder einmal realisierte Christina, wie sehr sie diesen Mann begehrte.

ల∾ ◌ఌ

Heute hatte Christina nach ihrer Arbeit in der Töpferei noch im Lakritzgeschäft vorbeigeschaut. Es hatte gutgetan zu sehen, dass Nelly, Kati und ihr Vater wunderbar zurechtkamen. Kati hatte zur Feier des Tages eine Flasche des neuen Erdbeerlakritzlikörs geöffnet, den Nelly erfunden hatte, und gemeinsam war auf Christinas neuen Lebensabschnitt angestoßen worden. Sie hatten geplaudert, und Nelly hatte das Rezept für den Likör erläutert. Dazwischen hatte Kati immer mal wieder einen Kunden bedient und Christina davon abgehalten, es ihr gleichzutun. Denn schließlich, stellte Kati ganz treffend fest, arbeitete sie nicht mehr im Laden.

Anderthalb Stunden waren wie im Flug vergangen, und als sie auf die Uhr schaute, war es an der Zeit loszufahren.

Sie war mit Michael und Andreas im *Prienavera*, dem Priener Erlebnisschwimmbad, verabredet. Michael hatte sich den Ausflug dorthin gewünscht. Und nachdem das gemeinsame Grillen letztens ganz gut funktioniert hatte, war Christina einverstanden gewesen. Das Bad war noch ziemlich neu und direkt ans Seeufer gebaut. Vom Außenbecken aus konnte man bis hinüber zur Herreninsel sehen. Besonders reizvoll war das im Winter, wenn man vom herrlich warmen Wasser aus auf die tief verschneite Landschaft blicken konnte. Abends, wenn das Becken beleuchtet war und Schneeflocken im warmen Wasser schmolzen, fand Christina die Stimmung immer ganz besonders.

»Da machen wir uns einen schönen Abend, ja?«, hatte Andreas gesagt, als er Christina anrief, und sie war ein weiteres Mal überrascht von seiner Freundlichkeit gewesen. Heute regnete es, da war ein Nachmittag im Spaßbad sicher eine gute Idee, besonders, weil Michael eine Schwäche für Wasserrutschen hatte. Seit Christina einmal im Urlaub in Kroatien mit ihm einen kleineren Rutschenpark besucht hatte, war sein Traum ein Besuch in Erding, in Europas größtem Rutschenparadies. So manches Mal ging seine wöchentliche Fernsehzeit dafür drauf, dass er sich auf Online-Plattformen diverse Rutschen anschaute und im Anschluss versuchte, sie zu zeichnen. Rutschen waren eine seiner Leidenschaften geworden, und sooft es ihre Zeit zuließ, versuchte sie ihm zumindest eine kleine Wasserrutsche zu ermöglichen.

Christina stellte sich in der Schlange vor dem Eingang an. Michael und Andreas waren schon im Bad und winkten ihr von jenseits der Glasscheibe fröhlich zu. Man sah Vater und Sohn die Verwandtschaft an. Michael würde wie Andreas kein Riese werden, dafür hatte er die schlanke Gestalt seines Vaters geerbt. Auch die Mundpartie, die Stupsnase und die Sommersprossen hatte Michi nicht von Christina. Sie winkte zurück, zahlte, und plötzlich wollte sie ganz schnell bei ihrem Sohn und dessen Vater sein.

Nachdem sie sich eilig umgezogen hatte, winkte Michi wie wild vom Eingang zur Treppe aus, die zur Rutsche führte. Dann wandte er sich um und rannte die Stufen hinauf. Just in diesem Augenblick rauschte Andreas die Rutsche herunter.

»Zwölf Sekunden, unglaubliche zwölf Sekunden und vier Hundertstel.« Prustend kam er aus dem Wasser, wischte sich übers Gesicht und zeigte auf die Anzeigentafel. »Na, ich fürchte, da ist unser Sohn deutlich schneller.«

»Das möchte ich hoffen.« Christina warf Andreas einen verschmitzten Blick zu.

»Frechheit«, ging er auf das Spiel ein.

»Na, im Zweifel bin ich immer für Michael. Da hast du keine Chance. Er ist nun mal der Mann in meinem Leben.«

Michael sauste ins Auffangbecken der Rutsche.

»Ha! Zwölf Sekunden genau. Er hat gewonnen.« Christina hüpfte auf und ab und klatschte in die Hände, als ihr Sohn auftauchte und sich das Wasser aus dem Gesicht wischte. »Du warst schneller als Papa!«

»Yeah ...« Michael warf die Arme in die Luft.

»Na los, ich will eine Revanche!« Andreas war schon wieder an der Treppe.

»Kommst du?« Er hatte sich umgewandt.

»Worauf du dich verlassen kannst!« Christina langte nach Michaels Hand. »Du willst sicher auch noch mal, oder?«

Die Augen des Jungen leuchteten auf. »Worauf *du* dich verlassen kannst.« Er lachte. »Papa hat keine Chance gegen uns. Wir sind die Riegers, wir schaffen alles!«

Lachend ließ Christina sich hinter ihrem Sohn herziehen. Als sie oben am Eingang zur Rutsche ankam, schnappte sie keuchend nach Luft.

Als alle drei wieder unten waren, hatte Andreas die Bestzeit errungen und warf sich in eine Bodybuilding-Pose, die angesichts seiner schmalen Figur witzig wirkte.

Michael boxte seinem Vater in den Bauch, und er hielt dagegen. Es war ein Bild für die Götter, die zwei so entspannt und vertraut miteinander zu sehen. Einen Moment lang spürte sie ehrliches Bedauern, weil sie solche gemeinsamen Momente nicht schon früher genossen hatten. Wo war Andreas gewesen, als Michael klein war und sie mit dem Kind tagelang alleine? Immer war die Arbeit wichtiger als seine junge, kleine Familie gewesen. So viele Situationen, die Christina gern mit ihm geteilt hätte und die für immer ihr und Michael alleine gehörten, weil Andreas schlicht gefehlt hatte.

Wenn sie jetzt sah, was hätte sein können, tat es ihr in der Seele weh. Gerade hatte Andreas die Arme um seinen Sohn gelegt, der sich aber, von Tatendrang getrieben, sofort wieder befreite.

»Mama, hast du schon mal drüber nachgedacht, wie hoch der Chloranteil pro Liter in Schwimmbadwasser ist?«

»Wie bitte?« Die Frage irritierte Christina. Zugleich musste sie lachen – denn es war typisch Michael, sich genau für so etwas zu interessieren.

»Der Chloranteil«, wiederholte er.

»Das müssen wir dann wohl im Internet herausfinden, oder?«, antwortete Christina ihrem Sohn.

»Morgen, okay?«

Michael nickte und wollte noch etwas sagen, als eine alte Dame mit blauer Badekappe und einem passenden Badeanzug, die sie schon die ganze Zeit beobachtete, sie ansprach.

»Sie haben aber eine schöne Familie.«

Christina schaute sie verblüfft an.

Die knochige Frau stand jetzt neben Christina. »Ihre Familie ist wirklich wundervoll.«

Sowohl die Stimme als auch der Gesichtsausdruck der Fremden verrieten Wehmut.

»Oh, danke.« Christina schaute zu Andreas, der jetzt locker seinen Arm um Michael gelegt hatte. Dann wandte sie sich wieder der Frau zu.

»Ja, vielen Dank«, sagte jetzt auch Andreas, der noch einen Schritt näher an Christina herantrat. »Ich bin sehr stolz auf meine beiden.«

Überrascht sprang ihr Blick zurück zu ihrem Ex. Er hatte so aufrichtig geklungen.

»Das glaub ich Ihnen gerne.« Das Gesicht der Frau war voller Runzeln, sie musste mindestens achtzig sein. Langsam und unsicheren Schrittes ging sie jetzt ihres Weges in Richtung der Duschen davon.

Andreas hatte sich schon von ihr abgewandt. »So. Wollen wir jetzt ins Außenbecken? Ich sterbe jedes Mal wieder für diese Massagedüsen.« Er verdrehte lustvoll die Augen.

»Na, dann mal los.« Michael, durch und durch kindliche Unbeschwertheit, war schon wieder im Laufschritt unterwegs. Als er das Becken erreicht hatte und auf der ersten Stufe stand, wandte er sich um und grinste breit. »Ich finde es so toll, dass wir schon wieder etwas als Familie machen«, sagte er und zog sich die Taucherbrille über die Augen.

Dann machte er einen Sprung ins Wasser und tauchte unter. Christina stand da wie angewurzelt.

»Kommst du?« Andreas war auch schon am Zugang zum Becken. Sie folgte ihm langsam und in Gedanken versunken.

»Geht es dir gut, Tinchen?«

»Ja, passt.« Christina versuchte ein Lächeln.

»Sehr schön. Du musst wissen, dass ich durchaus meinte, was ich zu der Frau gesagt habe.«

»Ja. Danke. Vielleicht hättest du das mal vor ein paar Jahren sagen sollen.« Jetzt war es raus.

Andreas' Gesicht verdunkelte sich. »Hätte ich wohl, ja.« Sein plötzlicher Ernst, die Traurigkeit, die in seinen Zügen lag! »Und glaub mir, dass ich bereue, es nicht getan zu haben.«

Er sprang Michael hinterher ins Wasser und tauchte unter. Und Christina war sich sicher, dass er es tat, um sich für einen Moment vor ihr zu verstecken. Langsam folgte sie Andreas ins Becken, ein wenig ratlos.

Ja, das hier war irgendwie auch ein Teil ihrer Familie. Vielleicht blieb immer ein Stück Vertrautheit zurück, wenn man einmal eine Familie gewesen war.

Obwohl sie jetzt ganz in das warme Wasser eingetaucht war, fröstelte sie.

Dann tauchte Michael vor ihr auf, schüttelte den Kopf und hängte sich mit seinem schmächtigen Körper an Christina. »Komm, Mama, die Düsen sind gerade angegangen.«

Der nachdenkliche Moment war vorbei, und sie schwamm hinter ihrem Sohn her zu Andreas, der sich mit geschlossenen Augen am Beckenrand festhielt. Hart traf der Wasserstrahl Christinas Rücken. Fast sofort setzte ein Gefühl der Entspannung ein.

»Mama, kann ich meinen Schnorchel holen?«

»Du hast einen Schnorchel dabei?«

»Ja, von Papa.«

»Na, dann hol den mal.«

Christina, Andreas und das Wassergeblubber blieben zurück. Außer ihnen waren nur wenige Leute im Becken.

»Schön ist das heute. Danke, Tinchen, dass du mir noch eine Chance gibst, dir zu beweisen, dass ich ein netter Kerl bin.« Andreas hatte ein Auge geöffnet, das andere hielt er weiterhin geschlossen. Eine Erinnerung traf Christina, eine Erinnerung an früher. Manchmal hatte er, wenn er spät heimgekommen war, ein Bad genommen. Christina hatte dann mit einer Tasse Tee auf dem Toilettendeckel gesessen, und sie plauderten miteinander. In der

Regel hielt Andreas dabei die Augen geschlossen, aber ab und zu hatte er genau diesen Blick gehabt, aus einem geöffneten Auge.

»Ich finde es auch gut, dass wir das machen«, antwortete Christina ihm.

Da öffnete Andreas beide Augen und hob den Kopf.

»Verzeih mir«, flüsterte er. Christina wusste genau, was er meinte, dass er nicht von einer konkreten Situation sprach, sondern von allen möglichen unschönen Dingen, die zwischen ihnen als Paar passiert waren und die am Ende zur Trennung geführt hatten. Andreas hatte sie niemals um Verzeihung gebeten, obwohl Christina sich das immer wieder gewünscht hätte. Ihn jetzt mit dieser Wahrhaftigkeit um Entschuldigung bitten zu hören, war ein erster Schritt in die richtige Richtung. Nachtragend zu sein dem Vater ihres Kindes gegenüber, war das Letzte, was Christina wollte. Sie lächelte ihn an und nickte leicht.

Der Blick, den sie tauschten, war offener als alles, was sie seit Jahren miteinander gehabt hatten.

10. Kapitel

Christina hatte Benedikt alles genau gezeigt: Wie man den Ton schlug, wie man ihn genau in die Mitte der Töpferscheibe legte.

Er war gleich am Morgen gekommen und mit ihr in die Werkstatt gegangen. Dort hatte er sich die Maschine zeigen lassen, mit der man den Ton schlagen konnte, um die kleinen Luftbläschen aus dem Material zu entfernen, er hatte sich den Brennofen angeschaut, die verschiedenen Schaber und sogar das Nudelholz prüfend in die Hand genommen, obwohl er mit Sicherheit schon mal eins in den Händen gehalten hatte. Dann hatte er darauf bestanden, alles selbst zu machen, auch das Tonschlagen.

Jetzt saß er vor der Töpferscheibe, mit heiligem Ernst.

»Mach mal deine Hände nass, dann kannst du sehen, ob dein Ton genau in der Mitte liegt.«

Benedikt befeuchtete die Finger in der Wasserschüssel.

»So. Jetzt leg sie um deinen Ton.«

Er tat wie geheißen. Christina stand hinter ihm. Sie stand so nah, dass sie ihn riechen konnte. Und sie kannte ihn schon so gut, dass sie seinen ganz persönlichen Duft wiedererkannte. Sie ging um ihn herum, auf die andere Seite der Töpferscheibe, und legte ihre Hände auf seine. Das Tonstück war kegelförmig, und Christina hatte es durch Anschlagen fixiert.

»Kann ich jetzt die Scheibe drehen? Mit dem Pedal da, oder?« Er deutete mit dem Kinn darauf.

»Genau. Aber vorsichtig.«

Christina übernahm die Führung, lenkte Benedikts Hände.

»Das fühlt sich so schön an. Ich versteh total, warum du das so magst. Allein deshalb, weil es sich zwischen den Händen so weich anfühlt.« Er lächelte Christina über die Scheibe hinweg zu. Dass Benedikt Spaß hatte und ihr nachfühlen konnte, warum sie vom Töpfern so fasziniert war, machte Christina glücklich.

»Ton ist ein tolles Material«, stellte Benedikt fest.

»Und er bietet so viele Möglichkeiten. Ich geh nachher noch mit dir in den Trockenraum, dort warten viele verschiedene Projekte aufs Brennen. Das kannst du dir gar nicht vorstellen, wie vielseitig Ton ist – oder Porzellan.«

»Na, ich habe bei der Eröffnung deiner Töpferei schon eine Idee bekommen.« Während sie sich leise miteinander unterhielten, lenkte Christina Benedikts Hände, sodass der Ton begann, seine Form zu verändern.

»So. Halt mal kurz die Scheibe an, wir brauchen mehr Wasser.«

Erneut befeuchtete Benedikt seine Hände, um sie dann wieder um das Tonstück zu legen, das jetzt schon eine eher zylindrische Form hatte.

»Machen wir weiter?«

»Ja, sehr gerne.« Christina legte erneut die Hände um seine und half ihm damit, den Ton wieder zu einer Art Halbkreis zu formen.

»Schau, man darf den Ton nicht nach oben reißen, nur leicht drücken, er geht dann von alleine hoch. Und jetzt legst du die Hände von oben vorsichtig auf, ich zeige es dir mal. Nimm mal kurz die Hände weg.«

Christina machte es vor, brachte den Ton dann mit dem Handballen zurück in eine Halbkreisform.

»So, das wiederholen wir jetzt noch zwei Mal. Probierst du es allein?«

»Gerne. Wenn du denkst, ich krieg das auch nur im Ansatz hin.«

»Ach, du machst das schon.«

Vorsichtig legte er die Hände wieder an den Ton, und tatsächlich stellte Benedikt sich geschickter an, als es zu erwarten gewesen war.

»Etwas mehr Wasser brauchst du«, dirigierte Christina.

Er nickte und tat wie ihm geheißen. Sein Gesicht verriet jetzt höchste Konzentration. »So?«, vergewisserte er sich.

»Ja, das ist gut.« Der Zylinder, den Benedikt geformt hatte, war ein wenig windschief, aber er war eifrig bei der Sache, und als er drei Mal den Ton geformt hatte, kam Christina ihm wieder zu Hilfe.

Sie gab ihm genaue Anweisungen, und am Ende bestaunte Benedikt die Schüssel, die entstanden war. »Zugegeben, ein wenig windschief.«

»Ich finde, fürs erste Mal kannst du sehr zufrieden sein!«

»Ja?« Er strahlte sie an. Seine Hände waren ganz grau vom Ton, was ihn überhaupt nicht störte. »Danke!«

Christina schnitt die Schüssel mit einem Draht von der Scheibe. »Komm, wir bringen deine Schale in den Trockenraum. Ich wollte dir ja eh ein paar Sachen zeigen – und dann gehen wir Hände waschen.«

»Sehr gern.«

Sie traten in den Ausstellungsraum hinaus, der noch geschlossen war. Die letzten Tage war Christina an jedem Abend in der Töpferei gewesen. Am gestrigen Abend erst hatte sie gleich drei Gartenkugeln gestaltet, eine davon sogar in der Optik des Geschirrs, das sie zum Wettbewerb einreichen wollte. Außerdem waren zehn der Tonblüten entstanden, um die sich die Kunden regelrecht prügelten. Sie kam gar nicht hinterher damit, die Blumen zu produzieren.

»Wunderschöne Sachen machst du.« Er sagte es wie immer ganz freiheraus. »Ich finde, du hast viel Talent!«

»Danke. Da stecken aber auch Jahre Übung drin – und ich bin noch lange nicht ganz zufrieden.«

»Nein?« Benedikt schien überrascht. »Das solltest du aber wirklich sein. Also nicht, dass du aufhören sollst, besser werden zu wollen, aber sei zufrieden dabei. So wie ich. Mein Erstling ist ganz krumm, aber beim nächsten Mal wird es besser.«

Sein wohlwollender Blick, das Lächeln, die strahlenden Augen, der leichte Bartschatten auf seinen Wangen, seine ehrliche Art, die es leicht machte, Komplimente von ihm anzunehmen, die Tatsache, dass an seinen Händen der Schlick langsam trocknete und ihn das kein bisschen störte – all das machte ihn, wurde Christina mit einem Schlag klar, zu einem Mann, der so attraktiv für sie war, dass sie ein Pulsieren in ihrem Körper spürte, ohne dass er sie überhaupt berührte.

»Komm, wir gehen Hände waschen«, sagte sie, und Benedikt nickte.

Er hob seine grauen Finger vor das Gesicht und schnitt eine Grimasse, die Christina laut auflachen ließ.

»Ich zeig dir das Bad.«

Das kleine Badezimmer füllte sich schnell mit dem Duft der Zitronenseife. Benedikt war noch immer dabei, Finger um Finger einer gründlichen Reinigung zu unterziehen, als Christina schon wieder trockene Hände hatte. Sie beobachtete, wie er ein zweites Mal zur Seife griff.

»Ich bin Fischer«, sagte er entschuldigend, als er ihren Blick bemerkte.

»Und ich dachte schon, du wärst einfach nur pedantisch.« Christina lachte.

»Ach was.« Benedikt ließ Wasser über seine Hände laufen und spritzte es in Christinas Richtung.

»He!« Ohne lange nachzudenken, tauchte sie ihre Hände unter das Wasser, das eiskalt aus dem Hahn lief. Dann spritzte sie es Benedikt ins Gesicht, und auch er lachte laut auf.

Dann zog er Christina einfach zu sich heran. Das Wasser lief noch, als er sie küsste, ohne Vorwarnung, einfach auf ihren lachenden Mund. Mit einer Hand musste er erneut unter das fließende Wasser gefasst haben, denn die Hand, die er in ihren Nacken legte, war klatschnass. Ein kleines Rinnsal floss zwischen ihren Schulterblättern hinunter und sorgte für Gänsehaut auf ihren Armen. Dann war das Wasser aus, und im Bad war es still. Benedikt hatte seine nassen Hände auf ihre Wangen gelegt. Er schaute sie intensiv an, dann küsste er Christina erneut, dieses Mal weniger stürmisch, dafür voller Gefühl. Christina war es, die sich ihm entgegendrängte, ihre Hände unter sein T-Shirt tauchen ließ und seinen Bauch zärtlich berührte. Sie mochte seine Eigenheiten, dass er – trotz der Kraft, die er ausstrahlte – keinen Sixpack hatte, spürte kleine Härchen, seine Wärme. Langsam ließ sie ihre Hand nach oben wandern, um seinen Herzschlag zu spüren. Sie konnte das Klopfen unter ihrer Handfläche wahrnehmen, während sie einander immer intensiver küssten, ihre Zungenspitzen sich fanden und miteinander tanzten und plötzlich auch Benedikts Hand sich ihren Weg bahnte. Christina trug ein enges Top, und seine Hand kam auf dem Stoff auf Höhe ihrer Brust zu liegen. Sie wusste, dass ihre angesichts der köstlichen Berührungen aufgerichteten Brustwarzen ihre Erregung zeigten. Aber es gab auch keinen Grund, etwas zu verbergen. Stattdessen drängte Christina selbst mit ihren Händen weiter vorwärts, strich über seinen Rücken bis zu seinem Gürtel und fuhr ihn nach, bis ihre Hände auf seinem knackigen Hintern zu liegen kamen. Wie sich wohl die Haut unter der Jeans anfühlen würde? Christina wollte mehr. Als Benedikt mit einer Bewegung andeutete, ihr das Top ausziehen zu wollen, hob sie bereitwillig die Arme. Nur für diesen kurzen Moment hörten sie auf, einander hungrig zu küssen. Dann, als das lästige Kleidungsstück ausgezogen war, schlüpfte auch Benedikt aus seinem T-Shirt. Christina war schon wieder bei ihm, drängte ihren Körper an seinen, und Haut fand Haut, als Benedikt und Christina sich aneinanderpressten. Die Luft um sie herum schien zu flirren, als Christina ihre Hand zwischen sich und Benedikt zwängte und versuchte, seinen Gürtel aufzumachen. Ihre lauten Atemzüge hallten in dem kleinen Bad wider wie das leise Klirren, das entstand, als der Gürtel mitsamt Benedikts Jeans auf den Boden fiel. Christina trug einen leichten Sommerrock, den Bene jetzt raffte, statt ihn ihr auszuziehen, um die Hand zwischen ihre Beine zu legen. Nein, die forsche Geste überraschte Christina nicht. Längst drängte es sie, sich Benedikt hinzugeben. Ein leises Stöhnen entrang sich ihrer Kehle. Sie trat einen winzigen Schritt zurück und holte keuchend Luft, so viel Lust, so viel Gier hatte sie schon lange nicht mehr empfunden. Sie sah seinen Raubtierblick, sah, wie sehr er zu ihr wollte. Unter seinem hungrigen Blick schlüpfte sie aus ihrem Rock, öffnete den Verschluss ihres BHs, streifte ihn ab, schob ihr

Höschen nach unten und stieg heraus. Dann stand sie nackt vor ihm. Er streifte seine Socken ab, schlüpfte aus seinen Boxershorts, und so standen sie einander schwer atmend gegenüber, betrachteten sich, sahen die Lust des jeweils anderen und seine Verletzlichkeit.

Schließlich war es Benedikt, der die Situation brach, indem er die Dusche anmachte und dann auf Christina zuging. Nichts, kein Stofffetzen und kein Zögern, war mehr zwischen ihnen. Benedikt hob Christina hoch, als würde sie nichts wiegen, als sei sie nur ein Federchen, und ihre Brüste berührten seine behaarte Brust, ihre Scham seinen Penis, als Benedikt Christina in die Dusche trug. Das warme Wasser lief ihr über die Haare, ins Gesicht, über den Körper. Sanft stellte Benedikt sie in die Dusche. Dann nahm er eine großzügige Portion Duschgel und begann, ihren ganzen Körper damit zu streicheln. Die Leidenschaft seiner Berührung, die Art, wie er keinen Zentimeter ihres Körpers ausließ, während das warme Wasser weiter über ihre Haut lief, seine Blicke, all das ließ Christina erschauern. Der Schaum machte alles noch weicher und sinnlicher. Christina war ein einziges Spüren. Ihr Herz schlug so schnell, dass sie kaum noch Luft bekam.

Christina zog Benedikt an sich, streichelte nun ihn, berührte ihn überall. Sie konnte gar nicht genug davon bekommen, seine Haut unter ihren Händen zu spüren. Gierig wanderten ihre Hände über seinen Körper, seinen Po, nach vorne zu seinem Penis.

Doch Benedikt entwand sich ihr. Er kniete sich vor Christina und begann, sie zwischen den Beinen zu liebkosen und so ihre Lust ins Unendliche zu steigern.

Sie keuchte und warf den Kopf zurück, machte die Dusche aus.

»Heb mich noch mal hoch«, befahl sie mit rauer Stimme.

Und Benedikt wusste, was Christina meinte. Er hob sie ganz sanft an genau die richtige Stelle, und endlich spürte Christina Benedikt in sich. Das Stöhnen, das sich ihrer Kehle dieses Mal entrang, war nicht leise. Und auch er war laut geworden.

Gierig drängte sie sich seinen Stößen entgegen, hatte viel zu lange ohne Lust auskommen müssen.

Sie fanden einen Rhythmus, gemeinsam steigerten sie ihr Verlangen immer weiter, bis es sich schließlich in einem gemeinsamen Höhepunkt entlud. Als Benedikt sie anschließend ins Schlafzimmer trug, auf das Bett legte und sich ganz eng an sie kuschelte, wusste sie, dass sie dieses erste Mal mit ihm niemals vergessen würde, denn noch immer streichelten seine ein wenig rauen Hände ihren Körper, jetzt sanft und zart.

»Das war wunderschön«, flüsterte Benedikt Christina ins Ohr. Als Benedikts Hand auf Christinas Bauch zur Ruhe kam, seine Wärme durch seine Finger in ihren Körper zu strömen schien und sie einander hielten, war das pures Glück.

Und sie nahmen das Glück mit. Sie nahmen es mit, als sie aufstanden, in die Küche gingen und Kaffee kochten. Sie nahmen es mit zurück ins Bad, wo sie kichernd ihre Kleidungsstücke einsammelten, sie nahmen das Glück mit hinaus in den Garten, wo es mit der Sonne um die Wette strahlte, und sie nahmen es wieder mit ins Haus, wo sie einträchtig die Tassen abspülten. Es war so schön, diese kleinen, gewöhnlichen Dinge miteinander zu teilen.

Schließlich war es so spät geworden, dass Benedikt erschrocken auf die Uhr schaute und auch Christina schwer schluckte. »Ich muss den Michi abholen.« Er war schon an der Tür und in seinen Turnschuhen. »Ich bring ihn dann später, ich schick dir eine Nachricht.«

»Ist gut.«

Benedikt hatte schon die Klinke in der Hand, als er innehielt und sich umdrehte. Dann überwand er die Distanz zu Christina und küsste sie fest auf den Mund.

»Bis bald?«

Sie lächelte. »Gerne.«

ono ono

Michael war bei der dritten Portion Kartoffelauflauf. Er aß mit einem Appetit, den Christina sonst von ihrem Sohn nicht kannte. Genussvoll schaufelte er Gabel für Gabel des Abendessens in seinen Mund. Eigentlich hatte Christina mit für den nächsten Tag vorkochen wollen – aber nun war nicht genug übrig.

Während er spachtelte, erzählte Michael von seinem Nachmittag auf dem Fischerboot. Er hatte ganz rote Backen und fuchtelte beim Erzählen mit den Händen.

»Benedikt sagt, im Winter ist es schwieriger, Fischer zu sein, als im Sommer.«

»Ja?«

Christina hörte nun schon seit einer halben Stunde aufmerksam ihrem Sohn zu, der kein bisschen der melancholischen Nachdenklichkeit ausstrahlte, die er sonst oft an sich hatte, wenn er über etwas nachgrübelte. Heute sprudelte er wie die Brunnen auf der Herreninsel vor lauter Erlebnissen.

»Ja. Weil man dann das Netz gegen den Wind ziehen muss.«

»Ach, so ist das.«

Michael nickte. »Und dann wackelt das Boot auch viel mehr, wenn es Sturm hat, zum Beispiel.«

Er schaufelte einen weiteren riesigen Bissen Essen in seinen Mund. »Wusstest du, dass die Renke ein Brotfisch ist?«

»Was ist denn ein Brotfisch?«

Michael kaute und schluckte. »Der Brotfisch ist der Fisch, der dem Fischer die höchsten Erträge bringt, also der für das täglich Brot sorgt, sagt Benedikt.«

Die Bewunderung für den Fischer sprach aus jedem von Michaels Worten. Er hatte den Motor anmachen dürfen, das Steuer halten, hatte Netze aus dem Wasser gezogen und Fische herausgeholt. Außerdem waren sie beim Baden auf der winzigen Insel gewesen, die der Krautinsel vorgelagert war und die von nicht mehr als einem Baum bevölkert wurde. Auch dass die winzige Insel *Schalch* hieß, wusste Michael. Er hatte sie erklettert, den Baum umarmt und sich dort ein wenig in den Schatten gesetzt.

»Benedikt hatte sogar einen geräucherten Aal dabei.«

Christina schüttelte es bei dem Gedanken – der fettige Fisch war überhaupt nicht ihr Geschmack. Aber Michael schien das frische Brot mit Aal geschmeckt zu haben, deshalb wollte sie ihm das auch nicht miesmachen.

Benedikt hatte ihm gezeigt, wie man Fische ausnahm, und der Junge hatte nicht nur zusehen dürfen, nein. Benedikt hatte sich die Mühe gemacht, die Eingeweide genau zu benennen und Michael die Galle zu zeigen, die zu erkennen besonders wichtig war, damit der Fisch am Ende nicht bitter schmeckte, wenn man das Organ beim Ausnehmen verletzte.

Am Ende war Christinas Sohn selbst zur Tat geschritten und behauptete jetzt von sich, dass er bestens in der Lage war, einen Fisch auszunehmen. Seine Pausenbox war randvoll mit Renkenfilets, als er sie stolz vorzeigte. Er wollte, dass seine Mutter ihm jetzt Knoblauchfisch kochte, ein altes Rezept, bei dem die Fischfilets am Ende in Milch fertiggegart wurden. Das hatte Michael Benedikts Mutter noch mit auf den Weg gegeben, und sie könne gern vorbeikommen, um sich die genauen Kochanweisungen abzuholen.

»Benedikt hat gesagt, ich darf auch mal morgens mit rausfahren. Stell dir vor, der fährt oft schon um vier los.«

»Das ist aber früh.«

Michael nickte eifrig. »Oh, ja, ist es echt.«

Christina dachte kurz daran, wie sie sich selbst am Sonntag mit ihm getroffen hatte und ihr halb sechs morgens zeitig vorgekommen war. Für Benedikt war das ja dann schon Ausschlafen gewesen.

»Aber er sagt, das Morgenrot auf dem Wasser ist wunderschön.«

Das konnte Christina bestätigen. Es war ein besonderer, romantischer Moment gewesen, als die Sonne hinter den Bergen hervorgekrochen war und ihre Strahlen das Wasser so sanft geküsst hatten.

Sie dachte an Benedikt, daran, dass sie am Morgen nach dem Töpfern miteinander geschlafen hatten, einzelne Bilder blitzten vor ihrem inneren Auge auf, versetzten sie zurück in die Situation, und sie konnte ihn noch spüren, so lebendig war die Erinnerung: der Schaum in der Dusche, von seinen Händen aufgetragen, vom Wasser sanft von ihrer Haut gespült, die Kraft seiner Arme, die sie getragen und gehalten hatte.

Wann war sie zuletzt mit einem Mann so glücklich gewesen? Sie schaute zu Michael hinüber. Nein, Männer unter zwölf Jahren zählten nicht. Sie grinste in sich hinein und trank einen Schluck ihrer Apfelschorle. Die letzten Sonnenstrahlen des Tages leuchteten durchs Fenster herein und tauchten die Küche in honigfarbenes Licht.

»Jetzt bin ich satt.«

»Na, zum Glück hab ich dich satt bekommen, ich war mir zwischendrin nicht mehr sicher.« Christina begutachtete die Form. Die klägliche Portion, die darin noch übrig war, reichte nicht mal für ihr Mittagessen morgen.

»Ein Eis könnte ich schon noch essen.«

Christina lachte. »Na, dann hol dir eins.«

Als Michael schließlich im Bett gewesen war, waren ihm fast sofort die Augen zugefallen. Christina wusste, er war damit einverstanden, wenn sie noch einen kleinen Spaziergang über die Insel machte. Das hatte sie in den letzten Tagen ein paar Mal gemacht, wenn das Wetter besonders gut gewesen war. Am Abend, wenn die Touristen gegangen waren und Ruhe einkehrte, erst dann erstrahlte die Fraueninsel in ihrer ganzen Schönheit. Auch der See lag kurz vor Sonnenuntergang meistens wieder ruhig da, der Wind flaute ab, und es war, als würde auch die Insel müde werden. Christina ging langsam hinauf zur Kirche. Vielleicht war Maria ja da. Außerdem hatte sie, seit sie auf der Insel war, es noch nicht geschafft, in der herrlichen Klosterkirche vorbeizuschauen. Ein paar Minuten ruhige Eintracht würden ihr guttun nach dem ereignisreichen Tag.

Sie ging über den Friedhof. Die Grablichter auf vielen Gräbern gewannen in der Dämmerung an Leuchtkraft. Hier lagen viele Künstler und Schriftsteller begraben, und ganz automatisch versuchte Christina, ihre Schritte auf dem Kies leise zu setzen. Die große Kirchenpforte war mit einem Löwenkopf verziert, der in früheren Jahrhunderten als Türklopfer gedient haben musste. Christina machte die schwere Tür auf und trat in das kühle Kirchenschiff.

Ganz hinten schlüpfte Christina in eine der Kirchenbänke. Die Pracht des Kirchenschiffs des Bauwerks aus dem elften Jahrhundert raubte einem schier den Atem. Christina war jedes Mal wieder von der Decke gefangen genommen. Das auf einfachen Säulen ruhende Sterngewölbe zog ihre Blicke sogar mehr an als der prunkvoll geschmückte, goldene Altar mit den beiden Heiligenfiguren rechts und links.

»Rutsch mal!«, flüsterte eine leise Stimme neben ihr.

Christina schaute auf, und da war tatsächlich Frau Maria, setzte sich zu ihr und drückte ihr die Hand. »Schön, dass du da bist.« Dann wurde sie still und schloss die Augen.

Aus Respekt blieb Christina sitzen, beobachtete die Klosterschwester, deren Lippen sich im Rhythmus ihres stillen Gebets bewegten und deren Hände ineinander verschränkt in ihrem Schoß ruhten. Die ruhige Kraft, die von der Frau ausging, beeindruckte Christina. Währenddessen war im Altarbereich eine Schwester damit beschäftigt, Kerzen zu entzünden. Christina hatte in der Kirche innere Einkehr finden wollen, die Ruhe genießen. Doch nun saß sie wie auf glühenden Kohlen, und ihre Gedanken hörten nicht auf, wild durch ihren Kopf zu hüpfen. Vielleicht war in der letzten Zeit einfach zu viel passiert.

Während Christina zumindest diesen Gedanken beruhigend fand, beendete Schwester Maria ihr Gebet, indem sie abrupt den Kopf hob.

»Fertig. Gehen wir raus?«

Christina nickte. Leise verließen sie die Kirche. Draußen war die Klosterschwester sofort wie verwandelt. »Na, wie geht es dir? Ich hab deinen Jungen drüben bei Benedikts Mutter gesehen.«

»Ihnen bleibt wirklich nichts verborgen.« Christina lachte.

»Nein. Nichts.« Die Nonne zeigte einen ernsten Gesichtsausdruck. Doch dann zwinkerte sie Christina zu und lachte. »Ich weiß auch, dass Gretl und ihr Mann bald ihr Jawort wiederholen und dazu eine Bootsfahrt unternehmen. Es gab vor drei Jahren mal Schwierigkeiten in ihrer Beziehung, aber dann haben sich die Wogen zum Glück geglättet. Und ich weiß, dass Franz – ach, den kennst du noch gar nicht? Er wohnt in dem kleinen Haus auf der Nordseite, dem ohne Blumenschmuck.« Für die Fraueninsel war das tatsächlich ein auffälliges Kriterium. Maria sprach weiter. »Jedenfalls. Franz hat sich einen Massagesessel gekauft, der alte Eigenbrötler. Dann hab ich noch gehört, dass es im Tante-Emma-Laden künftig Donuts geben soll. Ha! Donuts! Auf der Fraueninsel, stell dir das mal vor.«

Christina war schon ein paar Mal in dem gemütlichen Inselladen gewesen, der von allen Seiten mit getöpferten Schildern beworben wurde. Eigentlich hatte sie dort fragen wollen, wer die Wegweiser angefertigt hatte, aber dann hatte sie es zwischen frischem Kirschkuchen und einer Packung Spaghetti, die sie kaufen wollte, vergessen.

Schwester Maria sprach schon wieder weiter. Jetzt war sie bei einer jungen Frau, die die Insel verlassen hatte – etwas, das Maria auch überhaupt nicht einleuchtete –, um Entwicklungshilfe in Indien zu leisten –, was Maria durchaus einleuchtete. Den Namen hatte Christina allerdings nicht verstanden, nur, dass es sich bei ihr um die Tochter von Loisl handelte, der Christinas Töpferei zurück in ein Bootshaus hatte verwandeln wollen.

»Sie wissen also wirklich über die ganze Insel Bescheid«, unterbrach Christina Frau Marias Wortschwall. Die fröhliche, neugierige Klosterschwester schien nichts mit der Betenden gemein zu haben, die eben noch tief in ihre Andacht versunken gewesen war.

»Natürlich. Das gehört dazu, wenn man mal hier angekommen ist. Du wirst sehen, wenn du mal die ersten Geburtstagsfeiern deiner Nachbarinnen besucht hast, bist du auch mittendrin.«

»Na dann«, antwortete Christina unbestimmt. Sie war sich gar nicht so sicher, ob sie so tief in die Inselgeschehnisse involviert sein musste, dass auch jeder mit den Details ihres eigenen Lebens vertraut war.

»Hast du noch was vor?«, fragte die Ordensfrau, die gar nicht gemerkt zu haben schien, dass

Christina auch Vorbehalte gegenüber der Nähe hatte, die auf der Insel herrschte.

»Ich wollte noch rüber zu Benedikts Mutter und mir ein Rezept abholen. Oder glauben Sie, es ist schon zu spät heute?«

Maria schüttelte den Kopf. »Ach was! Annemarie geht spät ins Bett. Komm, ich begleite dich noch ein Stück.«

»Das wäre aber nicht notwendig.«

Die Nonne kicherte. »Ich freu mich auch über deine Gesellschaft, vielen Dank.«

Gemeinsam schlenderten die Frauen am Fußballplatz, der hier auf der kleinen Insel wie eine riesige Grünfläche wirkte, vorbei.

Beim Fischerhaus angekommen, warf Christina einen Blick hinaus zu der Plattform, wo sie mit Benedikt gesessen hatte.

»Der Bene ist übrigens nach der Heiligenfigur in der Kirche benannt«, wusste Frau Maria.

»Wie bitte?«

»Vorne am Altar, die beiden Heiligenfiguren? Eine davon ist der heilige Benedikt. Als Annemarie schwanger war, gab es viele Komplikationen, und drum war sie oft in der Kirche. Sie ist eine gläubige Frau.«

Christina konnte sich den großen Benedikt nicht als schwaches Baby im Mutterleib vorstellen.

»Ich habe oft bei ihr gesessen und versucht, sie

ein wenig abzulenken. Das war gar nicht so leicht. Also hab ich ihr irgendwann Heiligengeschichten erzählt. Und unter anderem eben die Geschichte von Benedikt von Nuria.« Maria zuckte mit den Schultern. »Annemarie mochte die Geschichte des Mannes, der als Begründer des Benediktinertums gilt. Vielleicht weil er naturverbunden war und sich gern in den Bergen aufgehalten hast. Du musst wissen, dass Annemarie sehr gern mit ihrer Frauengruppe zum Wandern geht, auch heute noch.«

Längst hatte Christina den Blick von der Plattform gelöst und ihn dem Garten zugewandt. Aber Benedikt war nirgends zu sehen.

»Falls du ihn suchst, der ist sicher schon im Bett, wenn der morgen um vier wieder rausfährt.« Nicht mal den Namen hatte Maria genannt! So sehr schien sie zu wissen, was Christina dachte.

»Das muss dir nicht peinlich sein. Ich freu mich für dich, meine Liebe.« Maria, die noch immer bei ihr untergehakt war, drückte Christinas Arm.

»Annemarie ist eh nicht daheim. Ihr Boot fehlt.« Maria zeigte in die kleine Hafenbucht. »Da musst du wohl ein anderes Mal wiederkommen.«

»Sagen Sie bloß, Annemarie hat sich nicht bei Ihnen abgemeldet und ist einfach so weggefahren?«, fragte Christina mit gespielter Entrüstung und musste sich dabei ein Lachen schon sehr verbeißen.

»Also!« Schwester Maria reckte ihr Kinn in die Luft. »Diesen Wink mit dem Zaunpfahl habe ich jetzt aber verstanden!«

Christina konnte nicht anders, und ein lautes Lachen platzte einfach aus ihr heraus. Dann zog sie die Nonne sanft den Weg entlang, weiter in Richtung Töpferei. »Na kommen Sie, ich mach uns noch einen kleinen Schlaftrunk.«

Auch Marias Gesicht zeigte schon wieder einen heiteren Ausdruck.

»Na, da sag ich nicht Nein«, entgegnete sie.

»Sie könnten mir ja unterwegs erzählen, wie Sie selbst auf der Insel gelandet sind, oder?«

»Ach, das ist eine lange Geschichte.«

Frau Maria begann zu erzählen, und Christina hörte ihr zu. Die Sonne ging endgültig unter, die Luft war noch mild, und ein wunderbarer Sommertag fand langsam sein Ende, während sie an duftenden Dahlien vorbeischlenderten.

⁊ 11. Kapitel ⁊

Das Geschirr sah wunderschön aus. Selbst mit ihrem selbstkritischen Blick konnte Christina das erkennen. Es war gute Arbeit, die kleine Muschel am Tellerrand als gewisses Extra, die Tasse mit den Farbverläufen, die sich als Kreise auf dem Teller und dem Unterteller wiederfanden, alles in hellen Blau- und Grüntönen gehalten. Christina konnte selbst kaum glauben, dass sie dieses Set angefertigt hatte. Sie hatte tagelang immer wieder an diesem Projekt gesessen und das Geschirr gestaltet, das sie vorhin aus dem erkalteten Brennofen geholt hatte.

»Mama? Magst du mal gucken?« Christinas Mutter war am frühen Morgen auf die Insel gekommen, um mit ihrer Tochter zu frühstücken und sie dann im Ausstellungsraum zu vertreten, damit Christina gemeinsam mit Benedikt zum Festland fahren konnte. Sie brauchte endlich ein eigenes Boot, und Bene hatte einen Freund auf dem Festland, der nicht nur Boote baute, sondern auch kürzlich ein kleines Boot von einem alten Fischer zurückgekauft hatte.

»Ich hab gleich an dich und Michael gedacht, als Jonas mir von dem alten Metallkahn erzählt hat.« Benedikt war am Vorabend kurz aufgetaucht. Es war der Tag nach ihrem ersten Mal gewesen, und Christina hatte den ganzen Tag gehofft, dass er vorbeikäme. Als er dann da war, fühlte sie sich wie ein vierzehnjähriges Mädchen. Und natürlich sagte sie zu, als er ihr anbot, das Boot mit ihr gemeinsam zu kaufen und ihr auch alle Details zu erklären.

»Der Rest ist Praxiserfahrung, das kriegt man schnell gelernt«, sagte er noch. »Ich ruf gleich den Jonas an, damit er das Schifferl nicht wem anders verkauft. Hättest du gleich morgen Zeit?«

»Äh – klar.« Sie sagte einfach zu. Im Zweifel würde sie eben den Verkaufsraum einen Tag nicht aufsperren, das war schließlich der Vorteil, wenn man sein eigener Chef war, hatte sie bei sich gedacht.

»Sehr gut, ich hol dich ab.«

Christina hatte genickt. Ihr war wunderbar warm geworden bei dem Gedanken, Zeit mit Benedikt verbringen zu können, und am liebsten hätte sie genau das auch gesagt, aber die Worte wollten sich nicht finden lassen.

Stattdessen hatte Benedikt sich zu ihr gebeugt, sie flüchtig geküsst und war auch schon wieder an der Tür.

»Ach, und grüß mir deinen Jungen, der wird mal ein super Fischer! Er kann immer mitfahren bei mir, wenn er mag.« Dann war er auch schon weg gewesen.

Die Selbstverständlichkeit, mit der Benedikt Michael mit einbezog, war herrlich.

Gleich als Benedikt gegangen war, hatte Christina ihre Mutter angerufen, die sofort zugesagt hatte, Christina einen Morgen zu vertreten. Da habe sie große Lust drauf, trotz Rheuma, beschwichtigte sie ihre Tochter, die besorgt nachfragte, wie es ihren Händen gerade ging.

»Außerdem hab ich dich dann endlich mal wieder für mich.« Dem hatte Christina nichts entgegenzusetzen. »Ich bring Semmeln vom Marktplatz mit.«

So hatte Christina am Morgen wie gewohnt Michael zum Fähranleger gebracht und gleichzeitig ihre Mutter abgeholt. Tatsächlich schaffte Michael es erstaunlich gut, sein neues Leben zu managen und den komplizierten Schulweg nach Rosenheim zu meistern. Die ganze Familie hielt zusammen und brachte das Kind abwechselnd von der Fähre zum Zug. Heute war Nelly dran gewesen. Zum Glück waren es nur noch zwei Tage bis zu den Sommerferien. Und danach könnte Michael vielleicht schon alleine den Schulweg meistern. Fürs kommende Wochenende war Michael mit seinem neuen Freund

Sebi zum Zelten im Garten des großen Fischerhauses verabredet, in dem Sebi mit seinen Eltern wohnte.

Jetzt kam Gitti zu Christina in den Trockenraum.

»Schau, das hab ich die letzten Tage gemacht.« Christina deutete auf das Service.

»Verkaufst du es hier im Laden? Dann nehm ich es!« Ihre Mutter nahm einen Kaffeebecher aus dem Regal und wog ihn in ihren Händen. »Der ist so schön. Da braucht man kein Kaminfeuer mehr.«

Christina wusste genau, was ihre Mutter meinte. Der Porzellanbecher strahlte Behaglichkeit aus, Wärme und Wohlfühlen. Das komplizierte Muster, das sie aufgebracht hatte, sagte dem Laien nichts. Für den lebte das getöpferte Stück einzig von der Wirkung, die es auf ihn hatte.

»Nein, damit möchte ich an einem Wettbewerb teilnehmen. Das Motto ist *Wasser und seine Werke*. Als ich mit Benedikt auf der Krautinsel war, hab ich einen Stein mit diesem Muster gefunden und ... na ja. Das hier ist das Ergebnis.« Christina deutete auf die Tasse. »Warte, ich hol den Stein eben.«

Sie ging hinüber ins Wohnzimmer, wo sie ihren Fund im Regal drapiert hatte, und kam zurück.

»Schau, der ist es.«

Ihre Mama hatte die Tasse zurückgestellt und fuhr jetzt mit ihren Fingern, die vom Rheuma ganz dick geschwollen waren, die Kontur der Muschel auf dem Tellerrand nach.

Als Christina hereinkam, begutachtete sie den Stein und nickte. »Das hast du perfekt hinbekommen.« Sie legte den Arm um ihre Tochter. »Ich hab schon immer gewusst, dass du begabt bist.« Dann gab sie Christina einen Kuss auf die Wange. »Du kannst dir gar nicht vorstellen, wie froh ich bin, dass du den Schritt hierher gewagt hast.«

»Wirklich?« Das Lob tat Christina gut. Sie fühlte sich eher unsicher als begabt, aber die liebevolle Wertschätzung ihrer Mutter war ein wunderbares Gefühl.

»Ja. Als Lakritzverkäuferin bist du eindeutig überqualifiziert.« Gitti lachte laut auf. »Aber jeder muss sein Glück selbst finden, nicht wahr? Es war nicht an mir, dir zu sagen, welchen Weg du einschlagen sollst. Sei uns Eltern nicht böse. Wir wollten einfach nur, dass du selbst das findest, was dir guttut. Und dann war es ja auch so, dass die Arbeit in unserem Geschäft dir manchmal weitergeholfen hat, wenn was mit Michael war.«

Christina dachte einen Moment über die Worte ihrer Mutter nach. Ja, der Job war praktisch gewesen. Ihr Sohn war ein Kind mit besonderen Bedürfnissen, und auch wenn sie ihn nie hatte testen lassen, war sie sich dessen bewusst, dass er anders als andere Jungen seines Alters war.

Das hatte sie nie zum Problem machen wollen, aber ihr Alltag war manchmal nicht einfach, weil sie eben auf seine Bedürfnisse Rücksicht nehmen musste.

Jetzt ihren eigenen Weg mit der Töpferei gefunden zu haben, tat ihr gut, gerade auch, weil es sich so richtig für sie und Michael anfühlte.

»Vermutlich, ja«, antwortete sie nach reiflicher Überlegung.

Sie schaute auf ihr Geschirr und legte den Stein dazu. Ja, genau so würde sie die einzelnen Teile für den Wettbewerb arrangieren. Es war geradezu erstaunlich, wie viel glücklicher sie hier auf der Insel war. Christina dachte an ihren Alltag in der Lakritzmanufaktur und verglich ihre damaligen Tage – es schien ewig her zu sein – mit ihrem jetzigen Leben auf der Fraueninsel. Und obwohl sie mehr arbeitete, mehr Verantwortung und mehr Verpflichtungen hatte, spürte sie eine erstaunliche Leichtigkeit in sich selbst.

»Ich mach eben noch das Foto. Man muss im ersten Schritt ein Bild der getöpferten Arbeit einreichen«, erklärte sie.

»Könntest du die Kamera vielleicht später zücken? Der Kaffee wird nämlich sonst kalt, und kalter Kaffee ist kalter Kaffee, sagt Papa immer.«

Christina lachte. »Na gut, Mama. Es läuft ja nicht weg.«

»Vielleicht sieht das Geschirr im Abendlicht sogar noch schöner aus, wenn du natürliches Licht verwendest. Du könntest auch noch eine Rose dazulegen und ...«

»Keine Rose«, sagte Christina mit fester Stimme.

»Rosen sind deine Leidenschaft.«

Gitti lachte. »Sehr wahr. Na komm, Tochter. Die Brezen waren noch warm, als ich sie geholt hab, und ich habe uns draußen auf der Terrasse den Tisch eingedeckt. Das wird das perfekte Frühstück.«

Die Freude ihrer Mutter war ansteckend, und Augenblicke später ließ Christina sich bedienen. Gitti konnte einfach nicht anders – sie goss Kaffee ein, reichte eine Brezel und den Obazdn. Natürlich wusste Gitti Rieger, dass ihre Tochter eine Schwäche für den bayerischen Käse hatte. Also hatte sie eine Portion davon gemacht und mitgebracht. Köstlich, einfach köstlich! Der Geschmack der Streichcreme würde sie immer an ihre glückliche Kindheit erinnern.

»Und du warst also mit Benedikt auf der Krautinsel? Ist das nicht der Fischer, der sich uns bei der Eröffnungsfeier so nett vorgestellt hat?«

Natürlich hatte Christinas Mutter vorhin im Trockenraum genau zugehört. Das war typisch. Ihr entging nichts.

»Genau. Und er ist auch derjenige, mit dem ich

das Boot anschauen fahre. Schließlich kennt er sich super aus.«

»Und er war auch der, der das Boot für dich gefunden hat? Und der, mit dem Michael so viel Spaß beim Angeln hatte?«

»Genau der«, nuschelte Christina kurz angebunden. »Der Obazde ist übrigens ein Gedicht, Mama.«

Gitti ignorierte das Kompliment. »Der kümmert sich aber wirklich sehr nett um euch, oder?«

»Doch, ja. Man hilft sich hier in der Nachbarschaft.«

»Und fährt miteinander auf die Krautinsel zum Steine-Gucken?«

»Wir waren da nicht zum Steine-Gucken, sondern zum Frühstücken.« Das klang noch verfänglicher, merkte Christina, und Gitti grinste entsprechend.

»Na gut. Ich mag ihn. Zufrieden?«

Gitti hob ihre Kaffeetasse, auch von Christina selbst gefertigt, zu einem Prost. »Sehr.«

»Na, dann sind wir ja jetzt alle zufrieden.«

Ein Nicken ihrer Mutter war die Antwort. »Und so soll es auch sein. Du kannst mir dann ja mehr erzählen, wenn du so weit bist.«

»Mache ich.« Christina wusste selbst nicht, warum sie so ausweichend antwortete, zumal sie ein gutes Verhältnis zu ihrer Mutter hatte. Dennoch – sie war eben noch nicht bereit.

Stattdessen sprachen sie über die neue Salbe, die Gitti für ihre Hände verschrieben bekommen hatte, darüber, dass Christinas Vater sich angewöhnt hatte, die Türen im Haus offen stehen zu lassen, was Gitti für ein Zeichen von Altersstarrsinn hielt, und darüber, ob Nelly ihren Quirin bald heiraten würde.

»Die zwei sind so verliebt, aber Nelly hat nie etwas in diese Richtung gesagt. Was meinst du? Ich würde so gern eine Hochzeit ausrichten!«, sagte Gitti.

»Du weißt ja, Mama, jeder muss seinen eigenen Weg finden, stimmt's?«, zog Christina ihre Mutter auf.

»Ha! Lach du mich nur aus!« Mit einem Klirren stellte Gitti ihre Tasse ab. Sie hatte sie nun schon zum dritten Mal aufgefüllt. »Dabei will ich nur, dass ihr Kinder glücklich werdet.«

Nelly war Gittis Stieftochter – aber da machte sie keinen Unterschied. Obwohl sie Nelly erst zwei Jahre kannte, hatte Gitti die Tochter ihres Mannes bereits so sehr in ihr Herz geschlossen, als ob sie ihr eigenes Kind wäre.

»Hallo?« Benedikts tiefe Stimme drang von der anderen Seite des Hauses herüber.

»Hallo! Wir sind auf der Terrasse«, rief Christina zurück.

»Apropos Glück«, raunte Gitti und goss sich

grinsend die vierte Tasse schwarzen Kaffees ein, während Christina die Augen verdrehte.

Da kam auch schon Benedikt um die Ecke des Hauses, lässig in kurzer Hose und einem T-Shirt. »Ich dachte, ich hol dich ab. Ich bin früher vom Fischen zurückgekommen.«

Dann wandte er sich an Gitti und gab ihr die Hand. »Freut mich, Sie wiederzusehen.«

»Ich freu mich auch. Sehr sogar.«

Am liebsten hätte Christina ihrer Mutter unter dem Tisch einen Tritt versetzt. Aber Benedikt schien die leichte Anzüglichkeit, die in der Stimme ihrer Mutter mitschwang, nicht aufzufallen.

»Wenn ihr noch frühstückt, kann ich aber auch nachher wiederkommen, oder du kommst einfach vor.«

»Nein, nein. Christina ist fertig. Sie hat schon gewartet«, entschied ihre Mutter, den entrüsteten Blick der Tochter gänzlich ignorierend. »Und ich wollte gerade die Töpferei aufsperren.« Sie strahlte Benedikt an, und Christina stand auf. Wenn sie schnell genug wegkämen, konnte Gitti zumindest nicht weiter plappern. Von wegen *schon gewartet*. Nichts dergleichen hatte sie gesagt. Aber einige verstohlene Blicke hatte Christina doch auf ihre Armbanduhr geworfen.

»Wollen wir?«, fragte sie ihn, der ein wenig dastand wie bestellt und nicht abgeholt.

Sofort leuchtete sein Gesicht unter dem strahlenden Lächeln auf, das sie so an ihm mochte. Er deutete eine Verbeugung an. »Mit dem größten Vergnügen.«

❧ ❧

Wenn es für dich okay ist, soll Michael heute mal bei mir übernachten. Morgen ist schon letzter Schultag, da könnte ich ihn dir dann auf die Insel bringen, und wir könnten ein bisschen feiern. Ich war schon lang nicht mehr dort und würde auch gern die Töpferei sehen. Passt dir das?

Christina hatte die Nachricht zwei Mal lesen müssen. Erst dann kapierte sie, dass Andreas erstens freiwillig seinen Sohn bei sich übernachten ließ und zweitens auch noch anbot, auf die Insel zu kommen. So viel Interesse an ihrer Person hatte er in Jahren nicht gezeigt. Gerade deshalb schaute Christina ungläubig auf die Worte.

Ja, ist gut. Dann machen wir das so. Der Junge würde es so genießen, die Nacht bei seinem Vater zu verbringen, und er sparte sich den weiten Schulweg.

Sehr schön, dann reservier ich noch einen Tisch in einem Lokal. Bis morgen, Tinchen! Andreas, der sonst oft lang brauchte, um zu antworten, hatte blitzschnell reagiert.

Vorsichtig freute sie sich auf den kommenden Abend. Andreas, Michael und sie selbst – das war die Familie, die sie sich so sehr für ihren Sohn gewünscht hatte. Und es war sehr eindeutig, dass Andreas sich gerade sehr darum bemühte.

»Ist alles in Ordnung?«

»Was?«

Christina schaute auf. Gerade hatten sie bei Benedikts Kumpel in der Nähe von Gstadt angelegt. Zu seiner kleinen Werft waren es vom Steg aus nur ein paar Meter.

»Hast du schlechte Nachrichten bekommen?«

»Oh, nein.« Christina lächelte. »Gar nicht. Wollen wir?«

Sie steckte das Handy in ihre Handtasche. Kurz berührten sich ihre Hände, aber dann ging Benedikt ein wenig schneller, und Christina folgte ihm.

»Hey, Jonas!« Über ein kleines Boot gebeugt sahen sie einen Mann mit einem dicken Bauch und Haaren wie Feuer: Wilde rote Locken, im Nacken zu einem lockeren Zopf gebunden, aus dem sich viele Strähnen gelöst hatten. Als der Mann sich aufrichtete, strahlte er Benedikt entgegen und strich sich die widerborstigen Haare aus dem Gesicht.

»Hey, Bene! Servus.« Die beiden Männer schüttelten einander energisch die Hand, umarmten einander und klopften sich auf den Rücken.

»Wie schön, dass du vorbeischaust.«

»Ich freu mich auch. Das hier ist Christina. Das kleine Motorboot wäre für sie. Nicht, dass du sie übers Ohr haust, gell? Sie ist mir wichtig.« Zwischen den beiden Männern herrschte ein direkter Ton, der nichts beschönigte. Dass Benedikt sich ihr gegenüber so klar positionierte, obwohl sie sich erst so kurz kannten, tat Christina gut.

»Ich hätt' noch nie wen beschissen.« Der Dialekt von Jonas war so derb, dass selbst Christina genau hinhören musste, obwohl sie hier aufgewachsen war. Jonas grinste und musterte Christina neugierig.

»Wollts ihr ein Bier?«

Es war später Vormittag. Sowohl Benedikt als auch Christina schüttelten den Kopf.

Jonas grinste noch immer. »Hab ich mir schon gedacht. Aber die Kaffeemaschine ist kaputt.«

»Das macht nichts. Wir trinken wann anders«, entschied Benedikt. »Wenn du der Christina einen guten Preis machst, lad ich dich zum Fischgrillen auf der Krautinsel ein.«

Mit einem Nicken klopfte Jonas sich gegen den Wanst. »Das ist ein Wort, darauf komm ich sicher zurück! Es ist jetzt eh schon wurscht. Seit Elisabeth schwanger ist, nehme ich zu wie verrückt, da kommt es auf einen gegrillten Hecht mehr oder weniger auch nimmer an. Sagt man ja so, oder? Dass die Männer mit schwanger sind?« Er lachte dröhnend.

»Jonas' Frau steht kurz vor der Entbindung, wie du an Jonas selbst sehr schön sehen kannst.« Benedikt lachte.

»Na ja. Sie ist im fünften Monat«, ergänzte Jonas stolz.

»Ach so? Dann bist du aber schon weiter fortgeschritten«, frotzelte Benedikt.

»Ein Mann ohne Bauch ist wie ein Haus ohne Balkon.«

»Nie um einen Spruch verlegen.« Benedikt lachte erneut und schüttelte ungläubig den Kopf. »Aber sag, ist das das Boot?« Er deutete auf ein Metallboot hinter Jonas, woraufhin dieser sich umdrehte.

»Ganz genau. Ist super in Schuss, werdet ihr gleich sehen.«

Jonas lief im Stechschritt voraus. Ein solches Tempo hätte Christina ihm gar nicht zugetraut. Dann klopfte er gegen die Seitenwand des Bootes, das aufgebockt auf einem Trailer zwischen verschiedenen anderen Schiffen stand. Zu Christinas Überraschung hatte es sogar einen überdachten Bereich, sodass man bei Regen einigermaßen geschützt war. Das wäre gut für Michael, dachte sie bei sich. Sie erinnerte sich noch mit Schrecken an die schwere Bronchitis, die er im vergangenen November gehabt hatte, als sie ganz allein mit ihm über eine Woche in der Wohnung festgesessen hatte. Die Einsamkeit, die sie gespürt hatte, und wie schwer die alleinige Verantwortung für das keuchende Kind gewogen hatte. Fast hätte Michi ins Krankenhaus gemusst, und Andreas hatte zwar eine SMS geschickt, vorbeigekommen war er aber nicht.

»Und? Was sagst du zu dem Boot?«, wandte Jonas sich jetzt an die potenzielle Kundin.

Christina zuckte mit den Schultern. »Schön?«, antwortete sie vage. Aber ihre Antwort war eher eine Frage in Benedikts Richtung, der sofort um das Motorboot herumgelaufen war und sich jetzt am Motor zu schaffen machte.

»Hast du dir den Motor schon angeschaut, Jonas?«

»Ja, Ölwechsel und Service, alles schon gemacht. Aber der Motor ist erst drei Jahre alt, also ein richtiges Schnäppchen.«

Die Männer unterhielten sich über diverse Motorendetails, und Christinas Hirn schaltete sich ab. Motoren mussten funktionieren in ihrer Welt, damit war dann auch schon alles gesagt. Das war wie bei ihrem Auto: Es musste fahren.

»Das ist ein super Boot, Christina«, rief Benedikt in ihre Richtung. Sie war mittlerweile nach vorne an den Bug des kleinen Motorschiffs gegangen und umrundete es langsam. Auf der anderen Seite stand in kleinen Buchstaben *Nussschale III*. Das gefiel Christina. Es verwies auf einen gesunden Humor des Vorbesitzers. Sie hatte ein gutes Gefühl, was das Boot anging.

»Also, wenn du sagst, es passt, dann nehme ich das Boot.«

»Super!« Jonas klopfte erneut gegen das Schiff. »Da werden wir uns preislich sicher einig.«

»Das glaub ich auch«, mischte Benedikt sich ein. »Schließlich soll ich der Patenonkel deines Kindes werden, nicht wahr?«

Jonas raufte sich die wilden Haare. »Ein ganz gemeiner Erpresser bist du!« Aber dann hatte er auch schon wieder den Schalk im Blick. »Wollt ihr sie gleich heute mitnehmen, eure Nussschale?«

»Ja, oder?«

Christina war überrumpelt von der Situation. »Du weißt aber schon, dass meine Schiffserfahrung ...«

Benedikt winkte ab. »Ich fahr sie dir rüber zur Insel, und dann machen wir einen Kurs, du und ich. Vielleicht mal abends, zum Sonnenuntergang, mit einer Flasche Wein. Zum Glück brauchst du für das Bötchen keinen Führerschein.«

»So ist er, der Bene. Immer auf seinen Vorteil bedacht.« Jonas lachte dröhnend. »Na, dann geht mal mit ins Büro, wir machen einen Vertrag.«

Im Stillen beglückwünschte Christina sich, dass

sie die letzten Jahre jeden Cent, den sie sparen konnte, auch wirklich gespart hatte. Erst der Umzug und die Gründung ihres eigenen Geschäfts, die ihr mehr als eine schlaflose Nacht bereitet hatte, und jetzt kaufte sie gar ein Boot.

»Ähm, Benedikt, was machst du denn mit deinem Boot?«

Er winkte ab. »Das hole ich am Abend mit meinem Bruder, das ist sicher kein Problem.«

»Oder ich hab gelernt, meine Nussschale gut genug über den See zu schippern, dass ich dich bringen kann.«

Benedikt nickte. »Oder das. Das würde ich noch besser finden.« Sie tauschten einen tiefen Blick.

»Also, anbandeln dürfts ihr dann allein, gell?«

»Wir flirten nicht, wir klären die praktischen Details.« Benedikt zwinkerte Christina zu, als er Jonas antwortete, und Christina fühlte sich auf wunderbare Weise als seine Verbündete. Dann nahm er ganz kurz ihre Hand, zog sie zu sich heran und küsste sie mitten auf den Mund – und das vor Jonas.

»Das war spitze!« Christina hatte gerade ein wenig mehr Gas gegeben, denn jetzt, am Abend, war der Schiffsverkehr fast zum Erliegen gekommen. Am Nachmittag hatte Benedikt sich die Zeit genommen, ihr die Revierkenntnisse – die Regeln, die auf dem Chiemsee zu befolgen waren, wenn man ein

Boot steuerte – nahezubringen. Sie hatten sich am Festland bei einem Bäcker mit belegten Brötchen versorgt und sich dann auf die Krautinsel zurückgezogen. Benedikt war ein guter Erklärer, beinahe hatte sie das Gefühl, den Motor und die Steuerung des Bootes zu verstehen.

Gerade waren sie zum Abschluss von Christinas Kurseinheit nebeneinanderher zur Insel zurückgefahren, nachdem sie tatsächlich noch Benedikts kleines Fischerboot abgeholt hatten, in dem Benedikt nun saß, weil Christina ein Naturtalent war, wie er nicht müde wurde zu betonen, und die Nussschale schon steuern konnte.

»Viel, viel schöner als Auto fahren«, rief sie begeistert zu ihm hinüber. Der Fahrtwind in den Haaren, die aufspritzende Gischt, wenn man mit dem Boot durch die Wellen fuhr, die die Chiemsee-Dampfer aufwarfen, die Wendigkeit ihrer *Nussschale III*: Christina hatte das Gefühl, dass ihr genau das – ein eigenes, kleines Motorboot – noch zum kompletten Lebensglück gefehlt hatte. Sie konnte es kaum erwarten, mit Michael eine Runde zu drehen. Er würde begeistert sein!

Benedikt und Christina tuckerten jetzt langsam nebeneinanderher. »Weißt du eigentlich, warum Schiffe immer weiblich sind?«, rief er zu ihr herüber. Er musste laut schreien, um das Motorengeräusch zu übertönen. Sie schüttelte den Kopf.

»Weil sie allesamt schön sind. Und man sagt, dass sie im Hafen auf einen warten. Manche sagen auch, weil sie launisch sind und manchmal nicht tun, was man sagt. Aber das halte ich für ein Gerücht!« Benedikt lachte, als Christina ihm mit spöttischem Blick einen Vogel zeigte.

»Warte vor deiner Bucht, ich helfe dir anlegen«, wies er Christina an. Dann gab er Gas. Längst waren sie auf der Nordseite der Fraueninsel, einmal noch um die Kurve und schon wäre Benedikt in seinem Heimathafen. Als Christina sah, mit welchem Tempo er die Einfahrt zu seiner Hafenbucht nahm, um dann spontan abzubremsen, wurde ihr ganz anders. Aber Benedikt kannte sein Schiff, und offensichtlich war seine Seegefährtin kein bisschen launisch, sondern ließ sich problemlos festmachen.

Was für ein herrlicher, abenteuerlicher Tag das gewesen war! Und das Beste war, dass Christina überhaupt keine Angst vor dem Anlegen hatte. Denn Benedikt würde da sein. Er würde die starken Arme ausbreiten und die *Nussschale* einfach auffangen, so wie er Christinas Herz aufgefangen hatte.

12. KAPITEL

Warum schlug ihr Herz schneller, als der Chiemsee-Dampfer auf den Hauptsteg zusteuerte? War das die Vorfreude auf ihren Sohn? Andreas und Michael waren noch gar nicht zu sehen. Christina nahm einen tiefen Atemzug. Ihr Herz raste weiter, während sie am Anleger stand und wartete.

Schon in der letzten Stunde war der Andrang in der Töpferei merklich abgeflaut. Trotzdem stellte Christina fest, dass sie auf Dauer dem Ansturm alleine nicht gewachsen sein würde. Sie brauchte vermutlich eine Aushilfe, vielleicht sogar eine zweite Töpferin, die sie bei ihrer Arbeit unterstützte, die Blumen anfertigte, die zu gestalten Christina schon jetzt merklich weniger Freude bereitete als am Anfang – die aber ein so großer Verkaufsschlager waren, dass sie sich unverzichtbar machten. Die Urlauber rissen ihr die glasierten Blüten förmlich aus den Händen.

Um diese Tageszeit war der Steg voller Abreisewilliger, aber nur wenige Besucher fanden ihren Weg auf die Insel. Michael erspähte seine Mutter in dem

Moment, wo auch sie ihn und Andreas sah. Er begann wild zu winken und rannte auf Christina zu, die instinktiv die Arme ausbreitete. Wie lange würde er das noch wollen, sich in der Öffentlichkeit von seiner Mutter umarmen lassen? Wehmütig schloss Christina ihren Jungen in die Arme, wie so oft wild entschlossen, jeden dieser Momente bis ins Letzte auszukosten. Sie küsste ihren Sohn auf den Scheitel. Nach den Ferien würde er das Gymnasium besuchen. Mit Sicherheit würde das ein einschneidender Moment werden, der ihn wachsen lassen würde, viel zu schnell für Christinas Geschmack.

»Hallo!« Als Christina aufschaute, stand Andreas vor ihr. Und bevor sie noch überlegen konnte, wie sie ihn begrüßen sollte, hatte Michael sich umgedreht, ihn herangezogen, und sie umarmten einander zu dritt.

Überrascht wand Christina sich aus der unwillkommenen Nähe. »Hallo!«

»Ich hab einen Tisch im Gasthof Linde reserviert, wollen wir da zuerst hin?«

Andreas trug Michaels Schulranzen auf dem Rücken, wie Christina amüsiert feststellte. »Möchtest du vorher noch den Ranzen bei mir zu Hause ablegen?« Sie grinste. Auch das war neu: Ein Andreas Berndt, der nicht so sehr auf sein Äußeres bedacht war, sondern der einen Kinderranzen mit Dinosauriern auf dem Rücken trug.

»Nein, das geht. Er ist ja nicht schwer. Außerdem müssen wir Michaels gutes Zeugnis noch mal lesen und feiern. Und das ist hier drin.« Andreas klopfte gegen den Tornister.

Tatsächlich war Michaels Zeugnis hervorragend. Er hatte mittags kurz angerufen, um es seiner Mutter vorzulesen.

»Ich kann es kaum erwarten, es mit eigenen Augen zu sehen.«

Michael nickte eifrig. »Ist dir klar, dass ich gratis ins Schwimmbad darf, weil ich so viele Einsen habe?«

»Oh, ja. Und auch gratis mit der Fähre fahren.« Christina zeigte auf den Dampfer. Aber zweimal täglich Dampfer war für ihren Sohn längst Alltag. In der Hinsicht war er schon ganz und gar ein Inselkind.

»Wollen wir los?«, fragte Andreas.

»Klar, gerne.«

Sie, die Eltern, gingen nebeneinanderher. Michael lief voraus. Da war es schon wieder, das Gefühl familiärer Verbundenheit, das sie so lange vermisst hatte.

»War es gut bei euch?«, wollte Christina wissen.

»Sehr. Michi und ich haben gestern einen Kinoabend gemacht. Ich hab ein Heimkino im Keller, und die große Leinwand war wohl ein Highlight.«

»Das kann ich mir vorstellen.« Da sie so wenig fernsah, hatte Christina das Gerät in der neuen Wohnung noch nicht einmal aufgebaut. So, wie sie das sah, hatte es noch keinem gefehlt. Aber natürlich war das auch kein Heimkino, sondern eher ein Mäusekino, so klein, wie ihr Fernseher war.

»Unser Sohn war begeistert. Wir haben so einen Comicfilm über Jack Frost angeschaut. Der war echt süß gemacht – vielleicht können wir ihn mal zusammen anschauen? Jedenfalls hat Michael dann heute nach der Schule gleich angefangen, sich mit der Geschichte von Väterchen Frost zu beschäftigen, und dabei russische Märchen entdeckt.«

Christina lachte. »Dabei war er gerade noch dabei zu erlernen, wie man Fische fachgerecht ausnimmt.« Ihre Gedanken eilten zum gestrigen Abend, zu dem verstohlenen Abschiedskuss von Benedikt an der Tür, bevor Christina in den Ausstellungsraum der Töpferei gehuscht war, um ihre Mutter bei der Arbeit abzulösen.

»Oh, das hat er mir auch erzählt.« Andreas' Stimme holte Christina in die Gegenwart zurück. »Und dass er mit einem der Fischer draußen war. Das finde ich echt nett, dass der Mann ihn mitgenommen hat. Vielleicht könnte er Michael mal wieder mitnehmen. Das würde ich dann natürlich bezahlen.«

Darauf wusste Christina keine Antwort. Für Michael war Benedikt nur ein Fischer, vielleicht ein Bekannter. Und dass Andreas sich die Dinge, die er haben wollte, erkaufte, war auch nichts Neues. Er meinte es sicher gut, beschwichtigte Christina den Ärger, der in ihr bei dem Gedanken daran aufkam, dass er sich nicht nur Dinge erkauft, sondern sogar von ihrem Vater gestohlen hatte. Jetzt ging es ihm schließlich um Michaels Wohlbefinden. Und Andreas kannte Benedikt nicht und wusste nichts über die nachbarschaftlichen Verhältnisse auf der Insel – oder in welcher Beziehung sie zu Benedikt stand.

Der Biergarten des Restaurants kam in Sicht. Michael saß schon an einem Tisch und winkte seine Eltern heran.

»Darf ich Cola bestellen?«, fragte er eifrig.

Christina nickte. »Klar.«

Als sie saßen, kam die Kellnerin in ihrem Dirndl, und sie orderten Wein, Wasser und die Cola.

»Kann ich noch schnell zum Spielplatz rüber? Ich hab den Sebi gesehen.« Michael war schon aufgestanden, ohne eine Antwort abzuwarten. Dass er neuerdings wagte, eigene Wege zu gehen, schrieb Christina dem schützenden Rahmen der Insel zu. Und natürlich Sebi. Die beiden Jungs hatten festgestellt, dass sie nach den Ferien sogar auf die gleiche Schule gehen würden. Wenn Michael noch irgendwelche Ängste gehabt hatte, waren sie nun wie weggeblasen.

»Lauf. Ich bestell dir ein Schnitzel.« Das war keine Frage. Er aß Schnitzel, wann immer es auf der Speisekarte stand. Christina winkte ihrem Sohn hinterher, aber Michael drehte sich nicht um.

»Und du? Was hättest du gerne? Den Salat mit Ziegenkäse als Vorspeise? Und danach vielleicht die Taglioni?«, schlug Andreas vor.

Christina studierte die Karte. »Ich glaube, ich nehm einfach eine Fischsuppe. Das reicht mir.«

»Wie du möchtest.« Er schlug die Speisekarte zu.

Andreas passte perfekt in das etwas gehobenere Speiselokal. Poloshirt, die Haare perfekt gestylt und mit Gel in Form gebracht, eine Jeans, die Lässigkeit vermittelte, dabei aber genau wie seine Schuhe zeigte, dass sie ihren Preis gehabt hatte. Christina dagegen hatte das einfache Sommerkleid an, das sie den ganzen Tag im Laden schon getragen hatte. Es war warm gewesen im Ausstellungsraum, da hatte das Kleid perfekt gepasst. Jetzt erst fiel ihr auf, dass sie sich nicht einmal die Mühe gemacht hatte, noch schnell die Haare zu kämmen. Aber, so war sie eben. Sie verbrachte möglichst wenig Zeit mit ihrem Aussehen. Meistens vergaß sie nach der Morgentoilette einfach, wie sie aussah, und lebte ihren Tag.

Die Getränke wurden gebracht, und Andreas ließ sich einen ersten Schluck Weißwein von der Kellnerin eingießen, probierte, nickte. Dann nahm er die Weinflasche selbst zur Hand, um Christina und sich einzugießen. Auch die Bestellung gab er auf, ganz Gentleman. All seine Bewegungen wirkten routiniert, nicht gestellt. Hier in diesem Umfeld fühlte er sich zu Hause, während Christina das Ritual um den Wein schon fast unangenehm war, besonders der Moment, als er nach der Flasche gegriffen und so möglicherweise die Kellnerin vor den Kopf gestoßen hatte.

Er hob sein Glas, und Christina tat es ihm nach.

»Auf uns. Auf die Familie«, sagte er. Dann nahm Christina den ersten Schluck des Weißweins, der trocken und spritzig gleichermaßen schmeckte. Er würde perfekt die Fischsuppe ergänzen.

»Guter Wein.« Sie nahm noch einen Schluck.

»Finde ich auch.« Andreas hob das Glas zur Nase und atmete tief ein. Dann stellte er es neben sein Gedeck. Sie schwiegen beide und sahen sich in dem gut gefüllten Lokal um, bis Andreas sich schließlich räusperte.

»Christina, ich hab viel nachgedacht.«

»Ja?«

»Ja. Ich meine, ich hab in den letzten Wochen viel Zeit mit Michael verbracht und auch ein wenig Zeit mit dir.«

Christina, die sich gerade entspannt zurückgelehnt hatte, richtete sich auf.

»Ich wollte nur sagen, dass ich es schön fand. Michael hat sich gemacht. Er ist ein toller Junge.«

Das wusste Christina – das brauchte Andreas ihr nicht zu sagen. »Schade, dass du das jetzt erst merkst.« Ihre Worte waren nur traurig. Da war keine Wut, schon eine ganze Weile nicht mehr. Christina überlegte, wann ihr Ärger in resignierte Toleranz umgeschlagen war, aber sie konnte sich nicht genau erinnern. Wenn sie jetzt in sich hineinfühlte, war da eine freundliche Gelassenheit.

»Es tut mir leid. Ich meine das ehrlich. Wenn ich uns jetzt hier so sitzen sehe, du, ich, Michael – dann begreife ich erst, was ich alles verpasst habe. Und wie unfassbar traurig das ist.«

Sie konnte kaum glauben, was sie da hörte. Sie studierte sein Gesicht. Er schien das ernst zu meinen. »Du bist die Frau meines Lebens«, sagte er dann auch noch. »Das ist mir in den letzten Wochen klar geworden, als ich so viel Zeit mit unserem Sohn verbracht habe. Es ist erstaunlich, zu was für einem besonderen Menschen du ihn erzogen hast, Tinchen.«

Seine Worte kamen Jahre zu spät. Wusste er das denn nicht? Andreas bemerkte ihren ratlosen Blick.

»Wenn ich die Zeit zurückdrehen könnte, ich würde es sofort tun.« Er war auf seinem Stuhl ganz nach vorn an die Kante gerückt. »Aber das geht nun mal nicht. Deshalb kann ich dich nur um eine Chance bitten.«

Christina spürte, wie ihre Kehle sich zuschnürte. Ihr Herz pochte laut in ihren Ohren.

»Wir sind schließlich eine Familie, Michael ist unser gemeinsames Kind, nicht nur dein Sohn. Und er wünscht sich, dass wir beide wieder zusammenkommen – ist dir das noch nie aufgefallen?«

»Doch.« Nur ein Wort, herausgepresst zwischen zwei mühsamen Atemzügen. Natürlich hatte sie das Strahlen seiner Augen gesehen, als sie im Schwimmbad gewesen waren. Sie hatte gesehen, wie er das Foto seines Vaters, das er auf dem Nachttisch hatte, manchmal anschaute – voll Sehnsucht und noch etwas, das nicht ganz Melancholie war, Christina hatte es als traurige Ratlosigkeit definiert. Ein Kind, das einfach nicht verstand, warum die Eltern nicht gemeinsam Eltern waren, sondern eine Mutter und ein Vater, mit ganz verschiedenen Leben.

»Meinst du nicht auch, wir würden Michi einen Gefallen tun, wenn wir einen Weg zurück zueinanderfänden?«

»Ich weiß es nicht.« Christina holte verzweifelt Luft.

»Wir sind verpflichtet dazu, das Beste für ihn zu tun.« Seine Worte hatten einen drängenden Unterton.

Andreas wollte noch etwas sagen. Aber in dem Moment trat die Kellnerin an ihren Tisch.

»Fischsuppe?«

»Danke, die ist für mich.«

Christina roch den Dill in der Suppe, die Zitrone, den Knoblauch, aber ihr Magen rebellierte. Sie schob den Teller ein kleines Stück von sich weg.

»Ich hol eben Michael.« Nichts wie weg, raus aus der Situation, und wenn es nur für wenige Augenblicke war. Andreas hatte alles ausgesprochen, was ihr immer wieder durch den Kopf gegangen war in den vergangenen Jahren. Die Frage, was sie ihrem Kind mit der Trennung angetan hatte, schwirrte oft durch ihren Kopf. Sie hatte schließlich immer nur das Beste für Michael im Sinn. Und der Junge brauchte einen Vater, nicht wahr? Wie oft hatte Christina sich damit getröstet, dass er einen liebevollen Großvater und einen Quirin hätte, hatte sich selbst beschwichtigt, dass das ausreichend war. Und doch, da war immer diese kleine Stimme in ihr gewesen, die Michael mehr wünschte.

Sie ging den kurzen Weg zum Spielplatz ganz langsam – es spielte keine Rolle, wenn die Suppe kalt wurde. Ihr war der Hunger vergangen. Denn natürlich hatte Andreas recht, nicht wahr? Sie war Michael schuldig, in seinem Sinne zu handeln.

Als der Spielplatz in Sicht kam, hielt Christina kurz inne. Das Gelände lag leer vor ihr. Sie schaute sich um. Auch der Fußballplatz lag verwaist da. Sie ging ein paar Meter weiter, als sie ein Rufen hörte. Michael und Sebi saßen an die große Linde gelehnt da und unterhielten sich. Der Ruf war also nicht von den beiden Jungs gekommen. Stattdessen redete Michael mit Händen und Füßen, erklärte irgendetwas. Christina war noch zu weit weg, um ihn zu verstehen, aber an seinen geröteten Wangen und der lebendigen Gestik erkannte sie, dass das Thema ihn bewegte. Sebi hing an Michaels Lippen und nickte ab und zu. Die Szene war wie ein Wunder: Jemand, der ihrem Sohn zuhörte. Ihr Sohn, der wild gestikulierend etwas erklärte, und dazu ein riesiger Baum, der den Kindern Schutz bot. Es sah ziemlich perfekt aus für Christinas Augen. So ging Kindheit. Und wenn man nicht wusste, dass er das Kind einer alleinerziehenden Mutter war, war das hier eine Szene, die sinnbildlich für eine glückliche Kindheit stehen konnte.

»Michi, das Essen ist da«, rief sie zu ihm hinüber. Mit Sicherheit war das Schnitzel auch schon auf dem Tisch. Trotzdem fühlte sie sich wie ein Eindringling, als sie sah, wie Michael aufstand, Sebi zuwinkte, noch ein paar Worte mit ihm wechselte und dann mit einem Strahlen im Gesicht auf sie zulief. Ohne zu zögern, ergriff er ihre Hand und ging neben ihr her zum Restaurant zurück.

»Wusstest du, dass manche Saibling-Arten anadrom leben?«, fragte er.

»Ana-was?« Christina war schon froh, dass sie wusste, dass Saiblinge zu den Fischen gehörten, die im Chiemsee beheimatet waren.

»Anadrom. Das bedeutet, dass die Fische zum Laichen ins Süßwasser wandern.«

»Ich dachte, Saiblinge seien Süßwasserfische.«

»Sind sie auch. Ach, Mama!«

Manchmal kam Christina sich in Gegenwart ihres Sohnes ziemlich doof vor. Aber bevor Michael zu einer weiteren Erklärung ausholen konnte, kam das Lokal in Sicht, Andreas winkte, und Michael rannte los, seinem Schnitzel entgegen.

∽ ⁀

Als sie zurück zur Töpferei schlenderten, versuchte Andreas, nach Christinas Hand zu greifen. Michael war vorausgerannt. Nachdem Christina ihm erlaubt hatte, vor dem Schlafengehen noch im See zu baden, hatte er es eilig gehabt. Kurz verschränkten sich ihre Hände, kurz fühlte es sich wie früher an, dann entzog Christina ihre Hand seiner wieder. Es fühlte sich wie früher an, ja. Und vielleicht war genau das das Problem? Ihre Gedanken flogen auch zu Bene, dessen Finger sie noch zwischen den ihren spürte. Seine Hand fühlte sich ganz anders an, fremd, rau – aber sehr, sehr gut. Beim Gedanken an Benedikt regte sich etwas in ihr, wie ein kleiner Schmetterling, der plötzlich aufflatterte.

»Ich muss das alles erst mal verarbeiten, Andreas. Ich kann nicht so einfach zu dir zurück«, sagte sie wahrheitsgemäß, und er nickte.

»Natürlich kriegst du alle Zeit, die du brauchst«, sagte er, aber Christina sah die mühsam verborgene Enttäuschung in seinem Gesicht und ging ein wenig schneller.

Christina fröstelte, und sie schlang die Arme um ihren Körper, obwohl es noch warm war. Sie gingen zwischen den Häusern hinunter zum Seeufer. Rechter Hand tauchte der Nordsteg auf, dann das Haus, in dem Benedikt wohnte, und der Fischerschuppen.

»Vielleicht könnten wir sogar eines dieser Häuser kaufen, wenn mal eines zum Verkauf steht.«

Fassungslos schaute Christina Andreas an. Die Preise für Immobilien hier auf der Insel waren utopisch hoch. Liefen seine Läden so gut, oder wusste er davon nichts? Und dann – er war während der ganzen Zeit ihrer Beziehung nie dabei gewesen, wenn Christina hierhergefahren war, um sich Töpferwaren anzuschauen. Er war nie nach Salzburg gekommen, wenn Christina in der Sommerakademie gewesen war, hatte ihren Arbeiten kaum einen zweiten Blick gegönnt. Und jetzt wollte er seine neu gebaute Luxusvilla in Rosenheim verkaufen und seinen Lebensmittelpunkt auf die Insel verlegen, nur für sie?

Sie war so verblüfft, dass sie keinen Blick mehr für die herrlich angelegten Blumengärten, die vielen hübschen Seeterrassen und die honiggelbe Abendstimmung übrig hatte.

Andreas war ein anderer Mann geworden. Er hatte sich wirklich weiterentwickelt.

»Könntest du dir das echt vorstellen? Ich meine, hier zu leben?«, hakte sie nach.

Andreas zuckte mit den Schultern. »Na ja. Ich hätte ein Motorboot, oder?«

Christina grinste. »Ja, das hättest du wohl.«

»Dann wäre das doch was.« Er lachte. »Im Ernst. Es wäre doch für die Familie. Da muss man manchmal eben was investieren.«

Sie wusste nicht, ob sie fragen sollte, wie er das meinte, emotional oder finanziell. Aber war das nicht am Ende sogar egal?

Die Töpferwerkstatt kam in Sicht.

»Es ist das grauweiß gestrichene Gebäude dort vorne, da ist die Töpferei.« Christina liebte ihre Töpferei noch immer so sehr wie am ersten Tag. Die Entscheidung, auf die Insel zu kommen, hatte sie keine Sekunde lang bereut.

»Mama!« Michael kam plötzlich um die Ecke des Gebäudes auf den Weg geschossen. In seinen

Augen standen Tränen, das sah Christina schon von Weitem. Gleich würde er bitterlich zu schluchzen beginnen.

»Was ist denn mit dir?« Christina fing ihren Sohn auf, sie prallten gegeneinander, und er hätte sie fast umgeworfen.

»Ich war das nicht, Mama. Ich schwöre es. Ich bin das nicht gewesen«, stammelte er, und dann brach er endgültig in Tränen aus und weinte bitterlich.

»Michael, was warst du nicht?« Andreas war herangetreten und hatte Michael, der sich in Christinas Arme drängte, die Hand auf den Rücken gelegt. »Komm, sag was.«

Aber der Junge schüttelte nur den Kopf, schluchzte, drängte sich noch näher an seine Mutter.

»Na, komm. Wir gehen erst mal heim, Michi. Dann mach ich dir noch einen Kakao zum Schlafen, okay?«

Die Schluchzer wurden leiser, und Michael setzte sich, von ihr umarmt, in Bewegung.

»Was ist denn überhaupt passiert?«, fragte Andreas erneut.

Aber Michael konnte noch immer nichts sagen. Er zeigte einfach nur mit seinem zitternden Zeigefinger auf die Töpferei. Gemeinsam kamen sie vor dem Gebäude an. Alles sah ganz normal aus. Das

Tor allerdings war nur angelehnt, nicht verschlossen. Und den Schlüssel zu diesem Tor hatte Christina in ihrer Tasche. Michael war nur mit dem Wohnungsschlüssel, der zu der Tür an der Seite des Gebäudes gehörte, losgezogen. Also hatte sie entweder vergessen abzusperren, oder …

Andreas war blitzschnell am Tor und untersuchte das Schloss. »Bei dir ist jemand eingebrochen.«

Der Schock fühlte sich an, als hätte jemand Christina mit eiskaltem Wasser übergossen.

»Ich hab nichts gemacht, Mama.« Noch immer klammerte Michael sich an seine Mutter.

»Das weiß ich, mein Schatz. Ich weiß gar nicht, wie du darauf kommst, dass du etwas falsch gemacht haben könntest.« Sie wollte so dringend in ihre Werkstatt, in den Ausstellungsraum, in die Wohnung, aber Michaels aufgelöster Zustand hatte Vorrang.

»Schau mich an.« Christina hockte sich vor ihren Sohn, schob ihn ein Stück von sich weg und wischte sein Gesicht trocken. Die Unterlippe zitterte noch immer. »Du hast nichts gemacht, okay? Alles ist in Ordnung, und ich hab dich sehr, sehr lieb.«

Michael nickte und zog die Nase hoch. »Gut.«

»Okay.« Christina streichelte über seine Wange, schloss ihn danach fest in die Arme. Nichts war tröstlicher, fand sie, als festgehalten zu werden, wenn man den Halt verlor, besonders als Kind.

Andreas untersuchte noch immer das Türschloss.

»Könntest du dich eben um Michael kümmern? Ich würde mich gern drin umschauen.«

»Ja, klar. Aber nichts anfassen, okay? Wir holen die Polizei. Nicht dass du aus Versehen irgendwelche Spuren beseitigst.«

Christina nickte. Dann stieß sie vorsichtig die Tür mit der Fußspitze auf, um nichts anzufassen – und hielt in der nächsten Sekunde den Atem an.

Der Verkaufsraum war ein einziges Chaos. Überall lagen Scherben. Unwillkürlich begannen ihre Beine zu zittern. Aber es war nicht alles kaputt. Wer auch immer hier eingebrochen war, war nicht planvoll vorgegangen. Auf der einen Seite standen heile Teekannen und Tassen, eine Reihe der getöpferten Blumen und Vasen, die noch komplett in Ordnung zu sein schienen. Wer auch immer hier gewesen war, hatte nicht alle Sinne beisammengehabt.

Christina schaute sich um, ging zwischen den Scherben hindurch zu ihrem Tisch mit der Drehscheibe und ließ sich auf den Hocker fallen. Ihre Beine hätten sie keine Sekunde länger getragen. Dann fiel ihr Blick auf die offene Tür zum Trockenraum, und sie war blitzschnell wieder auf den Beinen.

»Nein, oh nein.« Jetzt schossen ihr, wie zuvor Michael, die Tränen in die Augen. Das Zittern ihrer Beine ging auf ihren ganzen Körper über. Ihr Wettbewerbsprojekt war nichts mehr als Scherben. Sie schluckte hart. Das durfte doch nicht wahr sein! Und sie hatte es noch nicht fotografiert! Das hatte sie draußen machen wollen, im Garten, mit dem richtigen Licht, vielleicht sogar am Chiemsee-Ufer, wo sie den Stein, der als Vorlage für das Muster gedient hatte, mit ihren Werken hatte arrangieren wollen. Viele Tage Arbeit und all ihr Herzblut waren in dem Set gebündelt gewesen. Und jetzt war nichts mehr davon übrig als ein Haufen bunter Keramikscherben. Sie schluchzte auf. Neben dem zerstörten Set standen ihre Gartenkugeln unberührt in voller Pracht im Regal. Das Handeln des Täters trug die Handschrift blinder Wut.

»Bist du okay?« Andreas war von hinten herangetreten und hatte ihr eine Hand auf die Schulter gelegt. Da erst merkte Christina, dass sie sich am Türstock festkrallte, um nicht zu fallen.

Er löste ihre Hand und drehte sich zu ihr herum. »Na, komm her.«

Vorsichtig zog er sie in seine Arme, und sie fing an zu weinen. Die Arbeit von Jahren lag als Scherbenhaufen vor ihr auf dem Boden.

»Alles wird gut, hm? Das wird schon wieder.« Er strich ihr mit seiner Hand über den Rücken, wieder und wieder. Aber seine Berührung vermochte nicht, sie zu beruhigen. Zu tief saß der Kummer über das, was hier gerade passiert war.

Mitten am Tag! Diese grundlose Zerstörung! Was für ein Gefühl des Ausgeliefertseins Christina spürte! Kurz hatte sie Loisls wütendes Gesicht vor Augen, aber natürlich war es falsch, jemanden zu beschuldigen, nur weil es naheliegend war. Jeder konnte der Täter gewesen sein, ermahnte sie sich. Sie war schließlich die Neue auf der Insel. Sicher war sie eine der wenigen, wenn nicht sogar die einzige Bewohnerin, die nicht einmal alle Einwohner persönlich kannte. Plötzlich kam ihr das kleine Eiland riesig vor, und sie fühlte sich sehr verloren. Ihre Fremdheit wurde ihr schmerzlich bewusst. Wie allein man unter Menschen sein konnte, schoss es ihr durch den Kopf, und in ihrem Inneren waren plötzlich nur noch Einsamkeit, Unsicherheit und Angst. Denn was, wenn es nicht bei diesem einen Einbruch bliebe? Was, wenn jemand sie loshaben und von der Insel vertreiben wollte? Ohne ihre Arbeiten könnte ein solcher Plan sogar von Erfolg gekrönt sein – schließlich konnte sie gute Keramiken nicht herzaubern, sie brauchten ihre Herstellungszeit.

Eine Träne tropfte auf den Boden der Töpferei. Christina wischte sich ihre Nachfolger aus dem Gesicht.

Schließlich blickte sie auf, direkt in Andreas' Augen.

»Mach dir keine Sorgen, Tinchen. Das töpferst du einfach neu, hm?« Natürlich hatte Andreas keine Ahnung, dass es sich um künstlerische Projekte handelte, die Zeit brauchten und nicht von heute auf morgen realisiert waren. Aber er meinte es gut. Er war für sie da.

Als Andreas sich zu ihr hinunterbeugte und sie zart auf den Mund küsste, erwiderte sie den Kuss wie automatisch. Es war ein alter Kuss. Ein Kuss, den sie kannte. Ihr Körper erinnerte sich sofort.

Als sie Schritte hörte, löste sie sich von Andreas, um zu sehen, wer es war – und da stand Benedikt. Christina trat einen schnellen Schritt zurück. Aber sie wusste, es war zu spät. Er hatte den Kuss gesehen. Die Härte in seinem Gesicht verriet es ihr.

Die beiden Männer wechselten einen Blick, und Christina sah, dass sie einander einer optischen Prüfung unterzogen.

»Hallo.« Christina wusste nicht, was sie sagen sollte. Sie war viel zu verwirrt von der Situation.

»Hallo.« Benedikt lächelte nicht.

»Jemand ist eingebrochen«, erklärte Christina überflüssigerweise.

»Ja. Michael ist grade rübergekommen, um Sebi das Schwimmen abzusagen. Sebis Mama hat ihm ein Glas Milch gegeben, zur Beruhigung. Sie schickt ihn dann gleich heim.«

Christina stand da, mit herunterhängenden Armen, noch immer von der Situation in jeder Hinsicht überfordert, und murmelte einen Dank.

»Ich wollte nach dir schauen. Aber du bist in Ordnung, sehe ich.« Jetzt lächelte Benedikt. Nur, dass es kein echtes Lächeln war. Es war nur ein Hochziehen der Mundwinkel. Dann wandte er sich ab und trat hinaus ins schwindende Licht des Tages.

»Benedikt, warte.« Christina lief ihm hinterher.

Er war tatsächlich draußen stehen geblieben, und Christina schob das Tor des Ausstellungsraums zu. »Es tut mir leid, dass du das gesehen hast. Es ist nicht, wie es aussieht.«

»Wie ist es denn?«

»Das ist der Vater von Michael, und er war zufällig da.« Christina fand keine guten, erklärenden Worte. Schließlich hatte sie Andreas gerade geküsst. Daran gab es nichts zu rütteln. Und ein kleiner Teil von ihr hatte davor überlegt, ob sie wieder mit ihm zusammenkommen sollte. Der Teil, der Michaels Mutter war und bereit, alles für ihren Jungen zu tun. Christina fühlte sich ohnehin gerade von der gesamten Situation überfordert, und jetzt kam sie sich auch noch unheimlich schäbig vor.

Benedikt fuhr sich mit der Hand durch die Haare, dann stieß er den Atem aus. »Ich bin nicht so ein Mann.«

»Wie bitte?«

»Christina. Ich bin ein ehrlicher Kerl und ich treibe keine Spielchen. Es ist so, dass ich dich wirklich sehr mag, und das mit der Töpferei tut mir leid. Aber das hier …« Er deutete auf das Tor, hinter dem Andreas wartete. »Das bin ich nicht. Ich bin ein Mann, der das, was er tut, ernst meint. Ich bin keiner, der so tut als ob.«

»Es ist nicht, wie du denkst.« Was für ein Klischee dieser Satz war. Sie hörte es selbst, als sie ihn aussprach. Tausendmal in Filmen gehört, und jetzt fiel ihr nichts Besseres ein.

Trotzdem schaute Benedikt sie an, wartete ab. Aber Christina wollte nichts sonst einfallen, keine gute Erklärung für ihr Verhalten. Es war so kompliziert, dass sie selbst erst einen klaren Gedanken fassen musste. Aber gerade war ihr nur nach Heulen zumute. Sie fand in sich keinen Satz der Erklärung, keine passende Entschuldigung, nichts. Sie konnte ihm ja nicht einmal in die Augen schauen.

Dann, nach einer geraumen Weile, schüttelte Benedikt nur schweigend den Kopf. Die Enttäuschung und die Verletzung standen ihm ins Gesicht geschrieben. Und schließlich ging er. Er ging zurück zum Haus seiner Familie. Benedikt drehte sich nicht um. Er schaute nicht zurück. Er ging einfach weg, während Christina noch immer nach Worten der Erklärung suchte und keine fand. Zu viel war gerade passiert. Sie musste erst einmal ihre Gedanken sortieren.

13. Kapitel

»Der erste Tag der Sommerferien ist der beste!« Michael saß mit einem breiten Grinsen im Gesicht am Frühstückstisch. Zum Glück hatte er den Vorabend gut verarbeitet. Sie hatten alles noch einmal besprochen. Christina war dennoch erleichtert, dass er jetzt schon beim dritten Brötchen mit Frischkäse, seinem Lieblingsbelag, angekommen war und es verschlang, als hätte er seit Tagen nichts bekommen. Michael war mit Sebi verabredet. Die Jungs wollten zum Baden und, wenn der See ruhig dalag, auch eine Runde mit dem Ruderboot um die Insel schippern. Sebi besaß ein eigenes Boot, wie Michael voll Ehrfurcht berichtet hatte – und Christina war total froh, dass Michael heute etwas zu tun haben würde. Für sie selbst standen die Aufräumarbeiten auf dem Programm. Trotz des Chaos in ihrem Ausstellungsraum hatte Christina darauf bestanden, Andreas noch hinüber zum Festland zu fahren. Denn nicht nur ihre Werkstatt und das ehemalige Bootshaus lagen voller Scherben, auch ihr Innerstes fühlte sich unaufgeräumt an und so, als müsste sie erst einmal ihr Leben wieder zurechtrücken.

Am späten Abend, als Michael endlich zur Ruhe gekommen war und in den Schlaf gefunden hatte, hatte Christina Nelly angerufen und ihr von dem Einbruch erzählt. Sie brauchte einfach jemanden, der ihr zuhörte, der für sie da war. Und der erste Mensch, der ihr eingefallen war, war ihre Schwester gewesen.

Erst da war ihr klar geworden, wie nah sie einander tatsächlich waren. Christina hatte geweint und Nelly einfach zugehört. Schließlich hatte sie einen besonderen Satz gesagt: »Es ist schlimm, wenn das Herzblut in etwas steckt, das man nicht einfach aufessen kann.«

Da hatte sogar Christina trotz ihres Kummers lachen müssen. Sie verstand schon, was Nelly hatte sagen wollen: Ihre Leidenschaft war die Herstellung von etwas, das ohnehin wieder verschwand, während Christina Skulpturen, Becher und Gartenkugeln anfertigte – Dinge, die gemacht waren, um länger zu bestehen.

»Ist jemand bei dir?«, hatte Nelly schließlich gefragt.

»Nur der Michael. Ich bin froh, dass der jetzt endlich schläft.« Christina erzählte nicht, dass Andreas auf der Insel gewesen war, dass er hatte bleiben wollen, dass er ein großes Brimborium veranstaltet hatte, von wegen Polizei und Anzeige. Aber Christina hatte sich gegen alles gestemmt. Der Aufwand eines Polizeieinsatzes, die Zeugenaussage, vielleicht hätte sogar ihr Ausstellungsraum über Tage geschlossen werden müssen. All das wollte Christina nicht. Sie wollte ihre Ruhe und möglichst schnell zurück in den Alltag finden. Das war alles, was sie sich wünschte: aufzuräumen.

»Ich finde nicht so gut, dass du jetzt niemanden bei dir hast.«

»Ach, Schmarrn.« Christina versuchte, optimistisch zu klingen. »Alles halb so schlimm. Richtig leid tut es mir nur um ein Projekt, das ich bei einem Wettbewerb einreichen wollte.« Kurz hatte sie geschildert, worum es ging. »Und das neu zu machen, dauert zu lang. Was die anderen Schäden angeht, kann ich noch ein paar Sachen bei Mama und Papa abholen, dann sieht es nicht ganz so leer aus.« Sie wusste, dass sich in ihrer Hütte im elterlichen Garten noch Werke befanden, die zwar schon ein paar Jahre alt, aber sicher verkäuflich waren.

»Mach das. Ach, es tut mir alles so leid.« Nelly hatte geklungen, als ob sie gleich weinen würde. Das hatte Christina tief berührt.

»Danke.«

»Aber alles wird wieder gut.« Nellys Ton hatte keinen Zweifel zugelassen, und ihre Unerschütterlichkeit tat Christina derart gut, dass sie nach dem Telefonat zur Ruhe kam. Sie kam so sehr zur Ruhe, dass sie nun ihre bleierne Müdigkeit spürte und noch in ihrem luftigen Sommerkleid ins Bett fiel. Es war einfach zu viel passiert an diesem Tag, als dass so banale Dinge wie Zähneputzen noch eine Rolle gespielt hätten. Ihr letzter Gedanke war, dass sie ohne ihre Schwester, die genau zu wissen schien, dass selbst so ein Einbruch ein Happy End haben konnte, niemals zur Ruhe gekommen wäre. Denn diese familiäre Geborgenheit war viel mehr wert als jedes Federbett, das man über seinen müden Körper ziehen konnte. Familie war, dachte Christina, ein Wunder. Dann sank sie in tiefen, traumlosen Schlaf.

»Mama, ich mach mich dann mal fertig, oder?« Tatsächlich war, während Christina in Gedanken versunken ihren Kaffee geschlürft hatte, auch das dritte Brötchen in ihrem Kind verschwunden.

»Äh, klar. Soll ich dir eine Brotzeit mitgeben?«

»Nee, ich komm mal vorbei. Ist ja nicht weit.« Michael zuckte mit den Schultern.

»Wo du recht hast, hast du recht.«

Er grinste. »Ich nehme noch den Aufpust-Hai mit.«

»Mach das. Und eine trockene Badehose zum Wechseln.«

»Mama!« Kindliche Entrüstung pur.

»Ja, ich mein es ernst. Wir brauchen keine Erkältung am ersten Tag der Sommerferien.« Christina war aufgestanden. Zumindest etwas zu trinken würde sie ihrem Sohn einpacken, bei der zu erwartenden Hitze. Außerdem, das wusste Christina, tat sie gut daran, die Badehosensituation mit eigenen Augen zu überprüfen, damit die Ersatzshorts zumindest den Weg in Michaels Rucksack fanden. Jetzt, auf der Insel, war sie froh, dass sie seit Michaels früher Kindheit jede Woche mit ihm ins Schwimmbad gegangen war, sodass Michael heute hervorragend schwamm.

»Tschüss, Mama!« Alle Sachen waren in Windeseile in seinem Rucksack verschwunden, einfach reingestopft ohne System – das war zwar bei einem Viertklässler nicht unbedingt anders zu erwarten. Bei ihrem Sohn allerdings, der sonst eher ein Strukturhörnchen war, war es durchaus besonders, dass er so chaotisch war.

»Pass auf dich auf und komm her, wenn dein Magen knurrt. Bring deinen Freund mit, den kriegen wir auch satt.« Christina winkte ihm hinterher und ging zurück zum Tisch. Ihr Kaffee war jetzt kalt, nicht dass sie das sehr störte. Sie nahm einen großen Schluck und setzte sich gar nicht erst wieder. Stattdessen trug sie das Geschirr zum Spülbecken und stellte es achtlos ab.

Es drängte sie in die Werkstatt. Sie wollte zuerst den Verkaufsraum aufräumen, vielleicht konnte sie schon am Nachmittag aufsperren. Gerade hatte sie den Frischkäse in den Kühlschrank und die nicht angerührte Schokocreme zurück in den Vorratsschrank geräumt, als es Sturm klingelte. Kinder! Christina verdrehte die Augen.

»Hast du den Hai vergessen?«, fragte sie, während sie die Haustür aufzog. »Oh.«

»Nein, den bläst Michael gerade auf, während er runter zum Badeplatz geht. Kleiner Junge hinter großem Hai – ein Bild für die Götter. Wir haben ihn nämlich gerade getroffen. Hallo, Schwesterherz!« Draußen standen Kati und Nelly.

»Äh, hallo. Was macht ihr denn hier?«

»Wir sind der Reinigungstrupp.« Kati spannte ihren Arm an, zeigte ihren Bizeps und lachte.

»Aber die *Süße Liebe*?«

Kati zuckte mit den Schultern. »Mama und Papa haben den Laden perfekt im Griff. Geht schon mal einen Tag.«

»Aber …«

»Hörst du bitte jetzt mal auf mit deinem Aber? Wir sind gekommen, um deine Bude auf Vordermann zu bringen. Dann kannst du heute Nachmittag gleich loslegen mit deiner Blumenvase für den Wettbewerb«, sagte Kati.

»Das ist keine Blumenvase.«

Kati trat heran, schloss ihre Schwester in den Arm und lachte. »Lass dich nicht immer so von mir aufziehen. Ich weiß, dass es ein Teegedeck ist. Nelly hat mir alles erzählt, und ich finde nicht, dass du dich von so einem hirnlosen Randalierer um diese Chance betrügen lassen solltest. Ganz im Gegenteil. Nun hast du das Gedeck ja schon einmal gemacht. Das betrachtest du als Übungslauf und legst jetzt erst so richtig los.« Kati sprach im Brustton der Überzeugung.

»Sehr richtig«, kam von Nelly die Bestätigung. »Wie sagst du immer zu Michael? Wir sind die Riegers, wir schaffen alles?«

Christina nickte. Ergriffen davon, dass ihre Schwestern ihr beide den Tag schenkten, um ihr zu helfen.

»Ich bin zwar nur eine halbe Rieger, aber …«

»Oh, du bist genauso sehr eine Rieger, wie wir es sind.« Kati küsste Nelly schmatzend auf die Wange. Tatsächlich störte es niemanden, dass Nelly nicht das leibliche Kind von Gitti war, nicht einmal Gitti selbst, die Nelly längst in die Familie aufgenommen hatte.

Auch Christina wollte dazu etwas sagen. »Familie ist ein Gefühl, weißt du?«

Nelly schossen die Tränen in die Augen, und jetzt schloss Christina Nelly in die Arme. So emotional wie in diesem Moment waren die Schwestern selten. Christina hatte gar nicht gewusst, dass der Verlust ihrer eigenen Mutter Nelly noch so präsent war – oder war es die Rührung über Christinas Worte?

Sie waren viel zu oft mit Geschwister-Kabbeleien beschäftigt, merkte Christina in diesem Moment. Dabei, dachte sie, waren es Augenblicke wie dieser, die den wahren Wert von Beziehungen am besten abbildeten.

»Also.« Kati hatte die Hände in die Seiten gestemmt. »Wo finden wir alles? Wir brauchen Besen, Putzmittel, Eimer … na, du weißt schon.«

Als Christina ihre Schwestern mit allem versorgt hatte, saß sie nach einer weiteren Aufforderung von Kati an der Töpferscheibe. Der Stempel war heil geblieben, Ton war genug geschlagen. Sie konnte sofort anfangen. Und obwohl die Situation auf grausige Weise besonders war, passierte, was so oft geschah, wenn Christina ein Stück Ton vor sich hatte: Sie schaffte es, in ihre ganz eigene Welt abzutauchen. Sogar die Sehnsucht nach Bene verblasste dann zu einem kaum mehr spürbaren Schatten.

Als sie nach zwei Stunden intensiver Arbeit in die Werkstatt kam, war der Boden blitzblank, und ihre Schwestern waren dabei, die übrigen paar Werke in den Regalen zu drapieren.

»So sehen die einzelnen Keramiken viel wertiger aus. Kostbarer irgendwie.« Nelly kicherte. »Vielleicht solltest du die Preise anpassen.«

Tatsächlich wirkte jedes Stück mit dem Platz, den es jetzt hatte, durchaus noch exklusiver als zuvor.

»Das würde ich mir auch überlegen.« Auch Kati lachte. »Wert wären die Sachen mindestens das Doppelte ihres Preises. Ich habe mich ganz besonders in die da verliebt.« Sie deutete auf eine Vase mit einer Bergsilhouette.

»Dann nimm sie dir mit«, antwortete Christina spontan. »Auf ein Teil mehr oder weniger kommt es jetzt auch nicht an.«

»Sicher?« Kati machte große Augen.

»Na klar, warum nicht?«

»Du hast mir noch nie eine deiner Arbeiten geschenkt.« Kati klang einesteils niedergeschlagen, andernteils voller Freude. Christina jedoch war ein weiteres Mal an diesem Tag einfach nur überrascht.

»Hättest du das denn gewollt?«

»Das ist eine saudumme Frage.« Kati griff nach der Vase, deren rote Lackierung im oberen Bereich nach unten hin in Grau verlief und so den perfekten Sonnenuntergang symbolisierte, und betrachtete sie mit Augen und Händen gleichermaßen. »Ich finde deine Sachen schon immer so schön.«

»Warum hast du mir das nie gesagt?«

Kati zuckte mit den Schultern. »Keine Ahnung. Vielleicht, weil ich die harte Schwester von uns bin.« Tatsächlich klang sie nun reserviert und verschlossen.

»Nur weil du nicht viel über dich redest, bist du nicht gleich hart«, mischte Nelly sich ein.

Christina fühlte sich seltsam. Sie hatte das Gefühl, ihre Schwester Kati überhaupt erst einmal kennenlernen zu müssen. Mit dem Mädchen, mit dem sie im Sandkasten Burgen gebaut hatte, hatte ihre Schwester nicht mehr viel zu tun. Und wenn Christina wieder zu ihr finden wollte, dann ...

»Nimm die Vase bitte mit«, sagte sie jetzt. »Mama hat sicher ein paar Rosen, die du reinstellen kannst, und mir wäre es eine Freude.«

Wenn Kati in der Gegend war, lebte sie in einer winzigen Souterrain-Wohnung bei den Eltern. Das bot sich einfach an, denn die meiste Zeit war sie unterwegs im Rahmen ihrer Bergführerinnentätigkeit. Da reichte das kleine Appartement aus.

Christina schaute ihre Schwester fest an, suchte deren Blick. Und tatsächlich verstand Kati. »Danke. Ich nehme sie gern.« Sie lächelten einander an. Bevor die Situation zu emotional werden konnte, ergriff Nelly das Wort: »Hast du vielleicht was Essbares da? Ich verhungere gleich.«

Es war Christina peinlich, dass sie nicht selbst

daran gedacht hatte. »Oh, äh, natürlich. Soll ich was kochen?«

Kati schüttelte den Kopf. »Bitte nicht!«

Da war er schon wieder, der frotzelnde Tonfall unter den Geschwistern. Nelly lachte, Kati grinste breit, während sie die Vase an ihre Brust drückte, und Christina verdrehte die Augen in gespielter Genervtheit.

»Okay, okay. Ich formuliere es mal anders: Ich hab noch ein Glas Pesto und Spaghetti. Das wollte ich sagen.«

»Klingt super!« Nelly hob den Daumen. »Ich schau eben nach Michael, während du den Kochlöffel schwingst. Also – das Glas aufdrehst.«

Kichernd war Nelly auch schon zur Tür hinaus, während Kati zum Verkaufstisch gegangen war, um die Vase sorgfältig in Zeitungspapier einzuschlagen.

Nur wenige Minuten später tauchte Nelly mit dem klatschnassen Michael wieder auf.

»Michi, ist alles in Ordnung?« Christina eilte ihrem Sohn entgegen.

Er schüttelte den Kopf, Wassertropfen flogen. Dann verzog sich sein Gesicht in kindlichem Kummer.

»Michael. Was war denn?«, fragte Nelly, während Christina ihrem Sohn über den nassen Rücken strich.

Seine Haut war ganz kalt.

»Der Hai ist gesunken«, presste der Junge zwischen zwei Schluchzern hervor.

»Wie bitte?«

»Ich war ziemlich weit draußen. Sebi ist los, sein Bötchen holen. Wir wollten doch noch rudern. Und dann ist dem Aufblashai plötzlich die Luft ausgegangen, und ich hab Angst gekriegt.«

»Warum bist du denn nicht einfach zum Ufer zurückgeschwommen? Du bist doch ein super Schwimmer!« Michael konnte locker einen Kilometer schaffen, wenn er konzentriert schwamm, wusste Christina.

»Ich hatte einen Krampf im Bein. Es hat so wehgetan.« Jetzt schluchzte er laut auf bei der Erinnerung.

»Und dann?« Christina hielt Michael im Arm, und er ließ sich von ihr schuckeln.

»Benedikt war plötzlich da.«

»Benedikt?«

Michael nickte, den Kopf noch immer gegen ihre Brust gedrückt.

»Der hat mich rausgezogen, obwohl er noch eine Jeans und ein T-Shirt anhatte. Er war genauso nass wie ich. Meinst du, er ist jetzt sauer auf mich?«

»Nein, wo denkst du hin?« Christina drückte ihr Kind noch fester an sich. Benedikt, der sich von ihr abgewandt hatte und weggegangen war, hatte ihren Sohn gerettet.

»Mach dir keine Gedanken.« Erst jetzt, als Nelly etwas sagte, wurde Christina sich wieder der Anwesenheit ihrer beiden Schwestern bewusst. »Benedikt hat einen Wäschetrockner. Und wenn nicht, dann hat er eine Wäscheleine. Der ist bestimmt froh, dass er dich rausziehen konnte.«

»Meinst du?« Michaels Zweifel waren nicht ausgeräumt.

»Aber sicher.« Nellys Ton ließ keinen Widerspruch zu.

»Na komm, Christina, lass den Jungen mal los. Er muss sich abtrocknen«, sagte Kati bestimmt. »Nicht dass er sich am Ende noch verkühlt.«

Christina nickte. Sie ging hinter ihren Schwestern her, die links und rechts einen Arm um ihren Sohn gelegt hatten.

Wen störte noch ein Einbruch in eine Töpferwerkstatt, wenn er fast das eigene Kind verloren hätte? Sie schluckte. Jedes Detail an ihrem Sohn schien ihr besonders aufzufallen, als sähe sie es zum ersten Mal. Wassertropfen glitzerten in seinem Haar, die Badehose klebte noch an seinen Beinen. Michaels Füße schienen zu groß für seinen Kinderkörper, weil sie schon mal vorausgewachsen waren. Sie liebte dieses Kind! Und Benedikt hatte es gerettet.

Eigentlich musste er noch in der Nähe sein, fiel ihr in diesem Moment ein. Sie drehte sich um und rannte die paar Schritte zum Tor und hinaus auf den Inselweg. Ein Blick nach links, ein Blick nach rechts. Aber weit und breit war kein Benedikt zu sehen.

⁕

»Danke, dass ihr gekommen seid.« Sie stießen mit Apfelschorle an.

Der See glitzerte zwischen den Büschen, die der Terrasse einen gewissen Sichtschutz boten. Es war viel los auf der Insel heute, und nachher, nach dem Essen, würde Christina den Ausstellungsraum aufsperren. Gerade jetzt wollte sie zeigen, dass sie sich nicht unterkriegen lassen würde.

»So, jetzt erzähl mal in Ruhe, was eigentlich genau passiert ist gestern.« Kati häufte eine große Portion Parmesan auf ihre Nudeln und begann, die Spaghetti mit der Gabel einzudrehen.

Kurz schilderte Christina, was passiert war, wobei sie den Teil mit Andreas und Benedikt wegließ. Sie war noch nicht so weit, darüber zu sprechen. Bis jetzt war sie kaum in der Lage gewesen, auch nur einen klaren Gedanken in Richtung der beiden Männer zu schicken. Deshalb hatte sie das Einzige getan, was für den Moment möglich gewesen war, und die Gedanken an das ungute Zusammentreffen so weit weggeschoben wie möglich. Und jetzt, mit

Michael am Tisch, war ohnehin kein Platz für ein Gespräch über Männer.

»Alles ist kaputt gewesen«, sagte Michael niedergeschlagen »Dabei hat Mama so viel dafür gearbeitet. Aber Papa hat sie getröstet.«

Na, das lief ja großartig.

»Andreas war da?«

»Ja.«

»Wieso das denn?« Kati verschluckte sich fast an ihren Nudeln.

Christina legte demonstrativ den Arm um Michael. »Wir waren als Familie im Restaurant.«

»Ach.« Nelly hatte ihre Gabel neben den Teller gelegt. »Das ist neu, oder?« Sie sah nicht begeistert aus.

Michael nickte eifrig. »Ja, und es ist voll lecker gewesen. Ich hatte Schnitzel.«

Kati zog die Augenbrauen hoch. Nelly trank einen Schluck Saft. Keiner sagte mehr etwas.

»Schön, wenn es dir geschmeckt hat.« Christina drückte ihren Sohn an sich, der irgendwie geschafft hatte, seinen Teller schon leer zu essen.

»Möchtest du Nachschlag?«

»Nein, danke. Ich würde eigentlich lieber zum See gehen. Sebi wartet auf mich.«

»Hast du deshalb so schnell gegessen?«

Michael schüttelte den Kopf. »Nee. Ich war hungrig.«

»Dann wächst du im Moment aber ordentlich.«

An Michael war nichts dran. Jeder Knochen stand hervor. Jetzt zuckte der Junge mit den Schultern. Ihn interessierte nicht besonders, wie groß er war.

»Kann ich los?«

»Na klar. Genieß den Nachmittag – und schau zwischendurch mal vorbei, okay? Ich hab ein Eis für dich und Sebi im Gefrierschrank.«

Christina war aufgestanden, um ihrem Sohn hinterherzuwinken. Jetzt ließ sie sich wieder auf ihren Stuhl fallen.

»Triffst du dich denn öfter mit Berndt?«, fragte Nelly unverblümt. Sie nannte ihn nicht Andreas, wählte bewusst den Nachnamen, um Distanz zu wahren. Darüber täuschte auch ihr bemüht neutraler Ton nicht hinweg.

Katis Gesichtsausdruck indessen, eine Mischung aus Interesse und Besorgnis, ließ keinen Zweifel daran zu, was sie dachte.

»Ehrlich gesagt möchte ich darüber gerade nicht gern reden«, wies Christina ihre Schwestern ab, die sie daraufhin beide mit großen Augen anschauten.

»Tut mir leid. Ich will euch nicht vor den Kopf stoßen. Die Situation ist gerade nicht so einfach.«

Nelly nickte verständnisvoll, Katis Gesicht verschloss sich. »Ich glaube, ich versteh dich schon«, sagte Nelly.

»Ich gebe Bescheid, wenn ich so weit bin, ja?«, hoffte Christina auf das Verständnis ihrer Schwestern.

»Gut«, gab Kati sich einen sichtlichen Ruck und begann, die leeren Nudelteller aufeinanderzustapeln. »Wer will Espresso? Ich mach uns einen – und dann können wir vielleicht heute deinen Ausstellungsraum betreuen, während du dich auf dein Projekt konzentrierst? Ich hab nichts Besseres zu tun. Du, Nelly?«

»Nee, heute nicht. Außerdem würde ich zu gern mal von dir im Motorboot herumgeschippert werden – als krönenden Tagesabschluss, sozusagen.« Sie lachte, und damit war es besiegelt.

Als Christina am Abend zurück zur Fraueninsel tuckerte – Michael und Sebi waren noch hinauf zu den alten Linden gegangen, mit Michaels Lupe im Gepäck, um diverse Kleinigkeiten zu untersuchen –, hatte der See sich schon geleert. Tagsüber waren viele Segelboote unterwegs gewesen. Jetzt aber lag der See spiegelglatt da, und in der abendlichen Stille kam Christina der Motor ihres Bootes laut vor, als sie die *Nussschale* um die Insel herum lenkte. Die Berge glommen in der Abendsonne glühend rot auf, der Himmel mit seinen Schäfchenwolken leuchtete in allen möglichen Rot- und Orangetönen.

Christina hatte riesigen Respekt vor dem Anlege-
manöver, auch wenn der See ruhig dalag. Drüben
in Prien hatte Nelly geholfen und war schnell aus
dem Boot gesprungen, um es am Steg abzufangen
und mit einem Seil zu fixieren. Nun musste Christina allein klarkommen. Schon früh drosselte sie
daher das Tempo und näherte sich ihrer Parkbucht
im Zeitlupentempo. Die Insel war zur Ruhe gekommen, die Abendsonne stand so tief, dass die
Ostseite der Insel sogar schon im Schatten lag.

Auf der kleinen Badewiese hatten sich ein paar
Enten und ein Schwanenpaar niedergelassen und
den Kopf unter die Flügel gesteckt.

Christina machte den Motor ihres Bootes aus. Sie
wollte ganz leise durch das Wasser gleiten, das leise
Plätschern hören. Endlich spürte sie die äußere Ruhe
auch in sich. Seit gestern hatte sie sich konstant unter Druck gefühlt. Jetzt etwas Frieden in sich zu spüren, tat so gut. Christina schloss die Augen, spürte
dem Gleiten ihres Bootes auf dem Wasser nach.

»Was machst du denn da? Wirf das Seil rüber!«

Abrupt riss Christina die Augen auf. Sie hatte
sich verschätzt. Der Steg kam plötzlich blitzschnell
auf sie zu. Gut, dass sie vorsorglich die Fender gar
nicht von ihrer Nussschale abgenommen hatte.

Christina sah Benedikt in voller Fischermontur
vor sich stehen. Eine gummierte Latzhose, eine
Cap, Turnschuhe. Sie starrte ihn an, ihr Körper

erinnerte sich an ihn, während sich ihr Bötchen un-
aufhaltsam der Mauer ihrer kleinen Anlegebucht
näherte.

»Den Strick neben dir!«, drängte er. Wie in Trance
stand sie auf, griff nach dem Seil und warf es mit
Schwung hinüber. Sie hatte schlecht gezielt, aber
Benedikt machte beherzt einen Satz in Richtung
des kleinen Seilbündels. In seinen großen Händen
sah es winzig aus. Nur noch ein halber Meter, bis
die Spitze der *Nussschale* gegen die Mauer stoßen
würde. Verdammt, wie hatte das passieren können.
Da ging ein Ruck durch das kleine Boot, Christina
verlor das Gleichgewicht und landete unsanft auf
der Sitzbank beim Motor. Aber das Boot wurde
zum Glück hinten zur Seite weggezogen. Benedikt schien es keine Mühe zu kosten. Dann warf
er das Seil in zwei geschickten Seemannsschlägen
um den Holzpflock am Ufer. Schon war die Ge-
fahr abgewendet. Wann immer man einen Lebens-
retter brauchte: Benedikt schien schon da zu sein,
wie vom Schicksal bestellt.

»Dein Bötchen vorne festmachen schaffst du selber, oder?«, fragte er.

Christina schlug das Herz bis zum Hals, so erschrocken war sie. Und so beschämt. Und voller
Angst, dass er sich abwenden und gehen könnte.

»Es tut mir leid«, stammelte sie. Und natürlich
verstand er nicht, wie viel Bedeutung in ihren Wor-

ten lag, was sie alles sagen wollte und nicht dazu in der Lage war.

Benedikt schüttelte den Kopf. »Muss es nicht. Hattest ja Glück mit deinem Bötchen.«

Bötchen. So hatte er die *Nussschale* schon mal genannt, als er ihr geholfen hatte, sie günstig zu kaufen. Christina wünschte sich, sie hätte eine Zeitmaschine, um zurück in diesen Moment zu reisen. Aber Benedikt wandte sich schon ab und ging. Christina wollte ihm nachrufen. Sie wollte, dass er blieb. Der Impuls war so stark, dass sie wieder aufstand, obwohl ihr der Hintern gehörig wehtat – sie musste aufs Steißbein gefallen sein. Sein breiter Rücken entfernte sich. Sollte sie es wagen?

Nein, entschied Christina. Denn was sollte sie ihm schon sagen, wo ein »Danke« längst nicht mehr reichte? Benedikt hatte seine Position sehr klargemacht. Sie wollte sich entschuldigen, alles noch mal erklären, etwas wegen Michael sagen, aber er hatte gedacht, ihr »tut mir leid« hätte sich auf den Bootsunfall bezogen.

Natürlich, Christina konnte froh sein, dass er sie nicht gegen die Mauer hatte krachen lassen, sondern ihr geholfen hatte. Wo war er überhaupt so plötzlich hergekommen? Auch auf diese Frage hatte Christina keine Antwort parat. Er schien als rettender Engel immer dann parat zu stehen, wenn man ihn brauchte.

Sie hätte ihm nachlaufen wollen. Stattdessen stand sie in ihrem kleinen Boot, das langsam aufhörte zu schaukeln, und schaute Benedikt hinterher.

∾ 14. Kapitel ∾

Allein schon ihr Elternhaus zu sehen, war tröstlich. Immer, wenn sie Probleme hatte und hierherkam, durch die Rosenbögen beim Fußweg ging, die ihre Mutter alle paar Jahre um ein weiteres ergänzte, und die Christina langsam wie eine Allee aus duftenden Blüten vorkam, fühlte sie sich ein wenig besser.

Sie musste reden. Christina musste sehr dringend mit jemandem reden, der sie und auch ihre Geschichte mit Andreas gut kannte.

Seit Tagen versuchte er, sie anzurufen, aber Christina ging nicht ans Telefon und beantwortete auch seine Nachrichten nicht. Sie musste erst für sich selbst eine Antwort auf die Frage finden, die Andreas ihr gestellt hatte.

Die Erinnerung an den Kuss, den sie getauscht hatten, war noch lebendig. Er war so vertraut gewesen, aber auf seltsame Weise. Schließlich war ihre gemeinsame Zeit nicht nur gut gewesen, sondern auch kompliziert. Am Ende war da eine Art Druck gewesen, den Christina damals nicht verorten konnte. Das Gefühl, etwas sei nicht ganz richtig, an die falsche Stelle gerückt. Vor Michael war ihre Beziehung sehr leidenschaftlich gewesen, und Christina begann, sich die Frage zu stellen, ob diese Leidenschaft überhaupt etwas mit Liebe zu tun gehabt hatte oder ob es dabei mehr um Sex gegangen war. Sie war müde. Körperliche Liebe war mit dem Säugling im Arm das Letzte, woran sie dachte. Und Andreas zog sich mehr und mehr zurück.

Wenn er sie wieder mal mit dem Kind allein daheim zurückgelassen hatte, um ein Segel-Wochenende mit potenziellen Geschäftspartnern zu verbringen, oder wenn er mehr Geld ausgab, als sie damals hatten, um alle möglichen Leute zum Essen einzuladen, hatte sie sich oft gefragt, ob sie Andreas noch liebte, ja, ob das Gefühl zwischen ihnen jemals Liebe gewesen war. Wusste er eigentlich, wer sie war, sah er sie, so wie sie ihn sah? Oder war sie nicht mehr als ein knackiger Hintern, den er nicht mehr erreichte, weil sie lieber schlafen oder Andreas von ihren erschöpfenden Tagen mit dem Baby erzählen wollte und er ihr gefühlt niemals zuhörte, weil er über dem Handy hing oder der Fernseher lief, sobald er die Wohnung betrat.

Und dann, als er in Rosenheim das erste Geschäft eröffnete, mit den Rezepten ihres Vaters als Kapital, musste sie sich die Frage nicht mehr stellen.

Ihre Enttäuschung und ihre Wut hatten jedes Fünkchen Zuneigung zunichtegemacht.

Doch jetzt war sie sich nicht mehr sicher. Schließlich gab es Michael, und der war perfekt. Ihr kleiner Junge verdiente eine Familie, da hatte Andreas schließlich recht. Konnte man Liebe züchten wie einen Rosenstock?

Christina blieb stehen und roch an einer duftenden, dunkelroten Blüte. Sie wusste es nicht. Aber immer wieder wanderten ihre Gedanken zu Benedikt, das wusste sie. Die Wasserschlacht auf der Krautinsel, das erste gemeinsame Essen mit einem Unbekannten, der ihr überhaupt nicht unbekannt vorgekommen war, der Sex mit ihm, liebevoll, wie sie es noch nie erlebt hatte, und wild zugleich. Wie er ihr mit der *Nussschale* geholfen hatte und immer wieder sein Rücken, wie er sich von ihr entfernte, und das damit verbundene Gefühl, etwas ganz Wichtiges verloren zu haben.

Sie ging die Stufen zu ihrem Elternhaus hinauf, langsam und schwerfällig. Dann drückte sie den Klingelknopf. Gleich könnte sie ihrer Mutter ihr Herz ausschütten.

Doch als die Tür aufgerissen würde, stand ihr Vater vor ihr.

»Hallo, mein Schätzchen.« Er füllte fast den ganzen Türrahmen aus, und wie immer, wenn er eine seiner Töchter sah, strahlte Anton Rieger über das ganze Gesicht. Er trug eine alte Arbeitshose, Hosenträger und ein Kurzarmhemd, kariert natürlich.

»Oh. Hallo.«

»Na, das ist ja mal eine lahme Begrüßung. Komm rein, komm rein.« Ihr Vater trat zur Seite und winkte Christina ins Haus.

»Entschuldige. Aber wo ist Mama?«

Im Haus roch es nach Lakritze. Natürlich, wonach sonst? Der Duft von Salmiak war der Geruch von Christinas Kindertagen.

»Die hab ich hingelegt.«

»Wie bitte?«

Ihr Vater lachte leise. »Sie hat heute Nacht schlecht geschlafen – das Rheuma, weißt du? Und vorhin ist sie, als sie auf dem Sofa ihre Königinnengeschichten gelesen hat, fast eingenickt. Also hab ich ihr gesagt, dass ich sie wecke, wenn du da bist.«

»Ach so.« Die Königinnengeschichten, wie Anton sie nannte, waren Artikel in Boulevardzeitschriften. Ihre Mutter behauptete, dass nichts auf der Welt sie so sehr entspannte wie Klatsch und Tratsch über die Königshäuser – damit setzte sie sich regelmäßig dem Gefrotzel ihrer Töchter aus, die die Leidenschaft für Prinz William kein bisschen teilten.

»Komm erst mal mit in die Küche, ich versuch gerade ein Rezept mit gefriergetrockneten Himbeeren.«

Christina hatte nicht wirklich Lust.

»Du musst auch nicht probieren! Nur einen Kaffee trinken. Butterbrezen sind auch da.«

»Wenn das so ist.« Sie grinste. Ihr Vater wusste, dass sie dem Geschmack von Lakritze schon seit Jahren nichts mehr abgewinnen konnte. Früher, na ja, da hatte sie manchmal auch zu Salmiak-Köstlichkeiten gegriffen, aber irgendwann war es so gewesen, dass sie nur noch widerwillig probierte, damit sie wusste, was sie den Kunden verkaufte.

»Hier, setz dich, Tochter. Wo ist überhaupt Michi?« Auf dem kleinen Tisch in der Küche stand schon ein Gedeck für Christina bereit. Da war eine Thermoskanne, eine Tüte mit Brezen, die Butterdose sowie eine vor ein paar Jahren von Christina selbst gestaltete Keramiktasse. Sie goss sich Kaffee ein, den ganz offensichtlich ihr Vater gemacht hatte. Christina hätte sich nicht gewundert, wenn der Löffel in dem tiefschwarzen Gebräu stecken geblieben wäre.

Die Küche glich einem Schlachtfeld. Gut, dass ihre Mutter schlief. Auf der Arbeitsplatte trocknete in Reihen die neu erschaffene Lakritzkreation ihres Vaters: rosa-schwarze, daumennagelgroße Himbeeren.

»Der ist mit seinem Kumpel auf der Fraueninsel unterwegs. Den krieg ich da kaum noch weg. Er hat endlich einen Freund gefunden, der perfekt zu ihm passt.« Tatsächlich war Michael überglücklich gewesen, dass seine Mutter ihm zutraute, ein paar Stunden allein zu bleiben. Er wollte wieder mit Sebi zum Baden, und mittags würde er sich einfach eine Fischsemmel holen gehen. Die neue Selbstständigkeit ihres Sohnes tat nicht nur ihm selbst, sondern auch Christina wirklich gut.

»Wie schön. Und du? Bist du auch schon so gut auf der Fraueninsel gelandet? Kati hat erzählt, es gab einen Zwischenfall?«

»Äh, ja. Aber das war so nicht geplant.«

Anton schnaubte und begann damit, einen Topf zu spülen, dass das Wasser nur so herumspritzte. »Na, das war mir schon klar. Einen solchen Einbruch plant schließlich keiner! Ich hab dir zwei neue Schlösser gekauft, du musst sie nur noch einbauen, dann bist du erst mal wieder sicher.«

»Oh, natürlich. An den Einbruch hatte ich gerade gar nicht gedacht. Danke.« Kati wusste schließlich gar nichts von dem Kuss mit Andreas und konnte ihrem Vater deshalb nichts davon gesagt haben, das hatte Christina für den Moment total vergessen gehabt.

»Nein? Woran denn dann?« Ihr Papa hielt inne, die Spülbürste in der Hand.

Christina seufzte. Kurz erwog sie eine Notlüge. Aber – nein. Ihren Vater zu belügen, das kam für sie auch nicht infrage.

Sie holte tief Luft. »Ich steh gerade vor einer schweren Entscheidung und weiß nicht so richtig weiter.«

Mit einem leisen, metallischen Poltern fiel die Spülbürste in den Topf. Anton wischte sich die Hände ganz unkompliziert an der Hose trocken, ging zu einem Oberschrank, holte sich eine eigene Tasse, die auch Christina gefertigt hatte – lang ist's her, dachte sie, keine ausgereifte Töpfertechnik –, und setzte sich zu seiner Tochter an den Tisch.

»Magst du mit mir reden, oder soll ich Mama wecken?«, fragte er.

Christina konnte gar nicht anders, als zu lächeln. »Danke, Papa. Aber du reichst mir völlig.«

Schließlich kannte er Andreas besser, als Gitti ihn je gekannt hatte, nicht wahr? Und als Vater und Großvater wollte er bestimmt auch das Beste für sie und ihren Sohn.

»Dann nimm dir erst mal eine Breze und trink einen Schluck. Du bist ja ganz blass, Kind.«

Fast musste Christina lachen. Ihr Vater behauptete oft, mit von Vaterliebe getrübtem Blick, sie sei zu blass, sie müsse mehr essen, sie bräuchte dies oder das. Damit verlieh er einfach nur seiner Sorge und seiner Zuneigung Ausdruck.

Jetzt legte er zusätzlich noch kurz den Arm um Christina und tätschelte ihren Rücken, ganz so, wie er es seit zwei Jahrzehnten schon tat.

Christina griff in die Tüte. Der Duft frischen Laugengebäcks war unbezahlbar. Als Kind, wenn sie krank gewesen war, waren frische Bäckerbrezeln immer das Erste gewesen, das sie hatte essen wollen, nachdem die schlimmsten Tage vorbei gewesen waren. Und auch jetzt machte ihr der Anblick Appetit. Sie biss einfach hinein, selbst ohne Butter waren die Brezeln köstlich.

Anton Rieger saß ihr gegenüber, die Arme über dem beachtlichen Bauch verschränkt, und beobachtete seine Tochter beim Essen. Die Ruhe, die er ausstrahlte, war überaus wohltuend.

Erst als sie ein paar kräftige Bissen genommen und mehrere Schlucke Kaffee getrunken hatte, der tatsächlich so stark war, wie er aussah, begann sie zu erzählen.

Der Besuch bei Andreas Berndt, wie sehr Michael sich darüber gefreut hatte, die Eltern an einem Tisch vereint zu sehen. Die Freude, dass Vater und Mutter miteinander lachten, war ihm ins Gesicht geschrieben gewesen. Dazu Andreas' Bereitschaft, sich um Michael zu kümmern – ja, die Selbstverständlichkeit, mit der er plötzlich in seiner Vaterrolle aufging. Auch, dass Andreas sich für die Töpferei interessiert hatte, sie sich von ihm unterstützt gefühlt hatte, als der Einbruch passiert war.

Als Christina sich selbst sprechen hörte, dachte sie bei sich, dass eigentlich nichts, wirklich nichts, gegen Andreas sprach. Alles, was sie zu sagen hatte, war positiv.

»Und dann haben wir uns geküsst.«

Das war das Ende ihrer Erzählung. Anton Rieger saß noch immer genauso da wie am Anfang von Christinas Geschichte. Aber sein Gesichtsausdruck hatte sich verwandelt. Seine Besorgnis war noch da, aber da war auch die Ernsthaftigkeit des aufmerksamen Zuhörers, die eines Menschen, der sich Gedanken machte über das, was sein Gegenüber ihm mitteilte.

Erst bei Christinas letztem Satz hatte er die Augenbrauen nach oben gezogen, in spontaner Überraschung, um dann sofort wieder seine ernste Miene aufzusetzen.

»Aber – jetzt weiß ich nicht weiter«, gestand Christina wahrheitsgemäß. »Ich meine, ich würde Michael so glücklich machen, wenn ich der Sache mit seinem Vater noch eine Chance geben würde. Außerdem hat Andreas mir gesagt, wie wichtig ihm die Familie ist, und er scheint sich ja ehrlich verändert zu haben. Ich möchte dem Glück irgendwie nicht im Wege stehen.«

Warum nur wanderten ihre Gedanken beim Wort *Glück* automatisch zu Benedikts traurigem, enttäuschtem Blick am Tor zum Ausstellungsraum der Töpferei? Schnell schluckte sie das Gefühl hinunter, das sich in den Vordergrund schieben wollte.

Denn es ging hier nicht um Benedikt. Es ging um Andreas, um Michael – um ihre Familie.

Christina schaute ihren Vater an, wartete auf eine Antwort. Anton Rieger hatte angefangen zu schwitzen. Kleine Schweißperlen standen auf seiner Stirn. Er wischte sich mit der Hand über den Schnauzbart, der sich an den Außenseiten aufkräuselte.

»Geküsst, sagst du? Vor ein paar Tagen erst?« Ihr Vater antwortete mit einer Gegenfrage. Dann lehnte er sich auf seinem Stuhl nach vorne.

Christina nickte und wurde rot. Dabei gab es keinen Grund, sich wie ein Teenie zu fühlen, der beim ersten Kuss ertappt worden war – auch dann nicht, wenn ihr Vater sie mit undefinierbaren Blicken betrachtete und sich ein weiteres Mal über den Bart fuhr.

»Ja, genau genommen am letzten Schultag, als in die Töpferei eingebrochen worden ist.«

Anton Rieger seufzte. Noch immer musterte er seine Tochter mit prüfendem Blick. Dann stand er auf. Die Stuhlbeine schabten unangenehm laut über den Fliesenboden.

Ihr Vater ging wortlos aus dem Raum und kam wenige Augenblicke später mit einem dicken Kuvert zurück, das er vor Christina auf den Tisch legte.

»Ich glaube, das solltest du sehen. Es tut mir so leid.«

Christina zog einen Packen Papier aus dem Umschlag und begann zu lesen. Erst verstand sie nicht ganz. Doch mit jeder Seite wurde es klarer. Ein Puzzleteil fügte sich zum anderen, und das Bild, das entstand, gefiel ihr ganz und gar nicht. Es war, als hätte ihr jemand einen Hammer über den Kopf gezogen. Der plötzliche Schmerz, der in ihrem Schädel tobte, raubte ihr den Atem. Tränen liefen über ihre Wangen. Sie war ein weiteres Mal auf Andreas Berndt hereingefallen, das wurde ihr jetzt klar.

»Es tut mir so leid«, wiederholte ihr Vater die Worte, die er schon vor ein paar Minuten gesagt hatte. »Ich weiß, du hast dich damals wirklich in Andreas verliebt. Aber ich fürchte, er ist nicht der, der er vorgibt zu sein.«

Christina blätterte durch die Unterlagen. Was ihr Vater zu ihr sagte, nahm sie gar nicht zur Gänze wahr. Das hier waren Gutachten, Gerichtspapiere, Beweise, die belegten, dass Andreas Berndt ihren Vater bestohlen hatte, im Betrieb sogar Rezepte hatte mitgehen lassen, ein Patent auf ein besonderes Herstellungsverfahren für Lakritze quasi eins zu eins kopiert hatte – und eine Klage ihres Vaters auf Schadensersatz. Christina war keine Fachfrau in juristischen Fragen, aber alles, was hier stand, sprach für einen Schuldspruch. Und der Verfahrenstermin stand fest: Ende September, kurz nach Beginn des neuen Schuljahres, würde es so weit sein. Und wenn ihr Vater die Summe zugesprochen bekam, die ihm zustand, würde Berndt Probleme bekommen, das stand außer Frage.

Natürlich waren seine Annäherungsversuche unter diesen Umständen kein Zufall – denn ansonsten hätte Andreas mit offenen Karten gespielt und Christina von dem laufenden Gerichtsverfahren erzählt, oder nicht? War es da nicht viel wahrscheinlicher, dass Andreas Berndt versuchte, seinen Allerwertesten zu retten?

»Der hat mich reingelegt«, sagte Christina kleinlaut. »Schon wieder.«

»Ach, Christina.« Ihr Vater legte seine Hand auf ihre. »Ich wünschte, ich würde mich irren.«

Er raffte die Unterlagen zusammen und stopfte sie zurück in das Kuvert.

»Warum hast du mir nichts davon erzählt?«

»Weil du genug um die Ohren hattest. Außerdem ...« Ihr Vater unterbrach sich, räusperte sich, fuhr sich durch den Bart, schwieg.

»Ja? Sei ruhig ehrlich, das halte ich aus.«

»Na gut. Um ehrlich zu sein, hätte ich nicht gedacht, dass du noch mal auf ihn reinfällst. Versteh mich nicht falsch. Michael ist das Beste, was uns allen passieren konnte. Der Junge ist wie ein Wunder. Aber dass du seinem Vater noch eine Chance gibst – damit hab ich nicht gerechnet.«

Christina trank einen Schluck Kaffee. Er war kalt geworden.

»Da war wohl eher der Wunsch der Vater des Gedankens«, sagte sie leise.

Anton nickte. »Das versteh ich gut. Ich meine, eine heile Familie zu haben, das ist schon was. Wenn du es allerdings nur für Michael tun würdest ...« Er zuckte mit den Schultern und schüttelte den Kopf.

Ihr Vater brauchte seine Gedanken nicht weiter auszuführen. Er tat es dennoch: »Du hilfst damit niemandem, mein Schatz. Du darfst dich nicht auf diese Weise unglücklich machen. Michael würde das auch nicht wollen.«

Christina wischte sich verstohlen eine Träne aus dem Augenwinkel. Sie wollte nicht weinen. Sie wollte Andreas Berndt keine einzige ihrer Emotionen mehr gönnen. Nicht einmal ihre Wut war er wert. Ein schrecklicher Gedanke drängte sich ihr auf: Was, wenn er auch nur wegen des anstehenden Verfahrens für Michael da gewesen war? Schließlich war der Wandel vom Gelegenheitsvater zum regelmäßigen Bestandteil im Leben ihres Sohnes auch eine neue Entwicklung.

In diesem Moment reifte ein fester Entschluss in ihr: Sie würde nicht zulassen, dass Andreas Berndt sich ihrem Sohn wieder entzog. Michael würde nicht der Leidtragende des Konflikts der

Erwachsenen werden, wenn sie es irgendwie verhindern konnte.

Und Andreas würde sie eine Standpauke halten, die sich gewaschen hatte.

»Weißt du, Christina, du wirst immer eine Familie haben. Schau dich um, hier ist es doch auch ganz gut.« Ihr Vater machte eine Geste durch den Raum. Ganz automatisch blieb Christinas Blick an dem Küchenchaos hängen, da, wo die Lakritzherstellung ihren Tribut gefordert hatte. Sie wusste, ihre Mutter würde in gespieltem Entsetzen beim Aufräumen helfen. Sie würde Anton lachend mit der Spülbürste bedrohen, die er vorhin in den Topf geworfen hatte. Dann würde sie seine Komposition probieren und ihm ehrlich sagen, was sie davon hielt. Es würde Tee geben, Kati würde aus dem Laden kommen, man würde essen, und wenn sie später noch da wäre, könnte sie sich einfach mit an den Tisch setzen, denn ihr Stuhl in diesem Haus wäre immer frei. Das hier war eine ganz besondere Familie, auch für Michael, der jederzeit willkommen war und in seinem Großvater schon die ganze Kindheit über eine männliche Bezugsperson hatte. Die jederzeit zur Verfügung stand.

»Das weiß ich, Papa. Aber danke, dass du es noch mal gesagt hast.« Christina fühlte sich, als hätte sie soeben eine Schlacht geschlagen. Und ein wenig stimmte das auch. Zwar hatte sie gewonnen, doch die vielen Opfer zu betrauern, würde dauern. Ihre Gefühle, die so wild in ihr getobt hatten, waren alle wieder an ihrem Platz. Sie wusste, was sie tun musste.

Dass das zarte Pflänzchen der Zuneigung, das sich zwischen Benedikt und ihr entwickelte, wegen Andreas Berndt verdorrt war, traf sie in diesem Moment hart, und sie wusste, dass sie weiterhin Thriller lesen würde statt Liebesromane. Sie wollte sich nicht noch mehr verletzen.

༺ ꙮ ༻

Christina zog die Schuhe aus und schlüpfte in ihre Flipflops. Michael würde gleich heimkommen, und sie hatte ihm Pizza versprochen. Das schaffte sogar sie mit ihren nicht vorhandenen Kochkünsten. Fertigboden, Tomatensoße, Salamischeiben, Käse und dann zack, in den Ofen. So einfach war das. Ihr Magen war wie zugeschnürt, aber Michael wäre nach einem Tag am See mit Sicherheit völlig ausgehungert. Sie heizte den Ofen vor und begann, die Zutaten aus dem Kühlschrank zu räumen. Heute würde sie mit Michael den Abend verbringen. Früher hatten sie das oft gemacht, den ganzen Abend Brettspiele gespielt. Jetzt im Sommer kam es seltener vor, dass sie sich die Zeit dafür nahmen. Allerdings hatte Christina das Gefühl, ihren Sohn in letzter Zeit eindeutig zu wenig gesehen zu haben. Der Umzug, die Töpferei, die damit verbundenen organisatorischen Dinge und natürlich auch seine neu erblühte Freundschaft mit Sebi hatten da ihre Anteile daran. Aber jetzt waren sie angekommen, und ein neuer Alltag konnte einkehren.

Christina versuchte, das Schraubglas mit der Tomatensoße zu öffnen, und fluchte leise. Sie holte eine Schere und rammte die Spitze in den Deckel. Ein saugendes Geräusch war zu hören, als das Vakuum im Glas entwich. Ha! Man musste sich nur zu helfen wissen. Da war ihre Wut auf Andreas gerade richtig. Sie hatte dem Impuls, ihn sofort anzurufen und zur Rede zu stellen, nur mit Mühe widerstanden. Stattdessen war sie einfach zurück auf die Insel gefahren, weit weg vom Festland und ihrem Ex-Partner.

Ihr Vater hatte ja recht, wenn er sagte, dass sie sich Zeit nehmen sollte, um die richtigen Worte zu finden und nicht ihre blinde Wut sprechen zu lassen. Die Situation war ohnehin kompliziert, denn schließlich würde sie in den nächsten Jahren immer wieder mit Andreas konfrontiert sein, schließlich war er der Vater ihres gemeinsamen Kindes.

»Hallo, Mama!«

Michael stand in der Terrassentür. Er war mittlerweile braun gebrannt – wie sich das für ein Kind in den Sommerferien gehörte.

»Hallo, mein Schatz. Die Pizza ist fast schon im Ofen.«

»Lecker!« Er strahlte und rieb sich über den nicht vorhandenen Bauch. Eine Geste, die ihm aus frühen Kindertagen geblieben war, als Christina ihm mit einem *Mmmh* und ebendieser Geste den Brei schmackhaft gemacht hatte.

Als der strukturierte Mensch, der ihr Sohn war, nahm er seine Badetasche und hängte erst mal Handtuch und Badehose über den Zaun zum Trocknen.

»Soll ich den Tisch decken?«

»Gerne. Manchmal ist mir allerdings fast schon unheimlich, wie erwachsen du bist.« Christina lachte.

Ihr Sohn und sie selbst waren ein eingespieltes Team. Ganz automatisch legte er Besteck auf den Tisch, holte Teller und füllte Gläser mit Wasser.

Nebenbei fing er an, über die Muschelvorkommen im See zu sprechen, und Christina hörte zu, fragte an manchen Stellen nach, ließ Michael sprechen. Es tat ihm gut, sein angesammeltes Wissen wieder auszuspucken, und für Christina war es schön, die Begeisterung für die jeweilige Sache mit ihrem Sohn gemeinsam zu spüren.

»Es gibt im See sogar die bohrende Malermuschel, das musst du dir mal vorstellen.«

Christina versuchte es und amüsierte sich nur klammheimlich über den heiligen Ernst, mit dem

Michael über die Malermuschel sprach – von der Christina nicht den Funken einer Ahnung hatte.

Die Zeit floss nur so dahin, während ihr Sohn erzählte. Es war genau die Ablenkung, die sie jetzt brauchte. Als der Tisch gedeckt war, setzte Michael sich und redete weiter. Christina schob die fertig belegte Pizza in den Ofen, und schon bald erfüllte ein herrlicher Duft den ganzen Raum, während Michael sich jetzt thematisch der Seekuh zugewandt hatte, die in diesem Fall kein Tier war, sondern eine Maschine, die den See von Algen befreite.

»Sie mäht quasi den Boden im See, so kannst du dir das vorstellen.«

»Wie ein Rasenmäher, nur im Wasser?«, hakte Christina nach.

»Ganz genau!« Michael war begeistert.

Die Pizza war gerade aufgegessen, als es an der Tür klingelte. Michael sprang regelrecht auf. »Das ist das erste Mal, dass es klingelt«, rief er und war schon aus Christinas Blickfeld verschwunden. Tatsächlich schien es auf der Insel eher üblich zu sein, gegen ein Fenster zu klopfen oder zur offenen Tür hereinzurufen.

»Mama? Komm mal bitte. Da ist ein Mann.«

Christina folgte Michael und zuckte zurück, als sie sah, wer da draußen stand. Doch im nächsten Moment war sie auch schon bei ihrem Sohn und legte ihm schützend den Arm um die Schulter, zog ihn sogar unauffällig ein wenig näher zu sich heran.

»Wie kann ich Ihnen helfen?«, fragte sie steif. Da war sie schon wieder: ihre Angst. Das seltsame Gefühl, das immer dann in ihr auftauchte, wenn sie Loisl begegnete. Loisl, der Fischer, der ihr anfangs so aggressiv begegnet war. Loisl, an den sie gedacht hatte, als ihre Eingangstür aufgestemmt worden war und sie die Scherben auf dem Boden in ihrer Werkstatt betrachtet hatte. Und dem sie dann nichts hatte unterstellen wollen. Schließlich war sie ihm nur ein einziges Mal wirklich begegnet, nicht wahr? Und jetzt stand er da, in abgeschnittenen Jeans und Gummistiefeln sowie einem T-Shirt, das so abgetragen war, dass es kaum mehr als ein schmutziger Lumpen war.

»Ich bin hergekommen, weil ... also ...« Loisl hustete. Das Geräusch klang rau und wund. »Ich bin hergekommen.« Es klang wie eine Feststellung.

Christina zog ihren Sohn noch ein wenig näher zu sich, weiter weg von der Tür. Ja, der Mann klang ruhig, aber sie erinnerte sich noch daran, wie sein Gesicht sich zu einer wütenden Fratze verzog, als sie mit Maria die Regale gestrichen hatte. Alles an ihr war in Habtachtstellung. Die Anspannung zog sich durch ihren ganzen Körper, als Loisl plötzlich abrupt die Hand hob. Sie zuckte zurück, aber er fuhr sich nur mit zitternder Hand durch die Haare, die augenscheinlich frisch gewaschen waren, was in derbem Kontrast zu seinem restlichen Auftritt stand. Auch rasiert hatte er sich, sah Christina jetzt. Dennoch: Sein Versuch, sich zu pflegen, konnte nicht über die tiefen Augenringe hinwegtäuschen, die seine Augen fast wie eine Brille umrahmten.

Er holte tief Luft, dann setzte er erneut an, um zu sprechen.

»Ich bin hier, weil ... Ich wollte mit Ihnen reden.« Loisl hustete wieder, ein Mann, der über Jahre zu viel geraucht hatte. Er ließ seinen Blick zu Michael wandern, und Christina verstand.

»Michi, magst du schon mal das Monopoly aufbauen? Ich komm dann gleich rein, ja?«

Die Aussicht auf eine lange Runde Monopoly ließ Michael wie eine Sprungfeder in die Wohnung hüpfen, und plötzlich wusste Christina nicht recht, wohin mit ihren Armen. Also verschränkte sie sie vor ihrer Brust und fixierte Loisl.

»Also – Sie wollten reden. Worüber?«

Er räusperte sich. »Ich entschuldige mich hiermit.« Plötzlich stand Loisl ganz aufrecht, als hätte er sein Rückgrat geradegezogen. »Ich habe mich Ihnen gegenüber falsch verhalten, und ich glaube, ich war auch der, der Ihnen die Bude zerlegt hat.«

»Sie glauben?« Christina starrte Loisl fassungslos an.

»Ja.« Mit einem Mal schien die Kraft des Mannes aufgebraucht, und er fiel wieder in sich zusammen.

»Das müssen Sie mir erklären«, forderte Christina.

Loisl schien noch eine Spur blasser als zuvor zu werden. Er hielt sich am Gartenzaun fest, der hier ganz nah am Haus entlang verlief.

Dann zwang er sich, seinen Blick zu heben und Christina in die Augen zu schauen. »Ich bin Alkoholiker und ... die letzten Monate waren nicht gut.«

»Oh.« Seine Ehrlichkeit zog Christina den Boden unter den Füßen weg. Sie wusste nicht, was sie antworten sollte. Alle Anspannung in ihr fiel in sich zusammen.

»In letzter Zeit habe ich viel Schmarrn gemacht. Aber seit ein paar Tagen hab ich kein Bier mehr angerührt.« Er hob die Hand, die noch immer zitterte. »Es wird langsam.«

Christina war plötzlich von tiefem Mitleid erfüllt. Bestimmt war es schrecklich, wenn man süchtig nach einem Stoff war, der gerade in Bayern allgegenwärtig schien.

»Ich werde auf jeden Fall für den Schaden in der Töpferei gradestehen. Wie gesagt, ich erinnere mich nicht, aber – wütend war ich schon, und als dann Frau Maria im Dorfladen davon erzählt hat, hab ich eins und eins zusammengezählt. Man kann es Gretl nicht verübeln, dass sie einem Suffkopf wie mir nichts vermietet.«

Dass Loisl so unter seinem eigenen Verhalten litt, machte es leicht, seine Entschuldigung anzunehmen. Christina sah, wie schwer die Situation für den Mann war. Was hätte es da geholfen, noch mal draufzuhauen im sprichwörtlichen Sinn, wo er doch eh schon auf dem Boden lag, k. o. geschlagen von seiner eigenen Suchterkrankung.

»Okay«, sagte sie deshalb nur. Sie kannte ihn zu wenig, um bessere Worte zu finden.

»Vielleicht brauchen Sie mal wen, der was im Garten macht, ich bin da gut zu gebrauchen.« Loisl zuckte mit den Schultern, schüchtern und auch ein wenig hilflos. »Und wegen der kaputten Sachen – ich könnte das in Raten abbezahlen. Ab und zu kann ich auch eine Renke vorbeibringen oder so, wenn Sie das gerne mögen.«

Seine Wiedergutmachungsangebote kamen von Herzen, das sah man.

Christina dachte einen Moment nach, dann nickte sie. »Ist gut. Ich melde mich, wenn der Rasen gemäht werden muss.«

Endlich lächelte Loisl. Die Erleichterung stand ihm ins Gesicht geschrieben. »Ich komm gern. Und vielleicht kann ich das Schloss richten?«

»Na ja. Das Schloss hat mein Ex repariert. Aber vielleicht könnte man das Tor neu streichen. Schön sieht es nicht mehr aus.«

Loisl nickte. »Betrachten Sie das als erledigt.«

»Gut.« Christina lächelte. Dann hielt sie ihm die Hand hin. Sie wusste, Loisl würde diesen Schritt nicht wagen, dafür fühlte er sich zu schlecht, zu klein, zu minderwertig. Sie dachte an ihren Wettbewerbsbeitrag, in Scherben auf dem Boden des Trockenraums, und dann musterte sie erneut den Fischer, den sein Leben so sichtlich gezeichnet hatte. Auch hier lag etwas in Scherben, auch wenn Christina nicht wusste, was es war. Und sie vermutete sehr stark, dass diese Scherben nicht so leicht zu ersetzen waren wie ihre Arbeit. Und Loisl hatte den Mut besessen, sie um Entschuldigung zu bitten.

»Schließen wir also Frieden?«

Die Überraschung in Loisls Gesicht wich schnell der Freude über Christinas Angebot, und er ergriff ihre Hand. »Danke. Gerne. Ich fang die besten Renken, versprochen – äh, also, neben Benedikt natürlich, der ist auch ein guter Fischer.«

Christina konnte gar nicht anders, als zu lachen. »Ist schon gut, wirklich. Ich denke, wir kriegen das hin.«

Als Loisl seines Weges ging, ein wenig aufrechter jetzt, schloss Christina leise die Tür. Nicht nur, dass ihr in diesem Sommer jemand den Rasen mähen würde. Sie hatte auch das Gefühl, ein klein wenig mehr Frieden gefunden zu haben.

15. Kapitel

»Du musst das schnellstens klären«, sagte Nelly, und Christina wusste, dass das stimmte.

Sie saßen draußen auf dem Steg ihrer kleinen Landebucht, tranken Wein und knabberten Grissini mit Salsa, in die sie die italienischen Gebäckstangen dippten. Das war zwar nicht stilecht, schmeckte dafür aber sehr gut.

Gerade hatte Christina ihrer Schwester die Episode mit Berndt erzählt. Die Worte waren hier, mit vom Wein gelöster Zunge, einfach aus ihr herausgeflossen, und sie hatte sich ihrer Schwester ganz gut verständlich machen können, obwohl sie selbst die Situation als so kompliziert empfand. Nelly hatte sie reden lassen, an manchen Stellen genickt oder nachgefragt und Christina das Gefühl gegeben, verstanden zu werden.

Es war fast eine Woche her, dass Christina Andreas Berndt geküsst hatte. Eine lange Woche, eine kurze Woche – je nachdem, wie man es betrachtete. In jedem Fall war der Kuss lange genug her, um einen klaren Blick auf das Geschehen zu haben.

»Aber du bist doch überhaupt nicht der Typ, der eine Vernunftbeziehung aushält.« Nelly schaute Christina überrascht an. »Ich meine, du hast so ein Feuer in dir. So eine Zweck-Nummer wäre so, als würdest du ständig selber Wasser in deine Flammen kippen.«

»Das ist ein ziemlich treffendes Bild.« Allein, wie unzufrieden sie beruflich über die Jahre in der Lakritzmanufaktur gewesen war, zeigte, dass sie verkümmerte, wenn sie ihren Instinkten nicht folgte. Wie mochte sich das erst in einer Beziehung anfühlen? Sie empfand große Abneigung bei dem Gedanken und wusste, dass es auch ohne den Prozess ihres Vaters – und die unehrenhaften Absichten, die sie Andreas Berndt unterstellte – falsch wäre, wieder mit ihm zusammenzukommen, Kuss hin oder her.

Aber dass sie mit Andreas über alles reden musste, war ihr gleichzeitig auch klar. Die letzten Tage waren schnell vergangen.

Loisl war zum Rasenmähen da gewesen und hatte auch das beschädigte Tor repariert. Er hatte sogar einen Topf mit Fischsuppe mitgebracht. Gemeinsam hatten sie draußen vor der Töpferei gesessen und einträchtig gegessen. Dass Loisl ein geradezu begnadeter Koch war, hätte Christina niemals gedacht. Aber er wusste genau, wie Lorbeerblatt, Knoblauch und Frühlingszwiebeln perfekt harmonierten, und brachte Christina sogar zum Lachen. Das unangenehme Gefühl ihm gegenüber war längst Wiedersehensfreude gewichen, wenn Loisl bei ihr auftauchte.

Michael hatte ein Terrarium zum Aquarium umgewandelt und eine bohrende Malermuschel in Chiemseewasser darin angesiedelt. Außerdem war er mit Sebi baden gewesen, wieder und wieder – auch jetzt gerade waren die Jungs noch mal losgezogen. Er genoss die Ferien in vollen Zügen. Dazwischen hatte immer wieder Andreas versucht, Christina zu erreichen, und sie war dem Unvermeidlichen konsequent aus dem Weg gegangen, auch wenn der Druck täglich stieg. Jetzt war es an der Zeit, zu handeln.

»Ich weiß, dass du recht hast.« Christina trank einen Schluck Wein. »Es braucht ein klärendes Gespräch. Und auf jeden Fall müssen wir in der Zukunft unsere Zeiten mit Michael gut klären – das ist mit sehr wichtig. Und dass der Junge nichts von dem Konflikt gerade mitbekommt.«

Nelly nickte. »Das klingt prima und ist auch wirklich wichtig. Selbst ich als Erwachsene hab darunter gelitten, dass ich dachte, mein Papa mag mich nicht, einfach weil da so viel ungesagt war zwischen ihm und Mama.« Obwohl Nelly schon Ende zwanzig war, schlich sich etwas Kindliches in ihren Ton, als sie sprach.

»Das kann ich mir gut vorstellen«, gab Christina zurück. Nelly war erst vor zwei Jahren in die Familie gekommen, und eingangs hatte Christina sie für eine Betrügerin gehalten. Heute tat ihr das leid. Aber zum Glück war Nelly nicht nachtragend, und so waren aus zwei Fremden zwei Schwestern geworden, die einander sehr nahestanden. Nellys Mutter hatte ihr den Vater verschwiegen, um Anton ein Leben in Freiheit zu ermöglichen und Nelly nicht zu einem Spielstein zwischen den Eltern werden zu lassen.

»Aber ist ja alles gut geworden«, hellte Nelly die trübe Stimmung auf. »Auf uns und das Leben. Danke, dass du mit mir über diesen ganzen Kram redest.« Nelly hob ihr Glas.

»Oh, ich danke *dir*! Wie läuft es eigentlich zwischen dir und Quirin?« Christina wollte nicht die ganze Zeit nur über sich selbst sprechen.

»Er ist großartig«, gab Nelly unumwunden zu. »Auch wenn er manchmal noch immer denkt, er wäre nicht gut genug für mich.«

Anfangs war die Beziehung zwischen Nelly und Quirin davon überschattet gewesen, dass er glaubte, sie wolle eigene Kinder, ein Wunsch, den er ihr nicht erfüllen konnte, weil er als Kind an Mumps erkrankt gewesen war. Das hatte zu Missverständnissen zwischen den beiden geführt und fast zum Ende ihrer Beziehung. Doch im letzten

Moment hatte Quirin doch noch sein Herz sprechen lassen.

»Manchmal frage ich mich, ob ...«

In dem Moment schaute Nelly über ihre Schulter und unterbrach sich. Christina folgte dem Blick ihrer Schwester und hätte kaum überraschter sein können.

»Grüß euch.« Benedikt kam mit entschlossenen Schritten auf Christina und Nelly zu. Schnell stellte Christina ihr Glas auf der Wiese ab und stand auf. Sie sollte erst später merken, dass sie es dabei umstieß, weil sie vor Aufregung ganz fahrig in ihren Bewegungen war.

»Hallo.«

Nelly stand nicht auf, hob aber die Hand, und Benedikt nickte ihr zu.

Christina trat einen Schritt in seine Richtung. Sein wettergegerbtes Gesicht, die großen Hände, die breite Brust. Sie erinnerte sich an jedes Detail seines nackten Oberkörpers, den kleinen Bauchansatz, die starken Arme.

In dem Moment, als sie ihm gegenüberstand, zog es sie regelrecht zu ihm. Sie hatte oft an ihn gedacht, sich mit Arbeit abgelenkt. Darüber war das Projekt für den Wettbewerb schon fast wieder fertig geworden.

Bewusst war sie nicht um die Insel herum spazieren gegangen, um ihm nicht aus Versehen in die

Arme zu laufen. Und sie hatte außerdem versucht, so wenig wie möglich an ihn zu denken.

Als er jetzt vor ihr stand, fiel das Kartenhaus ihrer Verdrängung einfach in sich zusammen, und ihr wurde klar, dass sie Benedikt vermisste.

»Was kann ich für dich tun?«, fragte sie ihn steif und förmlich, so distanziert sie konnte. Christina wollte nicht, dass er sah, wie sehr sie sich freute, ihn wenigstens zu sehen.

»Nichts eigentlich.« Die Antwort kam so prompt, dass sie sich für Christina wie ein Nadelstich anfühlte. Benedikt hatte die Hände in die Hosentaschen gesteckt. Mehr Distanz ging nicht, und es war Christina schmerzhaft deutlich. »Aber ich hab Michael versprochen, dass ich ihn mal wieder mit raus auf den See nehme.«

Dass er sein Versprechen einhalten wollte, imponierte Christina umso mehr, weil Benedikts und ihr Verhältnis so schlecht war.

»Jedenfalls. Morgen würde es mir passen, und Michael hat Lust. Er war vorhin mit Sebi kurz bei uns am Haus oben. Wenn du also nichts dagegen hättest?«

»Nein, hab ich nicht. Er hat ein paar Mal gesagt, dass er sich freuen würde.« Was Christina nicht sagte, war, dass sie ihren Sohn davon abgehalten hatte, zu Benedikt zu gehen und ihn zu bitten. Sie hatte Michael die Enttäuschung einer Absage ersparen wollen. Offensichtlich hatte sie sich in Benedikt geirrt und ihm etwas zugeschrieben, das seiner Natur nicht entsprach. Als Christina das klar wurde, mochte sie ihn zu ihrem eigenen Verdruss gleich noch ein wenig lieber.

Benedikt nickte. »Sehr schön. Ich freu mich auch. Michael ist ein guter Junge. Schickst du ihn morgen am späten Nachmittag rüber?«

»Ja, mach ich gerne.« Sie wollte ihm noch sagen, wie froh sie darüber war, dass Michael mitkonnte, wie sehr es sie berührte, dass er Michaels besonderen Kern so selbstverständlich erfasste und positiv auslegte – obwohl sie sicher war, dass der Junge Benedikt mit seinen Fragen bombardiert hatte und wieder bombardieren würde, sobald sie unterwegs wären. Ja, am liebsten hätte sie Benedikt einfach in die Arme geschlossen. Aber sie stand nur da, und ihre Arme hingen links und rechts an ihr hinunter, als würden sie nicht zu ihr gehören.

»Also gut.« Benedikt winkte Nelly kurz zu, die dem Gespräch schweigend zugehört hatte. Dann wiederholte er die knappe Abschiedsgeste in Christinas Richtung, bevor er sich abwandte und ging.

»Ich hab ihn irgendwie netter in Erinnerung. Offener, ja, das trifft es«, meinte Nelly, als Benedikt außer Sicht war.

»Ja. Aber da kann er nichts dafür.« Automatisch verteidigte Christina ihn.

»Nein?«

»Nein.«

Und dann erzählte Christina von der Krautinsel, ihrem Kuss, dem kleinen Pflänzchen Gefühl, das Benedikt in ihr gepflanzt hatte und das ein großer Baum hätte werden können – wenn sie nicht Andreas geküsst hätte.

»Es hat dich sozusagen erwischt?«

Christina seufzte. »Das kann man vermutlich so sagen, ja. Aber ich war verwirrt, auch wenn das keine Ausrede sein soll.«

»Na ja, verständlich ist es schon. Wo doch gerade in dem Moment bei dir eingebrochen worden ist.«

Sie nickte »Aber Fakt ist, ich habe einen riesigen Fehler gemacht. Ich dachte, ich sollte es für Michael tun, und ich habe in diesem Moment, zugegeben, auch wirklich Trost gebraucht, weil ich das Gefühl hatte, meine ganze Arbeit war umsonst. Ich hab dir ja eh schon alles erzählt.« Nelly nickte.

»Jedenfalls. Benedikt war sehr klar und hat mir ganz deutlich gesagt, was er von so was hält. Jetzt will er mich nicht mehr in seinem Leben haben. Ich kann es ihm nicht verübeln. Er hat jedes Recht, mich nicht mehr sehen zu wollen.«

Aber es fühlte sich schwer an, spürte Christina. Es fühlte sich viel zu schwer an, als dass es einfach auszuhalten war. Aber das sagte sie nicht laut. Schließlich war sie selbst schuld. Sie hatte es vermasselt, indem sie Benedikt nicht genug Achtung entgegengebracht hatte, und jetzt musste sie mit den Konsequenzen leben. Christina seufzte, dann nahm sie ein Grissini.

»Was soll's? Jeder hat mal einen Flirt«, sagte sie laut, wie um sich selbst zu überzeugen. Es klappte nicht. Wie vorhersehbar!

»Na ja. Ich glaube, es wäre keine schlechte Idee, auch noch mal mit Benedikt zu sprechen, oder?«

Christina schüttelte den Kopf, energisch genug, dass Nelly das Thema schulterzuckend fallen ließ. Er war fertig mit ihr, da war sie ganz sicher.

»Erst mal hatte ich sogar überlegt, ob ich von hier weggehe. So richtig Glück bringt mir die Fraueninsel ja offensichtlich nicht. Aber dann kam Loisl und hat sich entschuldigt. Das hat mich schon ein Stück weit versöhnt. Und dann wollte ich auch meinen Traum nicht sofort aufgeben.«

»Gehört denn Benedikt nicht irgendwie auch zu diesem Traum? Vielleicht solltest du ihn auch nicht einfach so aufgeben.« Die Hartnäckigkeit ihrer Schwester war wirklich unübertroffen.

»Wie gesagt – ich hab kein Glück in der Liebe.« Christinas bestimmter Tonfall würde, hoffte sie, dazu führen, dass Nelly sie endlich vom Haken ließ. Und es funktionierte tatsächlich.

»Ist ja deine Sache«, sagte sie beschwichtigend

und legte ihr den Arm um die Schulter, genau wie ihr Vater es immer tat.

»Danke«, antwortete Christina. Sie wollte nicht weinen, nicht jetzt vor Nelly. Es war wirklich an der Zeit, das Thema zu wechseln.

»Du hattest etwas gesagt, bevor Benedikt gekommen ist, in Bezug auf Quirin? Was war das noch gleich?« Christina schenkte ihr Glas noch mal voll.

Nelly runzelte die Stirn und dachte einen Moment nach, bevor ihre Miene sich aufhellte. »Ach so, ja ...«

Und schon waren die Schwestern wieder in ihr Gespräch vertieft und nahmen den Faden da auf, wo sie ihn vorhin verloren hatten. Aber Christina war nicht mehr zu hundert Prozent dabei. Ein Teil ihres Herzens pochte unter Schmerzen und überschattete das Beisammensein mit Nelly, obwohl Christina versuchte, den Abend mit ihrer Schwester zu genießen. Und dieser Teil ihres Herzens gehörte Benedikt.

෨෨෪෨

Christina hatte sich dezent geschminkt, die Haare frisch gewaschen, das Sommerkleid angezogen, das bis zur Mitte ihres Oberschenkels reichte, genau die richtige Länge für einen perfekten Augusttag. Sie hatte Sandalen an, die man mit einem

Lederband um den Knöchel schnürte. Und jetzt fühlte sie sich, als hätte sie eine Rüstung an. Eine Rüstung, die ihr helfen würde, sich vor Andreas Berndt zu schützen, wenn sie auf ihn traf. Christina war ein natürlicher Typ. Schon mit Mascara kam sie sich vor, als ob sie eine Maske trug, hinter der sie sich verbergen konnte.

Als Andreas am späten Abend eine weitere Nachricht geschickt hatte, hatte sie eingewilligt, ihn drüben auf dem Festland zu treffen, gleich in einem Lokal am See. Er war einverstanden gewesen. Wo es früher so schwierig gewesen war, einen Termin zu finden, dass sie ihn im Laden aufgesucht hatte, um Unterhalts- oder Erziehungsfragen zu besprechen, war es plötzlich ein Leichtes, dass Andreas sich Zeit nahm.

Christina ging zum Wasser hinunter, das leise gegen das Ufer plätscherte. Sie liebte dieses Geräusch. Manchmal, wenn sie nachts das Fenster geöffnet hatte, glaubte sie auch, es zu hören, dann schlief sie jedes Mal mit einem seligen Lächeln ein. Die Nussschale erwartete Christina schon. Noch immer fiel es ihr nicht leicht, beim Einstieg in ihr Bötchen das Gleichgewicht zu halten, aber es wurde immer besser. Sie löste die Taue und drückte sich sanft vom Anleger weg. Ein Chiemsee-Dampfer war gerade vorbeigefahren, und Christina wusste, dass sie sich auf Wellengang einstellen musste. Zügig nahm sie ihren Platz neben dem Motor ein und steuerte ihr Bötchen, nachdem sie es angelassen hatte, unter sanftem Tuckern hinaus auf den See.

Gut, dass Michael mit Benedikt unterwegs war – der Junge war mehr als begeistert gewesen, als er gehört hatte, dass er den Fischer ein weiteres Mal bei der Arbeit begleiten durfte –, so konnte sie sich die Zeit nehmen, die sie brauchte. Christina war aufgeregt. Sie merkte, dass sie vor Nervosität zu schwitzen begonnen hatte, und beschleunigte ein wenig, um mithilfe des Fahrtwinds ihrer inneren Hitze entgegenzuwirken.

Sie schaute zur Fraueninsel hinüber, fuhr südlich am Kloster vorbei. Die Bergkette, die das Südufer des Sees säumte, war heute besonders detailreich zu sehen, was darauf hindeutete, dass sich ein wenig Föhnlage ins Wetter gemischt hatte.

Ein Blick auf die Uhr verriet ihr, dass sie früh dran war. Das auch noch. Auf keinen Fall würde sie sich in das Lokal setzen und auf Andreas warten. Da hatte Christina eine Idee. Sie beschleunigte ihr Bötchen erneut und fuhr auf die Krautinsel zu. Ein kleiner Abstecher nur, dachte sie bei sich, das war drin. Im Zweifel war es lieber andersherum, und Andreas wartete auf sie. Schon auf der Fahrt zog sie die Schuhe aus. Was für ein Gefummel mit den Riemen! Die Flipflops waren einfach viel praktischer im Sommer. Wie war sie nur auf die Idee mit diesen Sandalen gekommen? Als die Bucht, in der sie mit Benedikt gewesen war, in Sicht kam, nahm sie Tempo raus, sodass das Bötchen ganz gemütlich bis nah an die Insel heranglitt. Christina hüpfte ins Wasser. Der Saum ihres Kleids wurde nass. Aber das störte sie nicht weiter.

Sie watete aus dem Wasser, band das Seil, das sie schon ganz automatisch mit aus dem Boot genommen hatte, um genau den gleichen Baum, den Benedikt benutzt hatte, als sie gemeinsam hier waren. Dann ließ sie sich auf den Strand fallen. Kein Mensch war hier, nur sie selbst. Einen tiefen Atemzug nehmend, schloss Christina die Augen. Ja, hier war sie richtig. Ihre Hände gruben sich in die Mischung aus Sand und Kieseln. Die Wellen plätscherten ans Ufer. Wenn sie die Augen öffnete, würde Christina den Kirchturm der Fraueninsel im Hintergrund sehen, während im Vordergrund ihre Nussschale, ihr eigenes Boot, auf dem Wasser tanzte – und das alles vor der unvergleichlichen Chiemgauer Bergkulisse. So sollte man einen Abend hier verbringen – und nicht anders.

Ein wenig fühlte es sich an, als ob Benedikt mit ihr da wäre. Die Erinnerung an den Tag mit ihm war hier noch lebendiger. Vielleicht, weil sie sich hier zum ersten Mal nähergekommen waren. Was für einen Spaß sie gehabt hatten bei ihrer Wasserschlacht. Das Frühstück, nur ein Schraubglas voll

Müsli, war köstlich gewesen wie lange nichts davor oder danach.

Christina lächelte, als sie sich daran erinnerte, wie verlegen Benedikt es ihr serviert hatte. Die Sehnsucht, die sie nun umfing, ließ sie trotz des warmen Tages frösteln.

Und jetzt sollte sie ausgerechnet Andreas treffen. Andreas und nicht Benedikt. Sie schnaubte.

Plötzlich umfing sie die sichere Gewissheit, nicht aufstehen zu können, um nach Prien zu fahren. Das war verkehrt, sie fühlte es plötzlich mit unumstößlicher Sicherheit. Warum sollte sie sich die Mühe machen, ihr Boot nach Prien lenken und weitere Zeit mit ihm verbringen, wo es ihm doch gar nicht um sie ging, sondern darum, einen Prozess zu gewinnen – mit den schmierigsten aller möglichen Mittel, nämlich indem Andreas versuchte, sich wieder in ihre Familie einzuschleichen? War es da nicht besser, ihre Zeit wertig zu nutzen, aus ihrem Kleid zu schlüpfen und ein Bad im See zu nehmen, nur in Unterwäsche und so frei, wie es eben ging angesichts ihres Liebeskummers.

Auf jeden Fall wollte sie Andreas nicht sehen, am besten eine ganze Weile nicht, das wurde Christina mit einem Mal klar. Sie war ihm nichts, aber auch gar nichts schuldig.

Mit einer plötzlichen, raschen Bewegung stand Christina auf, ging zurück zu ihrer *Nussschale* und holte ihr Handy hervor. Wenn sie es jetzt nur nicht fallen ließ!

Dann setzte sie sich zurück auf ihren Platz am Strand und wählte die Nummer, die sie auswendig kannte. Andreas ging schon nach dem dritten Klingeln dran, und seine Stimme zu hören, stachelte Christinas Verärgerung an. Sie musste achtgeben, ermahnte sie sich, ihren Ton im Griff halten.

»Hallo, Christina, alles klar?«

»Äh, ja. Ich muss mit dir reden.«

»Was gibt es denn? Wir sehen uns ja gleich.« Er klang so fröhlich, als könne er kein Wässerchen trüben. Vielleicht hätte er besser Schauspieler als Bonbonhersteller werden sollen, dachte Christina.

»Nein. Ich komme nicht. Mein Vater hat mir von der Verhandlung erzählt.«

Sie wartete. Aber Andreas schwieg. Die Stille war aufgeladen wie eine herannahende Gewitterfront.

»Bist du noch dran?«, fragte Christina schließlich.

»Ja.«

Na wunderbar. Jetzt machte er auf beleidigt. Sie kannte ihn gut genug, um das alte Muster von früher zu erkennen. Oft genug hatte er sich bei Streitigkeiten als das unverstandene Opfer dargestellt, und oft genug hatte Christina ihm gesagt, was sie davon hielt. Damit würde sie nicht noch einmal anfangen. Und auch das Gefühl dazu, die mit seinem Verhalten einhergehende Hilflosigkeit, ja, Schuldgefühle, würde sie ganz sicher nicht zulassen. Er hatte schließlich falsch gehandelt, nicht sie.

»Gut. Dann verstehst du sicher, dass wir nicht wieder zusammenkommen können. Die Basis stimmt einfach nicht. Wenn du ehrlich wärst, hättest du mir das erzählt, und ich hätte es nicht von meinem Vater erfahren müssen.«

Wieder Schweigen.

»Ich bin echt enttäuscht.« Und das stimmte. Es fühlte sich furchtbar an. Christina wünschte, er würde etwas sagen. Aber das tat er nicht. Stattdessen schnaubte er nur.

Sie hörte ihn, obwohl das Wasser zu ihren Füßen leise plätscherte. Am liebsten hätte sie das Gespräch beendet. Aber das konnte sie nicht, noch nicht. Sie musste noch etwas loswerden.

»Mir ist wichtig, dass Michael weiterhin seinen Vater hat«, brachte Christina ihr Anliegen vor. »Bitte.«

Ein weiteres Schnauben war die einzige Antwort.

»Das sind verschiedene Dinge, Andreas. Das weißt du, ja?« Sie konnte nicht anders, auch früher war sie immer eindringlicher im Ton geworden, je weiter sich Andreas von ihr entfernte, und so wurde sie auch jetzt lauter. Es war lächerlich, ein Zeichen ihrer eigenen Hilflosigkeit.

Sie wartete kurz, hoffte noch immer auf eine Antwort und kam sich gleichzeitig naiv vor. Denn natürlich blieb die Antwort aus. Kannte sie ihren Ex-Mann noch immer nicht gut genug?

Andreas hatte nichts entgegenzusetzen. Oder er wollte nicht. Dass er nicht einmal etwas sagte, wenn es um seinen Sohn ging, tat Christina überraschend weh. Das tat mehr weh, als dass er nichts zu der anstehenden Gerichtsverhandlung sagte. Christina fasste einen Entschluss.

»Weißt du was? Ich lege jetzt auf. Und du kannst ja zurückrufen, wenn du so weit bist. Denk dran, dass es mir jetzt vor allem um deinen Sohn geht, unseren Sohn. Wir sind noch immer seine Eltern, auch wenn wir kein Paar mehr sein können.« Christina drückte den roten Knopf, starrte auf das Display. Er würde zurückrufen, oder? Würde er doch?

Michael, dachte sie, oh, Michael. Er verdiente einfach, dass Andreas anrief.

Sie öffnete ihr Chat-Programm. Andreas Berndt war online. Das entsprechende Symbol blinkte – viel zu fröhlich blinkte es. Aber ihr Handy klingelte nicht, keine Nachricht ging ein, das Gerät übte sich in Nutzlosigkeit.

Nach zehn Minuten legte Christina das Telefon achtlos in den Kies. Sie war enttäuscht. Enttäuscht, weil Andreas nicht einmal jetzt Flagge zeigen konnte, sondern sich hinter seinem Schweigen versteckte. Enttäuscht, weil sie ihm ein weiteres Mal fast auf den Leim gegangen wäre – wenn auch für Michaels Wohl. Enttäuscht, weil sie über ihre eigene Unbedachtheit die Chance auf die Liebe verspielt hatte, die sich ihr in Form von Benedikt präsentiert hatte.

Und was für eine Chance das gewesen war! Benedikt, oh, Benedikt!

Christina schlüpfte aus ihrem Kleid. Ohne darüber nachzudenken, rannte sie auf das Wasser zu, sprang ins kühle Nass, tauchte ganz darin ein. Sie wollte verschwinden, aufhören, über alles nachzudenken, was sie bedrückte, und wenigstens für einen Augenblick innere Ruhe finden. Doch das Bild von Benedikt vor ihren inneren Augen wurde kein bisschen unschärfer, sondern blieb so deutlich, wie es war. Auch dann noch, als sie keuchend auftauchte, um Luft zu holen.

Ihre Tränen versiegten nicht, stattdessen vermischten sie sich mit dem Wasser des Chiemsees. Er würde sie schlucken, verschwinden lassen, und sie all den Geheimnissen hinzufügen, die er seit Jahrtausenden in seinen Tiefen bewahrte.

16. Kapitel

Der Teller war am Rand mit perfekten Wellen geprägt, die wunderbar türkisblau leuchteten, die Tasse dazu wiederholte das Muster am Griff und war ein wenig größer als normale Kaffeetassen. Christina fand, so ein Pott vermittelte einfach mehr Gemütlichkeit und Wohlfühlcharakter, weswegen sie ihrem Trinkgeschirr gern eine etwas robustere Optik verlieh. Dennoch passten Teller, Unterteller und Tasse perfekt zusammen. Ein kleiner Fisch schwamm dezent über den Rand der Untertasse, um das maritime Thema noch mehr hervorzuheben, und neben das Gedeck hatte Christina den Stein von der Krautinsel gelegt, damit die Jury sehen konnte, dass sich das Muster des besonderen Steins auf dem Geschirr wiederfand.

Christina hatte das Geschirr am Seeufer einfach in den grobkörnigen Kies gestellt, naturnah, direkt an der Wasserlinie. Jetzt fotografierte sie auf Teufel komm raus aus unterschiedlichen Winkeln und Positionen, bis sie endlich so viele Bilder gemacht hatte, dass sie sicher sein konnte, ein ideales Foto geschossen zu haben. *Wasser und seine Werke –* das Thema des Wettbewerbs hatte sie jedenfalls perfekt umgesetzt. Vermutlich würde sie dennoch nie wieder etwas von dem Preis hören, schließlich gab es etliche hervorragende Keramiker, und sicher nahmen viele an der Ausschreibung teil. Und erst wenn sie sich im der ersten Runde via Foto durchgesetzt hätte, käme sie überhaupt so weit, dass sie der Jury ihre getöpferten Werke zur Begutachtung zuschicken durfte.

»Ich find die so schön, Mama.« Michael hatte Christina zum Wasser begleitet. Sebis Cousin auf dem Festland hatte heute Geburtstag, und so war Michi tatsächlich ein wenig langweilig geworden.

»Oh, danke. Das ist lieb von dir.«

Ihr Sohn grinste. »Nein, das ist die Wahrheit. Das hat mit lieb nichts zu tun.«

Lächelnd tauschten Mutter und Kind einen Blick. Sie schätzte das Kompliment sehr, denn niemand war so ehrlich wie Michael, wenn es um ihre Arbeit ging. Zwischen ihnen beiden gab es keine Schmeicheleien. Christina erinnerte sich noch gut daran, als sie versucht hatte, einen Stegosaurus für ihn zu modellieren, und er behauptet hatte, das Tier sähe eher aus wie ein Grottenolm.

Behutsam packte sie die Tasse zurück in das mitgebrachte Zeitungspapier. Michael tat das Gleiche mit dem Teller. Den Stein, der der Arbeit Modell gestanden war, ließ er einfach in seiner Hosentasche verschwinden.

»Sag mal, Mama, wollen wir nachher noch die bohrende Malermuschel miteinander aussetzen? Sie sehnt sich bestimmt schon nach ihrer Freiheit. Der Sebi und ich haben sie jetzt lange genug erforscht. Wusstest du, dass Maler sie früher benutzt haben, um ihre Farben anzumischen, und sie daher ihren Namen hat?«

Christina musste lachen. »Natürlich nicht.«

Michael nickte mit dem gebotenen Ernst. »Doch, das war damals so. Heute werden sie in Ruhe gelassen und können bis zu zehn Jahre alt werden. Das ist ziemlich alt, finde ich. Ich dachte, wir könnten sie rüber zur Krautinsel bringen. Es gibt da so einen kleinen Strand, den hat Benedikt mir gezeigt.«

»Hat er das?« Christina sah den Ort sofort vor sich.

»Hat er. Er sagt, das ist sein Lieblingsplatz.«

»Ja.«

Michael hatte schon einige Male von seinem zweiten Ausflug mit Benedikt erzählt, und Christina hatte jedes Mal sofort das Thema gewechselt. Jetzt gerade aber war sie zu perplex, weil Benedikt ihren Sohn mit zu dem Ort genommen hatte, wo sie sich zum ersten Mal nah gewesen waren.

Christina dachte an die Kanufahrt. Daran, wie

sie den Stein gefunden hatte, der soeben in Michaels Hosentasche geglitten war, und an Benes Hände – um ihr Gesicht gelegt nach ihrem leidenschaftlichen Kuss.

Sie wünschte sich so sehr in diesen Moment zurück, dass es wehtat. Einmal nur die Zeit zurückdrehen können, dachte sie bei sich und spürte, wie sich ihr Magen schmerzhaft zusammenzog. Natürlich war sie Benedikt in der Zwischenzeit hin und wieder auf der Insel begegnet. Um das auszuschließen, war die Insel zu klein. Er fuhr draußen auf dem See mit seinem Boot vorbei, und sie erkannte ihn sofort daran, wie aufrecht er neben dem Motor auf der Bank saß und viel zu groß für sein kleines Boot zu sein schien. Oder sie ging einmal um die ganze Insel herum, und er saß draußen auf seinem Anlandungsplatz, den Blick aufs Wasser gerichtet. Wie schnell sie da vorbeiging, nur damit er sie nicht sah, mit pochendem Herzen und Sehnsucht in der Brust.

»Ich hab auf der Krautinsel noch ein paar von den Furchensteinen gefunden.« Michael nahm den Unterteller des getöpferten Sets und packte ihn in Zeitungspapier ein. »Aber Benedikt meinte, wir sollen nicht alle da wegnehmen.«

»Ja. Ich glaube, ihm ist wichtig, dass die Landschaft erhalten bleibt, und das fängt mit kleinen Dingen an.«

»Genau das hat er gesagt!« Michael legte den eingepackten Teller vorsichtig zu den anderen in die Tasche.

»Sag mal, wollen wir heute einen Filmabend machen?«, wechselte Christina abrupt das Thema.

»Klar.« Michael strahlte. Filme anzuschauen, stand nicht oft auf der Tagesordnung, umso mehr freute er sich, wenn Christina es anbot.

»Was magst du denn anschauen?«

»Hm. Ich habe da so einen Wildnisfilm bei *National Geographic* entdeckt.«

»Ah. Na, dann schauen wir mal, ob wir den streamen können, oder?« Andere Kinder hätten sich eine Comicverfilmung gewünscht, ihr Sohn wollte Gehirnfutter. Es war so typisch. Christina war nicht mal überrascht.

Sie packte ihre Kamera in die Tasche, und dann war alles ordentlich verstaut. Als sie aufstand, sah sie, dass eine ihr wohlbekannte Gestalt in ihre Richtung kam. Der Gang war unverkennbar, und auch das energische Winken verriet eindeutig, um wen es sich handelte.

»Hallo, Frau Maria«, rief Michael der Nonne entgegen.

»Grüß dich, du lieber Junge.« Sie griff in ihre Rockfalte und zauberte einen Marzipanriegel hervor, den sie Michael ohne Umschweife in die Hand drückte.

»Oh, danke.«

»Sehr gerne.« Die Ordensschwester stupste Michael mit dem Finger auf die Nase, wie man es eigentlich bei einem Kleinkind machte. Aber er nahm es ihr nicht krumm. Er war schon damit beschäftigt, den Riegel von seiner Verpackung zu befreien und hineinzubeißen.

»Na, wie geht es euch?«, fragte Maria.

»Gut, wir haben gerade die Fotos für Mamas Wettbewerb gemacht«, nuschelte Michael, bevor Christina überhaupt etwas antworten konnte.

»Sehr schön. Das hatte ich gar nicht mitbekommen.« Maria schaute Christina herausfordernd an, sodass diese errötete.

»Na ja, Sie können nicht alles mitkriegen, oder?«

»Was die Insel betrifft, schon.« Maria zwinkerte Christina zu. »Da entgeht mir selten was. Allerdings muss ich sagen, dass ich in den letzten Tagen einen ordentlichen Hexenschuss hatte. Da hat der Herrgott mich ein wenig zur Ruhe gezwungen.«

Tatsächlich, erst jetzt, wo die Benediktinerin es sagte, fiel Christina auf, dass sie in dieser Woche gar nicht in der Töpferei vorbeigekommen war.

»Geht es denn wieder?« Christina hatte ein schlechtes Gewissen, weil sie so sehr um sich selbst gekreist war in den letzten Tagen.

»Doch, ja. Es geht schon wieder.« Maria machte eine komische Verrenkung mit der Hüfte, wedelte mit den Armen herum und verzog dann kurz das Gesicht. Offensichtlich ging es nicht so gut, wie sie es glauben machen wollte.

»Nun ja. Also, ich hab den Eindruck, Sie sollten schon noch ein wenig auf Ihre Gesundheit achten.«

»Papperlapapp! Wer rastet, der rostet. In meinem Alter erst recht. Und jetzt möchte ich mal was über diesen Wettbewerb wissen. Um was geht es denn da? Komm, meine Liebe, wir setzen uns gleich hier drüben auf die Bank.« Sie deutete auf eine grüne Bank, die auf das ufernahe Schilf ausgerichtet war. Man hörte allerlei Getier darin rascheln, wenn man hier saß.

»Darf ich schon mal heimgehen? Ihr redet sicher wieder diesen Erwachsenenkram.« Michael hatte den Marzipanriegel gefuttert und knüllte die Verpackung in seiner Hand zusammen.

»Na klar.«

»Super. Ich wollte eh noch ein Boot aus meinem Roboter bauen.«

»Klingt nach einem guten Plan.« Christina winkte ihrem Sohn nach, der schon auf dem Weg war.

»Ein Boot aus einem Roboter?« Schwester Maria schaute dem Jungen hinterher.

»Er baut Lego.«

Die Nonne lachte. »Ach so.«

Gemeinsam setzten sie sich auf die Bank. Maria stöhnte leise, als sie sich niederließ.

»Darf ich denn mal sehen, was du da gemacht hast?« Maria deutete auf den Stoffbeutel, in dem sich das getöpferte Werk befand.

»Klar.« Christina holte den Unterteller heraus, den Michael gerade in Zeitungspapier eingeschlagen hatte, und packte ihn wieder aus. Dann tat sie das Gleiche mit Kuchenteller und Pott.

»Das sieht aber wirklich hübsch aus.« Frau Maria strich mit dem Finger über das Muster auf dem Tellerrand. »Das sind die Muster der Steine drüben auf der Krautinsel, oder?«

Christina nickte. »Dass Sie das wissen!«

»Na ja. Ich war auch mal jung. Und manchmal bin ich rüber auf die andere Insel gerudert, an besonders heißen Tagen. Schließlich ist man dort allein. Da konnte ich auch mal ins Wasser springen, ohne dass sich jemand daran gestört hätte.« Sie kicherte. »Aber wehe, du verrätst mich!«

Christina lachte. Sie konnte sich Maria nur zu gut als junge, etwas aufrührerische Person vorstellen.

»Ich glaube nicht«, fuhr die Ordensschwester fort, »dass der liebe Gott etwas dagegen gehabt hat. Es steht nirgends geschrieben, dass Nonnen nicht baden sollen.«

Etwas wie jugendlicher Trotz war in Marias Worten zu hören. »Außerdem wurde ich nie erwischt.« Da war es ein weiteres Mal: das Kichern der Nonne.

»Aber diese Steine sind mir damals aufgefallen. Sie sind ganz besonders. Eine tolle Idee, sie auf dieser Keramik zu verewigen. Und das Fischlein!« Marias ehrliche Begeisterung tat Christina gut. Sie hatte niemandem außer Michael die fertigen Objekte gezeigt bisher, deshalb war das Lob umso mehr wert. Denn der einzige Mensch, dem sie die Arbeiten sonst noch hätte zeigen wollen, redete nicht mehr mit ihr. Dabei war Benedikt derjenige, mit dem sie den besonderen Stein, der ihr Ideengeber gewesen war, gefunden hatte.

»Danke, Frau Maria. Das Lob bedeutet mir viel.«

Die Nonne lächelte und nahm die große Tasse in beide Hände. »Fühlt sich gut an.«

Christina grinste. »Das war mir auch wichtig.«

Maria nickte. »Es geht nichts über das richtige Kaffeehaferl. Da muss die Haptik stimmen, oder? Wenn ein Haferl nicht richtig in der Hand liegt, ist es sein Geld nicht wert.«

»Stimmt!« Christina verstand genau, wovon die Nonne sprach.

Ein Schwanenpaar schwamm heran. Neugierige Blicke wurden auf die beiden Frauen gerichtet, sicher weil die Seevögel es gewohnt waren, dass man sie fütterte. Maria schenkte den Tieren allerdings keinen Blick.

»Da hast du ja Glück gehabt, dass bei dem Einbruch nicht auch noch diese Sachen kaputt gemacht wurden«, sagte sie.

Christina schaute die Nonne überrascht an. »Sie wissen von dem Einbruch«, stellte sie fest. Sie hatte niemandem davon erzählt. Was hätte es gebracht, die Sache breitzutreten, besonders nachdem Loisl sie um Entschuldigung gebeten hatte?

»Ich hab dir doch gesagt, dass ich die Insel kenne wie meine Westentasche. Allerdings muss man sagen, dass eine Straftat hier auf der Fraueninsel so selten ist, dass so was vermutlich niemandem entgehen kann.«

Das konnte sich Christina vorstellen. »Ich hatte übrigens gar nicht so viel Glück. Dieses Set ist meine zweite Runde. Meine erste Version wurde vollständig zerstört. Aber im Nachhinein bin ich ganz froh drum, dieses hier ist wesentlich besser gelungen.«

»Na, dann hat Loisl ja ganz ordentlich zugeschlagen, im wahrsten Sinne des Wortes.«

»Das wissen Sie auch?«

»Auf der Insel ...«

»... bleibt nichts verborgen, ja, ja«, beendete Christina den Satz der Nonne, die mit einem selbstzufriedenen Ausdruck im Gesicht auf der Bank saß, noch immer die Tasse in den Händen haltend. »Der Loisl war übrigens bei mir und hat sich entschuldigt. Damit ist die Sache erledigt.« Christina wollte auf keinen Fall ein Gerücht streuen, das den alteingesessenen Fischer in ein schlechtes Licht rückte. Schließlich bemühte er sich, den Schaden wiedergutzumachen, und hatte mit seiner Suchtkrankheit zu kämpfen, mehr Probleme brauchte er wahrlich nicht.

Maria nickte. »Er ist ein anständiger Kerl, wenn er nüchtern ist. Der verdammte Alkohol, wenn der nicht wäre, Loisl hätte es ein gutes Stück leichter im Leben.«

»Oh, ja. Aber in letzter Zeit hatte ich immer den Eindruck, dass er nüchtern ist.« Tatsächlich war der Mann oft vorbeigekommen, hatte den Garten auf Vordermann gebracht und ein paar Bilder im Wohnzimmer angebracht. Ja, sogar ein paar Glühbirnen hatte er gewechselt, obwohl Christina das gut selbst gekonnt hätte. Aber längst hatte sich zwischen ihr und Loisl eine Freundschaft entwickelt. Meistens tranken sie einen Kaffee miteinander, und Loisl hatte Christina sogar von seiner Frau erzählt. Er fing an, sich mit seiner Trauer auseinanderzusetzen, was Christina als gutes Zeichen wertete. Mittlerweile kam er immer in gewaschener Kleidung, frisch rasiert und gepflegt.

»Ich denke auch«, stimmte die Nonne ihr zu. »Er scheint ein wenig mehr Boden unter den Füßen zu haben. Gott sei's gedankt.«

Christina nickte. Dann saßen die Frauen schweigend beieinander, bis die Nonne weiterredete.

»Sag mal, hast du denn mit Benedikt gesprochen?«, fragte sie betont beiläufig.

»Meinen Sie, weil er Michael mit raus zum Fischen nimmt?«

»Guter Gott!« Tatsächlich ließ Frau Maria ihrem Ausruf einen dramatischen Blick gen Himmel folgen. »Mädchen, du bist doch nicht so schwer von Begriff, wie du mich gerade glauben machen willst, nicht wahr?«

»Wie bitte? Was meinen Sie damit?«, fragte Christina.

Woher kam die klosterschwesterliche Entrüstung denn auf einmal?

»Ich meine, Loisl, Benedikt – klingelt's?«

Noch immer reichte es, seinen Namen auszusprechen, damit ihr alles wehtat.

Die Nonne rollte angesichts Christinas verständnislosen Blicks mit den Augen wie ein Teenager in der Trotzphase, wenn seine Mutter sich ganz besonders danebenbenahm, seiner Meinung nach. »Du musst wirklich noch extrem viel über die Fraueninsel lernen – und über Benedikt.«

»Oh, ich glaube, was Benedikt angeht, weiß ich

genug.« Konnte Maria endlich aufhören, über ihn zu reden? Christina hatte keine Lust auf dieses Gespräch, wirklich nicht, egal wo es hinführen würde.

»Meinst du, ja?« Die Klosterfrau hatte mit einem Mal ein verschmitztes Grinsen im Gesicht. »Das scheint mir nicht so.«

»Behauptest du.«

»Oh, ja, und du weißt ja, dass ich hier auf der Insel viel mitbekomme. Auch Dinge, die anderen leicht verborgen bleiben.«

»Pft.« Doch jetzt wollte sie schon wissen, was die Nonne ihr gerade vorenthielt. Die schaute indessen scheinbar gelangweilt aufs Wasser und wartete einfach ab, als würde sie wissen, dass Christinas Neugier am Ende den Sieg über den Trotz davontragen würde. Anscheinend hatte sie ihre neue Freundin schon ziemlich gut kennengelernt.

»Na gut. Raus mit der Sprache«, gab Christina sich schließlich einen Ruck.

»Also.« Maria richtete sich kerzengerade auf. »Benedikt ist, nachdem er mitbekommen hat, dass bei dir eingebrochen wurde, zu Loisl gegangen. Er war einfach der wahrscheinlichste Kandidat für so einen Mist. Vermutlich hast du darüber auch selbst nachgedacht?«

Christina nickte. Natürlich hatte sie das. Aber dann war Loisl schon gekommen, um sich zu entschuldigen.

»Nun ja. Jedenfalls hat Benedikt ihm ins Gewissen geredet, und dann ...«

»... war Loisl bei mir.«

»Ja, so war es ziemlich sicher. Denn als ich zu Loisl gekommen bin, um ihm ins Gewissen zu reden, war Benedikt schon da.« Maria nickte, und Christina sah, dass sie ganz rote Bäckchen bekommen hatte beim Reden. »Benedikt hat das für dich in Ordnung gebracht. Man muss dem Herrgott wirklich für solche Menschen danken. Und seitdem geht Benedikt morgens immer rüber zum Loisl zum Frühstückskaffee. Der ist doch ganz allein, seit seine Frau weg ist von der Insel. Sie hat sich in eine andere Frau verliebt, munkelt man. Das hat der arme Kerl nicht verkraftet.« Maria empfand sichtlich Mitgefühl für Loisl. Und auch Christina verstand die ruhige, manchmal regelrecht melancholische Art des Mannes jetzt besser als zuvor. Aber eigentlich dachte sie nur daran, dass Benedikt für sie in die Bresche gesprungen war. Er war zu Loisl gegangen, hatte ihn dazu gebracht, sich zu entschuldigen, und so dafür gesorgt, dass alles in Ordnung kam und sie sich in Zukunft nicht vor einem unbekannten Einbrecher fürchten musste. Außerdem half er dem alten Insulaner sogar noch dabei, nüchtern zu bleiben.

»Er hat mir gar nichts davon erzählt – also Benedikt«, sagte Christina überrascht. Und noch etwas wurde ihr klar, auch wenn sie es nicht laut aussprach: Benedikt hatte ihr geholfen, obwohl er sie Augenblicke davor in Andreas Berndts Armen gesehen hatte.

Maria nickte. Sie war im Gegensatz zu Christina überhaupt nicht verwundert. »So ist er. Ich hab dir doch gesagt – er hat das Herz am richtigen Fleck. Aber ich dachte, vielleicht hat Loisl dir was erzählt.«

Christina schüttelte den Kopf. »Nein. Hat er nicht.«

Sie dachte daran, wie Loisl und Benedikt morgens miteinander frühstückten, zwei Fischer unter sich. Und sie war sich ganz sicher, dass es Loisl guttat, nicht mehr so viel allein zu sein. Sie würden über Fischvorkommen und vielleicht über die Räucherei sprechen, über das Wetter und den Wind. Wenn Loisl durch seinen Einbruch einen Freund gewonnen hatte – gut so!

»Nun ja. Dann wird Benedikt wohl dafür gesorgt haben. Er ist keiner, der ein Lob braucht.« Maria zuckte mit den Schultern und griff mit einer Hand nach dem Rosenkranz, der um ihren Hals hing.

Warum hatte Benedikt Christina nicht wissen lassen, dass er für sie eingetreten war? Sie hätte ihm so gerne gedankt. Stattdessen hatte er auch noch ihren Sohn mit auf den See genommen, hatte sie damit ein weiteres Mal entlastet und dabei noch

Michaels Leben reicher gemacht. Wie kam es, dass dieser Mann noch so gut an ihr handelte, nachdem er sie gesehen hatte, wie sie ihren Ex geküsst hatte?

Hätte Andreas das auch so gemacht? Sie dachte daran, wie lange es gedauert hatte, bis er als Vater aktiv in Michaels Leben getreten war nach der Trennung und dass der Weg dahin sich für Christina wie ein Marathonlauf angefühlt hatte, während Benedikt sein Verhältnis zu ihr ganz klar von dem zu Michael getrennt und ihn sogar mit auf sein Boot genommen hatte, obwohl es keinerlei Verpflichtung dazu gegeben hätte.

Christina war beschämt von so viel Großherzigkeit. Wenn Maria sagte, dass Benedikt das Herz am richtigen Fleck hatte, war das noch eine Untertreibung.

Auf der Bank sitzend starrte Christina hinaus aufs Wasser und versuchte, ihre Gefühle zu sortieren. Ein Blesshuhn schwamm weiter draußen vorbei, tauchte plötzlich unter und kam ein Stück weiter rechts wieder zum Vorschein.

Maria stand auf und legte ihre Hand auf Christinas Schulter. »Ich glaube, jetzt ist deine Zeit gekommen, meine Liebe.«

»Wie bitte?«

»Es ist an der Zeit, für dich einzustehen und für das zu kämpfen, was du wirklich in deinem Leben möchtest.« Die Nonne lächelte sie an. Sie strahlte eine Güte aus, wie Christina sie selten bei einem Menschen gesehen hatte und die durch ihre Hand in Christinas Körper zu strömen schien. »Du wirst sehen. Es tut gut, für sich selbst einzustehen und einfach mal seinem Herzen zu folgen. Schließlich hast du das mit der Töpferei ja auch schon getan, oder? Du weißt also, dass sich das am Ende lohnt, würde ich meinen.«

Frau Maria wartete keine Antwort ab, sondern ging in dem ihr eigenen, schwankenden Schritt ihres Weges. Auf dieser Insel schien sich niemals jemand noch mal umzudrehen, dachte Christina. Alle waren sich so verdammt sicher, das Richtige zu tun – nur sie selbst nicht.

Sie musste immer überlegen, nachgrübeln, wollte niemanden verletzen, alles richtig machen. Wie oft hatte sie an Benedikt gedacht? Wie oft der schmerzhaften Sehnsucht widerstanden, zu ihm zu gehen, obwohl es sie regelrecht zerriss?

Stattdessen hatte sie geglaubt, Andreas etwas schuldig zu sein. Dem Mann, der sie so oft im Stich gelassen hatte, dass sie die Gelegenheiten nicht mehr zählen konnte, und der immer noch nicht Farbe bekannt hatte. Der Prozess war in wenigen Tagen. Und Andreas hatte seit Christinas Nachricht nicht einmal nach Michael gefragt. Wie dumm sie war, schalt Christina sich selbst. Wie unfassbar dumm. Sie dachte daran, wie sie ihrer Familie von der Töpferei erzählt hatte, voller Schuldbewusstsein, und wie ihre Eltern reagiert hatten – froh, dass sie beruflich endlich ihren eigenen Weg gefunden hatte, also ganz anders, als es ihrer Erwartung entsprochen hatte.

Das Blesshuhn war näher herangeschwommen und schien sie zu mustern. Ein weiterer neugieriger, hungriger Seevogel, der eine Chance auf Futter witterte.

Christina beobachtete das Blesshuhn, wie es heranschwamm und ruckartig sein Köpfchen drehte, um sie besser sehen zu können. Dann tauchte die Duckente, wie sie hier in Bayern oft genannt wurde, plötzlich unter. Statt darauf zu warten, dass die Ente wieder auftauchte, stand Christina auf.

Wenn aus Benedikt und ihr nichts wurde, war das ganz egal: Es war an der Zeit, ihm zu danken und sich zu entschuldigen. Es war an der Zeit, zu sich selbst zu stehen und aufzuhören, Ausreden zu finden. Sie selbst musste ihre höchste Priorität werden. Sonst würde es immer wieder Menschen wie Andreas Berndt geben, die in ihr Leben trampelten und sich selbst zu Christinas Priorität machten – und das musste für immer vorbei sein! Denn Maria hatte absolut recht: Nichts hatte sich je so gut angefühlt, wie ihrem Herzen zu folgen und endlich ihrer Berufung als Töpferin nachzugehen.

Christina stand so energisch auf, dass die beiden Schwäne, die noch immer in sicherem Abstand warteten, hektisch in Richtung Seemitte schwammen. Sie würde zu Benedikt gehen – und zwar sofort!

⤳ 17. Kapitel ⤳

Sie hatte noch nie bei Benedikt geklingelt, wurde ihr bewusst. Immer hatten sie sich draußen oder bei ihr getroffen. Jetzt stand sie vor der Haustür mit der Fußmatte auf der »Herzlich willkommen« stand, und dem kleinen Blumentopf an der Seite, der abends von einer Laterne mit einem Teelicht beleuchtet wurde. Schon bei Tageslicht strahlte der Eingangsbereich eine Gemütlichkeit aus, die dafür sorgte, dass man sich ganz automatisch willkommen fühlte. Wilder Wein rankte sich am Haus hinauf und verlieh ihm etwas Verwunschenes. Dem alten, gepflegten Gebäude sah man an, dass es mit Liebe behandelt wurde.

Christina legte ihre Hand auf den kühlen, metallenen Klingelknopf, erst dann drückte sie die Klingel. Ein einfacher Dreiklang war zu hören, dann nichts mehr. Sie trat ein paar Schritte zurück. Als sich die Tür öffnete, stand da eine ältere Frau, die Christina noch nie gesehen hatte.

»Servus. Kann ich helfen?«

»Grüß Gott. Ich suche den Benedikt. Ist er da?«

Ihr Kinn, ihre Nase, sogar die Augenfarbe waren Benedikts.

»Ich schau. Moment.« Die Frau musterte Christina von Kopf bis Fuß, fragte aber nichts. Sie schien zu wissen, wen sie vor sich hatte.

»Danke. Übrigens ist Ihr Kartoffelsalat köstlich.« Die Worte sprudelten einfach so aus Christina heraus, ohne dass sie sie hätte aufhalten können. Kein Wunder, nervös, wie sie war.

Ein kurzer Moment der Irritation verstrich, bevor das Gesicht von Benedikts Mutter ein fast unsichtbares Lächeln zeigte und sie nickte. »Ich weiß. Das Rezept ist von meiner Großmutter.«

Dann drehte sie sich um und verschwand im Haus. »Bene? Beeene? Deine Christina ist gekommen.«

Deine? Christina schluckte. Offenbar war Benedikts Mutter nicht so gut informiert wie Frau Maria. Allerdings war ihr Name ihr offensichtlich vorausgeeilt, denn sie hatte sich nicht vorgestellt.

Christina schaute an der Hauswand hinauf, betrachtete die Weinreben, um sich abzulenken. Aber dann hörte sie Schritte von innen, schwere Schritte – und es wäre so viel leichter gewesen, einfach wegzurennen, als sich diesem Moment zu stellen. Es war schwer, dem Impuls zu widerstehen, doch da ging die Haustür erneut auf, und Benedikt schien den ganzen Türrahmen auszufüllen.

»Hallo. Kann ich irgendwas für dich tun?«, fragte er distanziert. Und Christina spürte, wie sehr sie ihn vermisste. In diesem Moment, da sie ihm wieder gegenüberstand noch mehr als in jedem anderen Augenblick der letzten Wochen. Er war ihr körperlich so nah, und innerlich, das spürte sie, so weit entfernt, wie es nur ging. Jetzt stand er da und wartete auf eine Antwort, und Christinas Hirn war wie leer gefegt.

»Ich ...« Sie schluckte. »Ich bin gekommen, weil ...«

Er wartete, stand kerzengerade, kam ihr nicht entgegen. Aber genau das hatte sie verdient, schließlich war sie es, die alles falsch gemacht hatte.

»Ich wollte ...« Verdammt, warum war das nur so schwer? Sie seufzte und fuhr sich durchs Haar.

Benedikt trat heraus zu ihr. »Komm mit, wir haben da hinten eine Laube, da können wir uns hinsetzen, und wir sind unter uns.« Er warf einen Blick über die Schulter. Christina konnte nicht sehen, ob da noch seine Mutter stand. Dann schloss er die Haustür hinter sich.

Schweigend gingen sie nebeneinanderher durch den Garten. Tatsächlich gab es unter einem schattigen Kastanienbaum eine Holzhütte, die fast vollständig mit Efeu überwachsen war. Auf der kleinen Terrasse stand eine Bank, auf die sie und Benedikt sich setzten. Hier war es herrlich kühl, und

Christina fühlte sich gleich ein wenig ruhiger, als sie erst einmal saß. Zumindest musste sie keine Angst mehr davor haben, dass ihre Knie einfach unter ihr nachgeben würden.

»Also?«, kam Benedikt ohne Umschweife zum Punkt. Er saß leicht seitlich, sodass er Christina anschauen konnte.

Sie räusperte sich. »Ich bin gekommen, weil ich mich bei dir bedanken wollte.«

Benedikt hob die Augenbrauchen. »Wofür?«

»Wo soll ich da anfangen?« Sie lächelte ein trauriges Lächeln.

Das Stirnrunzeln legte Benedikts Stirn in so tiefe Falten, dass Christina sie am liebsten mit zärtlichen Fingern glatt gestreichelt hätte. Aber von so einem Szenario waren sie weit entfernt, und der Schmerz in Christina breitete sich mit jedem Moment weiter aus.

»Am Anfang?«, schlug Benedikt vor.

Christina nickte.

»Danke für den Kartoffelsalat von deiner Mutter, das gute Gespräch und den Fisch.« Das war der Anfang gewesen, wenn man es genau betrachtete, und tatsächlich glättete sich Benedikts Stirn ein wenig, und sein rechter Mundwinkel zuckte kurz, bevor er wieder ganz ernst wurde.

»Danke für die Paddeltour mit dem Kajak und …«

»Kanu«, korrigierte Benedikt.

»Franz jedenfalls«, sagte Christina.

»Ja, genau.« Jetzt lächelte er wirklich, vielleicht, weil sie sich an den Namen des Kanus erinnerte.

»Danke für das Frühstück, danke, dass du meinen Sohn aus dem Wasser geholt hast, für ...« Es war schwer für Christina, allein weil der Gedanke, sie hätte Michael verlieren können, ihr die Worte im Hals abwürgte. Sie brauchte einen Moment, bis sie weitersprechen konnte. »Danke, dass du mir geholfen hast mit so vielen Dingen.«

»Na ja. Übertreib mal nicht.« Benedikts tiefe Stimme klang tadelnd. Trotzdem hörte er sich nicht mehr ganz so angespannt an wie noch vor wenigen Augenblicken.

»Tu ich nicht. Du warst sogar meinetwegen bei Loisl.«

Benedikt schwieg. Er leugnete es nicht.

»Du hast mir damit sehr geholfen.«

»Ich hab vor allem ihm geholfen. Er kann nicht noch mehr Ärger brauchen. Er hat es schwer genug«, entgegnete Benedikt unwirsch.

So hatte Christina die Sache noch nicht betrachtet. Aber natürlich stimmte, was Benedikt sagte. Trotzdem – ein Teil von ihr hätte sich gewünscht, er wäre ihretwegen dort gewesen.

»Jedenfalls war das sehr nett von dir, sehr hilfsbereit. Und dann wegen Michael ...«

»Er ist ein guter Junge«, unterbrach Benedikt sie. »Ein sehr kluges Kind, da kannst du stolz sein.«

»Ja, das ist er«, bestätigte Christina.

Michael saß gerade zu Hause und schaute sich einen Insektenfilm an, der ihn schon lange interessierte. Aber da Christina Gottesanbeterinnen so gar nicht niedlich fand, hatten sie den Film immer aufgeschoben. Heute war daher der ideale Tag dafür gewesen, und so hatte Michael sie gerne gehen lassen. Er wusste, dass sie mit Gottesanbeterinnen auf Kriegsfuß stand.

»Ich bin nicht wegen dir mit ihm rausgefahren. Ich hab ihn mit zum Fischen genommen, weil ich gesehen habe, welche Freude ihm das macht.«

Christina nickte. Am Ende hatte Benedikt alles gar nicht für sie gemacht, sondern war einfach nur ein guter Mensch, der anderen gerne Gutes tat.

Wieder schwieg Benedikt, wartete. Christina wusste, dass sie noch nicht alles gesagt hatte, was sie ihm sagen wollte. Sie gab sich innerlich einen kräftigen Schubs.

»Außerdem wollte ich dich um Entschuldigung bitten. Ich weiß, wie das für dich ausgesehen haben muss, als ich Andreas geküsst habe. Aber auch, wenn das so viele sagen, die in so einer Situation erwischt werden: Es war nicht das, für das du es gehalten hast. Leider ist mir das auch viel zu spät klar geworden. Andreas zu küssen, war nicht das, was ich wollte.«

»Was wolltest du denn?«

»Dass es Michael gut geht und er glücklich ist. Ich hatte oft das Gefühl, er vermisst eine Vaterfigur. Als Andreas sich dann so plötzlich gekümmert hat, da ...« Christina schüttelte den Kopf. »Ach, das ist eine lange, komplizierte Geschichte, weißt du. Fakt ist: Ich wollte mit dir zusammen sein, mit niemandem sonst. Aber das habe ich zu spät gesehen. Ich war einfach völlig durcheinander, als in meine Töpferei eingebrochen wurde.«

Benedikt schaute auf den Boden. Er schaute Christina nicht einmal mehr an.

Da war sie: die Wehmut, begleitet von ihrer Freundin, der Sehnsucht. Das grausame Duo, das sie immer wieder heimsuchte, wenn sie an Benedikt dachte, und das sie jetzt, in seiner Gegenwart, förmlich auffraß. Und da waren auch die Tränen, denen sie so selten den nötigen Raum gegeben hatte und die ihr nun über die Wangen rannen. Sie spürte, dass sie gehen musste. Ohne sich umzusehen. Dieses Mal war sie es, die sich nicht umdrehen durfte. Erst in diesem Augenblick wurde ihr klar, dass Benedikt sich vielleicht nur deshalb nicht umgewandt hatte, weil er es sonst nicht ausgehalten hätte, weil etwas in ihm zersprungen wäre. Sie hatte diesen Mann, der so ehrlich und so liebevoll mit seinen Mitmenschen umging, einfach nicht verdient.

Eine letzte Sache noch, dachte sie bei sich, die musste sie ihm einfach sagen, weil es ihr ein inneres Bedürfnis war. Christina stand auf. »Danke für deine Nähe. Es war wunderschön mit dir.«

Was für ein Glück, dass sie ihre Töpferwaren im Vorbeigehen noch daheim abgestellt hatte, sonst wäre sie bedeutend langsamer gewesen.

Jetzt sprang sie die zwei Stufen von der Terrasse der Laube ins Gras hinunter, lief quer durch den Garten. Die Sonne knallte heiß auf ihren Rücken, aber das spürte Christina gar nicht. Sie ließ ihren Tränen freien Lauf, unterdrückte nur die lauten Schluchzer und vor allem: Sie drehte sich nicht um, wollte, nein, konnte Benedikt jetzt nicht noch einmal sehen. Zu weh, alles tat viel zu weh. Aber es fühlte sich richtig an, dass sie mit Benedikt gesprochen hatte – wohl wissend, dass sie keine weitere Chance bei ihm verdiente. Schon war sie mit schnellen Schritten an der Gartentür.

»Warte doch.« Benedikts ruhige, tiefe Stimme war ganz nah. Er musste sofort aufgesprungen und hinter ihr hergestürmt sein.

Christina legte ihre Hand auf den von der Sonne erwärmten Türgriff.

»Was soll das denn jetzt werden?«, fragte Benedikt. »Wohin willst du denn laufen?«

Seine Stimme war so warm wie das Metall unter ihrer Hand. Langsam drehte sie sich um.

»Ich weiß nicht«, antwortete sie schniefend, und plötzlich kam ihr die Insel sehr klein vor – und zugleich viel zu groß. Denn eigentlich wollte sie genau da bleiben, wo sie gerade war: bei Benedikt, der ihr jetzt so tief in die Augen schaute, dass sie wegsehen musste.

»Christina.« Sie sah seine Zehen in ihrem Sichtfeld auftauchen und bemerkte erst jetzt, dass er barfuß war. »Bitte schau mich an.«

Widerwillig hob sie den Blick, ließ zu, dass er ihr in die Augen sah, so intensiv, dass ihr ganzer Körper unter Strom zu stehen schien.

»Rede mit mir, hm?« Er legte den Kopf leicht schräg, berührte sie sogar am Arm, zog ihre Hand, die noch immer den Türknauf hinter ihrem Rücken festhielt, sanft davon weg.

Allein ihn zu spüren, seine Hand auf ihrer Haut, war zu schön und zu schmerzhaft zugleich.

»Ich wünschte, ich hätte es nicht verbockt«, brach es aus ihr heraus. »Ich wünschte, ich hätte dir gleich, als du an dem Tag des Einbruchs Andreas und mich gesehen hast, gesagt, dass ich dich liebe und ...«

Christina hörte sich selbst sprechen und unterbrach sich. Hatte sie das wirklich laut ausgesprochen? Benedikts Augen hatten sich geweitet. Jetzt war alles egal. Und hatte sie sich nicht geschworen, zu sich selbst zu stehen?

»Jedenfalls werde ich ewig bereuen, dass ich mich so dumm verhalten habe. Denn du bist der erste Mann in meinem Leben, der mir so viel bedeutet.«

Es war ganz leicht, stellte Christina zu ihrer eigenen Verwunderung fest. Ihre Gefühle auszubreiten wie ihre Keramiken im Ausstellungsraum, war nicht so schwer, wie sie gedacht hatte. Jetzt war alles gesagt und damit eine Last von ihren Schultern genommen. Ihre Hand tastete wieder nach dem Türgriff. In Christina war alles ganz ruhig. Sie konnte jetzt gut gehen. Es würde auch weiterhin wehtun, aber damit hatte sie gerechnet.

Doch Benedikt hielt ihren Arm fest.

»Du mir auch«, flüsterte er.

»Wie?« Christina verstand nicht.

Vorsichtig ließ er sie los. »Geh nicht. Du bedeutest mir auch sehr viel. Du bist die Frau, mit der ich zusammen sein möchte. Und natürlich war ich auch deinetwegen bei Loisl. Wie saudumm, ausgerechnet jetzt damit anzufangen, mich verstecken zu wollen.« Er verdrehte die Augen, wie Frau Maria es am Seeufer getan hatte. »Ich sollte heute wirklich nicht mit so einem Schmarrn anfangen.«

Benedikt überwand die letzte Distanz zwischen sich und Christina. Dann küsste er sie, aus dem

Nichts heraus, einfach so. Es dauerte nur Bruchteile von Sekunden, bis Christina ihre Überraschung überwand, ganz automatisch ihre Hand in seinen Nacken legte und den Kuss erwiderte, während ihr Verstand, ihr geplagter, verwirrter Verstand, einfach stillstand. Der Kuss war nicht vorsichtig, wie man es hätte erwarten können. Er war wild, leidenschaftlich und ungezügelt und verriet damit, dass er schon lange hatte geküsst werden wollen. Christina spürte keine Unsicherheit mehr in diesem Augenblick – kein Zögern, kein Zaudern, keine Zweifel. Da war nur Glück, das so rein und klar wie das Wasser des Chiemsees an dem einsamen Strand auf der Krautinsel war, wo Benedikt und Christina sich zum ersten Mal geküsst hatten.

෨ EPILOG ෨

Fünf Wochen später

Die Tafel im Garten hatte freien Blick auf den See.
Überall hingen Lampions, was das Werk von Kati
und Nelly war. Quirin stand am Grill. Christina
hatte zwar angeboten, selbst zu grillen, aber ihre
berühmt-berüchtigten Kochkenntnisse hatten dazu
geführt, dass alle gemeinsam entschieden hatten,
dass lieber Quirin die Grillzange überreicht wurde.

In einer Feuerschale prasselte es schon, und
später, wenn es finster war, würden sie sicher alle
um das Feuer herum sitzen. Es war September geworden und abends schon kühl.

Gegrillt wurde natürlich Fisch, selbstverständlich von Benedikt gefangen, aber Quirin hatte auch
Würste vom Hof seiner Schwester Melanie mitgebracht.

Alle waren gekommen: Anton und Gitti, die
Schwestern, Quirin, sogar Maria wollte noch da-
zukommen – nach der Abendandacht. Außerdem
war Benedikt da, der eine große Schüssel des Kar-

toffelsalats mitgebracht hatte, der, wenn schon nicht weltberühmt, aber doch auf der ganzen Insel bekannt und begehrt war. Seine Eltern waren am Nachmittag zum Festland aufgebrochen, weil sie Konzertkarten hatten. Sonst wären sie bestimmt auch mit von der Partie gewesen.

Quirin kam vom Grill herüber und legte Anton Rieger kommentarlos ein Päckchen auf den Tisch, das er vorsichtig mit der Grillzange transportiert hatte.

»Und, mein Schatz, wie läuft es in der Töpferei?« Anton Rieger öffnete vorsichtig das Alufolien-Paket, in das sein Fisch eingewickelt war. Es duftete nach Zitronen, Knoblauch und einem Hauch Rosmarin, was dazu führte, dass ihr Vater sich nach vorn beugte, um den herrlichen Duft einzuatmen.

»Ganz gut.«

Benedikt legte den Arm um Christina. »Das ist die Untertreibung des Jahrhunderts. Es läuft sensationell. Christina hat darüber nachgedacht, jemanden einzustellen. Sie kann nicht genug von diesen getöpferten Blüten herstellen, die sie macht. Die Leute reißen ihr die Sachen regelrecht aus den Händen.« In seiner Stimme schwang Stolz mit.

Michael nickte und biss in seine Wurst, die er einfach in die Hand nahm. »Ich hab Mama vorgeschlagen, nächstes Jahr Axolotl zu modellieren. Aber sie wollte nicht.«

Anton lachte und wuschelte seinem Enkel, der neben ihm saß, durchs Haar. »Ich versteh gar nicht, was deine Mama dagegen hat«, sagte er in scherzhaftem Ton.

»Siehst du!« Michael zeigte auf seinen Opa, ohne zu merken, dass der ihn ein wenig auf die Schippe genommen hatte. Dann schaute er sich suchend um, sah die Ketchup-Flasche und wandte seine Aufmerksamkeit endgültig seinem Teller zu. Auch Sebi war gekommen und hatte sich eine riesige Portion Kartoffelsalat aufgetan. Mit Sicherheit würden die beiden Kinder nach dem Essen schnell in Michaels Zimmer verschwinden. Sein neuer Lego-Fisch, eine Eigenkreation, war fertig, und bestimmt wollte Sebi das Werk begutachten.

»Glückwunsch, Christina. Ich bin sehr stolz auf dich.« Gitti hob ihr Glas und stieß mit ihrer Tochter und deren Freund an.

Nelly stand bei Quirin am Grill, und Kati schnitt in der Küche noch Tomaten für einen Salat. Doch gerade in diesem Moment kam sie heraus.

»Hat es also geklappt?« Die Schwester ließ fast den Teller fallen. »Echt jetzt?«

Im letzten Moment balancierte sie ihn aus und setzte ihn unsanft auf dem Tisch ab. Ein wenig Balsamico-Essig schwappte über den Rand und hinterließ Flecken auf der Tischdecke, die Kati aber nicht beachtete, weil sie auf Christina zustürmte.

»Stopp, halt, mach mal langsam.« Sie musste lachen. »Es ist noch nicht raus, ob ich gewonnen habe. Aber heute wurden die Gewinner im Internet bekannt gegeben.«

»Wie, wurden?« Kati schaute ihre Schwester aus großen Augen an.

»Sie hat noch nicht nachgeschaut, weil ... Ja, warum, Chrissi?« Nur Benedikt nannte sie so. Aber Christina fühlte sich wunderbar wohl mit ihrem neuen Spitznamen. Sie fand, dass das Freche, Entschlossene, nach dem er klang, perfekt zu ihr passte. Jedenfalls normalerweise. Jetzt gerade passte es eher weniger.

»Um ehrlich zu sein, hab ich Angst vorm Verlieren.« Christina zuckte mit den Schultern. »Es geht schließlich um was.«

Eine Ausstellung, ein fester Platz in einem Museum – allein der Gedanke daran ließ ihr Herz rasen. Es wäre eine Auszeichnung, eine Ehre, sozusagen der Töpfer-Orden.

»Genau deshalb hättest du gleich nachschauen sollen.« Gitti sah sehr aufgeregt aus, während Anton in seiner üblichen Gelassenheit mit dem Fisch auf seinem Teller beschäftigt war.

»Hast du uns deshalb heute eingeladen?«, wollte Kati wissen.

»Nee, ich hab euch eingeladen, weil ich einen schönen Abend mit euch verleben wollte. Alle, die mir geholfen haben mit dem Umzug, sind da.« Außer Andreas, fügte sie in Gedanken hinzu. Der hatte, als sei es das Normalste der Welt, seinen Kontakt auf das vierzehntägige Besuchsrecht zurückgefahren. Was brachte es, noch mehr Unfrieden zu erzeugen? Die Stimmung war auch so schon angespannt genug zwischen ihnen, besonders, seit Christinas Vater sie eingeweiht hatte.

»Und damit du nicht allein bist, wenn du den Laptop hochfährst«, ergänzte Benedikt, der wie immer grundehrlich war. Jetzt küsste er sie sanft auf die Wange. »Als ob du etwas verloren hättest, wenn du den Preis nicht bekommst. Dann machst du eben nächstes Jahr wieder mit.«

Seine Unterstützung tat Christina wahnsinnig gut.

»Eben. Erinnerst du dich noch, wie ich bei der Bergführer-Ausbildung während der Prüfung beim Skifahren gestürzt bin? Ich dachte, die Welt geht unter, aber am Ende hat alles geklappt.«

Vom Grill drang ein Lachen herüber, das nichts mit Katis Worten zu tun hatte, und Quirin beugte sich zu Nelly hinunter, um sie zu küssen. Die beiden wirkten verliebt wie am ersten Tag, fast so verliebt wie sie und Benedikt, dachte Christina mit einem Schmunzeln. Sie schaute ihn von der Seite an. Er spürte ihren Blick und lächelte sie an.

»Ich hol den Laptop raus.« Kati war schon auf dem Weg zum Haus.

»Na, wenn mir da mal nicht der Appetit schon vor dem Essen vergeht«, unkte Christina.

»Ich finde auch, Dabeisein ist alles«, rügte ihr Vater. »Gewinnen ist nur der Bonus.« Er hatte sich Kartoffelsalat auf seinen Teller gehäuft, aber ihn noch nicht angerührt.

»Da hat der Papa recht«, bestätigte Gitti ihren Mann.

Dann kam auch schon Kati. Sie hatte den Laptop schon drinnen aufgeklappt, sodass ihr Gesicht blau angeleuchtet wurde, als sie wieder in den Garten trat.

»So. Hier, bitte.« Kati reichte das Gerät an ihre Schwester weiter. »Du musst nur noch die richtige Internetadresse eingeben.«

»Ich weiß, Schwesterherz.« Christinas Hände zitterten, als sie sie auf die Tastatur legte. Sie schaute sich um. Die Aufmerksamkeit aller, sogar Michaels, war jetzt auf sie gerichtet, in heiligem Ernst. Er wusste, was seiner Mutter ihr Handwerk bedeutete. Jetzt bemerkte er seinen Blick und nickte Christina zu. Für den Bruchteil einer Sekunde sah sie den Mann, der ihr Sohn einmal werden würde.

Benedikt hatte seine Hand auf ihren Rücken gelegt, die warme Kraft, die von dieser Berührung ausging, war wundervoll bestärkend, und Christina gab die Internetadresse in den Browser ein. Für gewöhnlich baute sich die Seite schnell auf, doch heute schien es unendlich lange zu dauern. Christina hätte später nicht zu sagen vermocht, ob es ihre eigene Wahrnehmung war, die ihr da einen Streich spielte, oder ob tatsächlich zu viele Menschen gleichzeitig die Seite besuchen wollten und sich der Aufbauprozess deshalb verlangsamte.

Gespannt wie ein Gummiband kurz vor dem Reißen, so fühlte Christina sich, während sie auf den Monitor starrte. Sie wollte das Ergebnis sehen – und wollte es nicht.

Dann, ganz plötzlich, baute sich die Seite auf. Da waren keine Namen, da waren nur Bilder. Eine kunstvoll getöpferte Wasserpflanze, eine Schüssel, die einem Goldfischglas nachempfunden war und die Christinas Blick sofort fing. Meisterstücke, eines neben dem anderen – da war eine schwimmende Frau, an Fäden aufgehängt über einer Wasserlandschaft, fein modelliert. Christina konnte ihre Augen kaum davon lösen. Plötzlich kam sie sich mit ihrer eigenen Arbeit winzig klein vor. Was für Werke! Doch dann war da Kati, die ihr die ganze Zeit über die Schulter geblickt hatte.

»Da!« Sie deutete auf ein Bild, relativ weit unten, und Christina hörte für einen Moment auf zu atmen. Ihr Geschirr! Die Tasse im Vordergrund mit den Farbverläufen in den Adern des Musters. Blau, grün, türkis. Dazu eine Detailaufnahme des Musters mit dem Stein, der kleine Fisch, den sie modelliert hatte. Christina konnte es nicht fassen. Noch weniger konnte sie glauben, dass ihr Werk sich wunderbar zwischen den anderen Arbeiten einfügte. Es war nicht schlechter, nur auf gute Weise anders. Sie erkannte die Einzigartigkeit jeder einzelnen Skulptur – und so war eben auch Christinas Kreation auf ihre Art wunderschön.

»Das sieht so toll aus«, hörte sie die Stimme ihres Vaters, der aufgestanden und um den Tisch gekommen war, ohne dass Christina ihn schon bemerkt hätte.

»Danke.«

»Wahnsinn. Das sieht traumhaft aus«, bestätigte auch Kati. »Da hat man sofort Lust auf Urlaub.«

Christina strahlte. Sie spürte regelrecht, wie sie von innen heraus glühte, als hätte man ein Licht in ihr angeknipst.

Dann stand Michael auf. Er trug noch seine Badeshorts und ein T-Shirt, das voller Himbeerflecken war, was seiner Geste den heiligen Ernst raubte. Denn breit grinsend begann er nun, laut in die Hände zu klatschen. Als Gitti ihren Enkel sah, lachte sie, dann stand auch sie auf und applaudierte. Der Rest der Gruppe fiel ein, Nelly und Quirin merkten, dass etwas im Gange war, und kamen herüber.

»Mama hat gewonnen!«, rief Michael ihnen entgegen, und die beiden klatschten schon, bevor sie den Tisch erreichten, laut mit. Eigentlich war Christina gar nicht der Typ Mensch, der sich gern in den Vordergrund spielte, aber jetzt gerade fühlte sie sich pudelwohl. Alle gratulierten ihr, nachdem der Applaus abebbte.

Schließlich zog Benedikt Christina aus ihrem Stuhl und schloss sie in seine Arme.

»Ich gratulier dir, Chrissi. Von ganzem Herzen.« Sie erwiderte die Umarmung, ließ ihren starken Mann nicht los.

»Danke«, murmelte sie an seiner Schulter. Mittlerweile waren diese Umarmungen ein vertrautes Ritual, das sie oft im Alltag genoss und aus dem sie so viel Kraft und Freude am Miteinander gewann, wie sie es nie für möglich gehalten hatte, bevor sie Benedikt getroffen hatte. Sein Körper war ihr fast so vertraut wie ihr eigener.

Schließlich löste sich Benedikt, hielt Christina auf Armeslänge von sich weg und schaute ihr fest in die Augen. »Du warst noch nie so schön wie in diesem Moment«, sagte er.

Benedikt versteckte seine Gefühle nicht, sondern sprach sie einfach aus, und zwar laut, sodass alle Anwesenden sie hören konnten.

Und Christina wusste, dass der notdürftige Pferdeschwanz sich gerade löste, den sie sich vorhin gebunden hatte. Sie wusste auch, dass das T-Shirt, das sie anhatte, voller Tonflecken war, weil sie vorhin noch an einer Teekanne gearbeitet hatte, als Dank für den Kartoffelsalat für Anna. Es war sogar möglich, dass noch Schlickerspuren in ihrem Gesicht waren, weil sie vergessen hatte, einen prüfenden Blick in den Spiegel zu werfen, als Kati hereinstürmte und sie mindestens ebenso wild zur Begrüßung umarmt und mit einem Redeschwall überschüttet hatte.

Aber Benedikt fand sie schön. Er liebte sie genau so, wie sie war. Schmetterlinge im Bauch und Sicherheit, Boden und Himmel, dachte Christina bei sich und lächelte, als Benedikts Blick und der ihre sich trafen. Yin und Yang.

Frau Maria stand am Gartenzaun und schaute zu, wie Benedikt Christina küsste, wie Stimmen laut wurden, wie man lachte und wie alle ausgelassen feierten. Es duftete nach Gegrilltem, und das Feuer in der kleinen Schale loderte fröhlich vor sich hin, als Benedikt Christina innig küsste.

Sie wollte hineingehen, aber dieser Augenblick war so voller Magie, dass sie ihn noch eine Weile länger auskostete, bevor sie sich bemerkbar machte.

»Hab ich was verpasst?«, rief sie schließlich laut.

»Christina hat gewonnen«, antwortete Gitti, riss ihre Tochter an sich und gab ihr einen kräftigen Schmatz auf die Wange.

»Kommen Sie rein, Maria«, forderte Benedikt sie auf. »Es ist noch Kartoffelsalat da.«

»Wie sag ich immer? Ich lass mir keine Party entgehen – und den Kartoffelsalat deiner Mutter schon gar nicht!« Maria lachte. Was für ein wunderbarer, unbeschwerter Spätsommerabend das war!

Sie tastete nach der Tasche in ihrem Rock – ja, da war der Marzipanfisch für den Jungen –, öffnete die Gartentür und trat ein. Langsamen Schrittes ging sie auf Christinas Familie zu. Keiner bekam mit, dass sie nach ihrem Rosenkranz griff, ihn zum Mund führte und das Kreuz küsste. Und niemand hörte den leisen Dank, den sie vor sich hin murmelte, als sie über die Wiese zum gedeckten Tisch humpelte, denn alle hatten erneut die Gläser gehoben, um miteinander anzustoßen.

Als Maria in die Gesichter der Anwesenden blickte, von Gitti zu Anton, von Kati zu Nelly, von Quirin zu Michael und von Christina zu Benedikt, da spürte sie, dass dies ein Ort war, an dem das Glück so überschwänglich und satt blühte, wie ihr Lieblingsapfelbaum Ende April.

ENDE

»Ein Debüt voller Nostalgie und Herz. So wie wir uns an unvergessliche Sommer erinnern, bleibt auch diese Liebesgeschichte weit über die Lektüre hinaus im Herzen.« USA Today

Nostalgie und Romantik pur: Der unwiderstehliche New-York-Times-Bestseller

Unendlich viele Erinnerungen verbindet Percy mit Barry's Bay, dem idyllischen Ort in Kanada, an dem sie die Sommer ihrer Jugend verbracht hat. Fünf unvergessliche Sommer, in denen sie und der Nachbarsjunge Sam unzertrennlich waren: Eisessen am Steg, Wettschwimmen und Sternezählen am See. Doch die Sache mit den Erinnerungen ist – sie gehören der Vergangenheit an. Aber als Percy erfährt, dass Sams Mutter gestorben ist, kann sie nicht anders, als sofort nach Barry's Bay zu fahren. Und als sie Sam nach all der Zeit wiederbegegnet, ist plötzlich alles wieder da: das ganze Glück und der ganze Schmerz – über den einen Moment, der eine gemeinsame Zukunft unmöglich machte …

PENGUIN VERLAG

Manchmal ist dein Happy End
nur einen Wunsch entfernt …

Annie glaubt nicht mehr an das, woran die Einheimischen von Irish Falls glauben: dass an diesem idyllischen
Ort Wünsche wahr werden. Das ganze Jahr über
hängen die Bewohner und Touristen dort kleine Briefe
mit ihren größten Sehnsüchten an einen Wunschbaum.
Doch Annies Traum ist vor vielen Jahren mit einem
lauten Knall geplatzt. Bis der attraktive Songwriter Seth
nach Irish Falls kommt, um den lokalen Radiosender
wiederzubeleben und Annie ihr Geheimnis entlockt.
Er möchte sie dabei unterstützen, ihren Lebenstraum
weiterzuverfolgen, aber Annie hat sich geschworen,
nie wieder auf die Versprechungen eines Mannes
hereinzufallen …